SCIENCE FICTION

Herausgegeben
von Wolfgang Jeschke

Von HARRY HARRISON erschienen in der Reihe
HEYNE SCIENCE FICTION & FANTASY:

Retter einer Welt · 06/3058
Der Daleth-Effekt · 06/3352
Das Prometheus-Projekt · 06/3730

›STAHLRATTEN‹-ZYKLUS:

Agenten im Kosmos · 06/3083
– auch als Sonderausgabe · 06/3928
Rachezug im Kosmos · 06/3393
– auch als Sonderausgabe · 06/3974
Ein Fall für Bolivar diGriz, die Stahlratte · 06/3417
Jim diGriz, die Edelstahlratte · 06/3678
Macht Stahlratte zum Präsidenten! · 06/4096

Neuausgabe des kompletten Zyklus:

Die Geburt einer Stahlratte · 06/4487
Stahlratte wird Rekrut · 06/4488
Stahlratte zeigt die Zähne · 06/4489
Stahlratte schlägt zurück · 06/4490
Stahlratte rettet die Welt · 06/4491
Stahlratte will dich · 06/4492
Macht Stahlratte zum Präsidenten! · 06/4493

›TODESWELTEN‹-TRILOGIE:

Die Todeswelt · 06/3067
Die Sklavenwelt · 06/3069
Die Barbarenwelt · 06/3136

zusammen in einem Band:

Todeswelten · 06/55

›ZU DEN STERNEN‹-TRILOGIE:

Heimwelt · 06/3910
Radwelt · 06/3911
Sternwelt · 06/3912

in der BIBLIOTHEK DER SCIENCE FICTION LITERATUR:

New York 1999 · 06/26
Todeswelten · 06/55

HARRY HARRISON

MACHT STAHLRATTE ZUM PRÄSIDENTEN!

Siebter Roman
des Stahlratten-Zyklus

Science Fiction

WILHELM HEYNE VERLAG
MÜNCHEN

HEYNE SCIENCE FICTION & FANTASY
Band 06/4493

Titel der amerikanischen Originalausgabe
THE STAINLESS STEEL RAT FOR PRESIDENT
Deutsche Übersetzung von Thomas Schlück
Das Umschlagbild schuf Karel Thole

Dieser Roman erschien 1984 unter
demselben Titel
als HEYNE-BUCH Nr. 06/4096

Redaktion: Wolfgang Jeschke

Printed in Germany 1988
Umschlaggestaltung: Atelier Ingrid Schütz, München
Satz: Schaber, Wels
Druck und Bindung: Presse-Druck Augsburg

ISBN 3-453-03196-2

EINS

»Fällt dir ein besonderer Trinkspruch ein?« fragte ich und schaute genau zu, wie der Ober unsere Gläser mit kostbar funkelndem Wein füllte.

»Und ob!« erwiderte meine geliebte Angelina, hob das Glas und blickte mir über den Rand tief in die Augen. »Auf meinen Mann Jim diGriz, der soeben das Universum gerettet hat. Mal wieder.«

Ich war gerührt. Besonders das *Mal wieder* tat es mir an. Da ich von Natur aus ungemein bescheiden bin, ist es stets ein Vergnügen, eigene Anschauungen über meine Talente unaufgefordert bestätigt zu bekommen. Zumal wenn solche Worte von einer Person gesprochen werden, die so reizend, charmant, intelligent und gefährlich-skrupellos ist wie meine Angelina. Da sie außerdem bei der leidigen Affäre mit den Schleimbrocken dabei gewesen war und aktiv eingegriffen hatte, als ich sie daran hinderte, unsere Galaxis zu erobern, schätzte ich ihre Äußerung noch mehr.

»Zu freundlich von dir«, murmelte ich. »Aber die Wahrheit darf nicht verschwiegen werden. Nun ist aber alles ausgestanden, und wir wollen die unerfreulichen Dinge vergessen, auf die Siege trinken – und das beste Essen genießen, das wir in diesem Lokal bekommen können.«

Wir ließen die Gläser klingen und tranken ausgiebig. Über die Schulter meiner Frau blickend, bewunderte ich die orangerote Blodgett-Sonne, die hinter einem purpurnen Stadtpanorama versank und mit ihren Strahlen auf dem draußen verlaufenden Kanal hübsche Spiegelungen erzeugte. Und aus den Augenwinkeln behielt ich die beiden Schlägertypen im Auge, die diskret unseren Tisch überwachten. Ich kannte die Burschen nicht – wußte aber, daß sie in den feuchten Achselhöhlen dicke Kanonen hängen hatten.

Ich war allerdings entschlossen, mir nicht die Stimmung verderben zu lassen! Angelina und ich plauderten, tranken Wein und aßen reichlich von dem Curry-Mastodon. Ein Violinquartett spielte, die Dunkelheit brach herein, wir ließen uns Zeit mit Kaffee und Likör – und Angelina nahm einen winzigen Spiegel aus der Tasche und zog ihre Lippen nach.

»Du weißt natürlich, daß da am Eingang zwei miese Typen sitzen, die uns seit der Vorspeise genau beobachten.«

Ich nickte und zog seufzend mein Zigarrenetui. »O ja, meine Liebste, leider. Ich habe aber den Mund gehalten, weil ich fürchtete, sie würden uns das Essen verderben.«

»Unsinn! Ein bißchen Würze schadet nie.«

»Du vollkommenste aller Frauen!« schwärmte ich und zündete mir lächelnd die Zigarre an. »Dieser Planet ist durchdrungen von Langeweile. Da ist mir alles willkommen, was auch nur das geringste Interesse weckt.«

»Ich bin froh, daß du so denkst ...« Sie blickte in den Spiegel. »Denn sie sind auf dem Weg hierher. Kann ich dir irgendwie helfen? Ich bin allerdings schlecht gerüstet, denn ich hab' nur diese winzige Abendtasche bei mir. Ein paar Granaten, eine Handvoll Sonarbomben, nichts Bedeutsames.«

»Ist das alles?« fragte ich, und meine Augenbrauen stiegen dem Haaransatz entgegen. Meine Angelina erstaunt mich immer von neuem.

»Nein. Dieser Lippenstift ist eine Einmal-Pistole und wirkt noch auf fünfzig Meter tödlich ...«

»Brauchen wir nicht«, sagte ich hastig. »Es sind doch bloß zwei. Lehn dich zurück und schau zu! Ein bißchen Bewegung fördert die Verdauung.«

»Vier. Die Kerle haben sich Freunde mitgebracht.«

»Trotzdem stehen meine Chancen besser.«

Nun hörte ich bereits die dröhnenden Schritte hinter mir – und entspannte mich. Nach der Gewichtigkeit des Auftretens zu schließen, konnte es sich nur um Polizisten handeln. Mit Verbrechern hatte ich hie und da meine Probleme. Die

Ortspolizei aber war harmlos. Von der schaffte ich vor dem Frühstück eine ganze Schwadron und hatte trotzdem noch Lust aufs Mittagessen. Die Schritte verstummten, und der stämmigere der beiden erschien vor mir. Ich spannte meine Muskeln an, als er in die Tasche griff – und atmete auf, denn er zog nur ein goldenes Abzeichen heraus, das schnuckelig mit Edelsteinen verziert war.

»Ich bin Captain Kretin von der Polizei Blodgett. Während Sie, so vermute ich, der Mann sind, der unter dem Tarnnamen Edelstahlratte arbeitet ...«

Tarnname, soso! Wie ein Verbrecher aus seiner Kartei! Zornig knirschte ich mit den Zähnen, hob die Hände und zerbrach meine Zigarre vor seinem Gesicht. Er riß die Augen auf – und machte sie wieder zu, als ihm das Schlafgas aus der zerbrochenen Zigarrenphiole in die haarigen Nasenlöcher stieg. Ich nahm sein Abzeichen – schließlich hatte er es mir geben wollen – und wandte mich zur Seite, während er mit dem Gesicht in die Zuckerschale krachte.

Ich setzte die Drohung fort, wobei ich den Zeigefinger starr ausgestreckt hielt – eine tödliche Waffe, die seinen korpulenten Kollegen unmittelbar hinter dem Knieferknochen traf. Es liegen dort Nervenstränge, die, trifft man sie genau in der Mitte, augenblicklich Bewußtlosigkeit auslösen. Und ich traf nicht daneben. Er legte sich säuberlich über seinen fetten Freund.

Das weitere wartete ich gar nicht erst ab. »Zweiundzwanzig!« rief ich Angelina zu und machte mich auf den Weg zur Küchentür. Aber schon erschienen dort zwei weitere Polizisten auf der Schwelle. Und der Haupteingang war von den Überlebenden des ursprünglichen Quartetts blockiert.

»In der Falle!« rief ich und aktivierte den Sonarschriller an meiner Gürtelschnalle. Einige andere Gäste schrillten darauf ihrerseits los, denn die Vibrationen erzeugten Schrekkensgefühle. Hübsche Sache. In dem entstehenden Durcheinander wollte ich durch den Notausgang entwischen, der von einem Wandvorhang verdeckt wurde.

Nur verdeckte der Vorhang nicht nur den Notausgang.

Zwei weitere Beamte standen mir im Weg. Nun wurde es langsam ärgerlich. Ich sprang auf einen langen Bankettisch und tänzelte kunstvoll darauf entlang, wobei ich mit einer Präzision zutrat, die mein Alter Lügen strafte: kein Geschirrteil ging zu Bruch. Dieser Vorstellung folgten weiteres Geschrei und Gerufe, bis ich dann am Ende anlangte und mich umwandte – dem Fenster den Rücken zudrehend.

Ich saß in der Falle. Jeder Ausgang war versperrt, und die Gesetzeshüter rückten vor wie Panzer.

»So einfach ist das nicht!« brüllte ich. »Bessere Bullen als ihr haben versucht, den aalglatten Jim diGriz zu fangen! Ohne Erfolg! Lieber ein sauberer Tod als ein schmutziges Gefängnis!«

Ich machte meine süße Angelina aus, die hinter den Reihen der Angreifer stand und mir zum Abschied einen Handkuß zuwarf. Ich winkte ein letztesmal, während ich die Beinmuskeln anspannte und nach hinten sprang.

»So endet die Saga der Edelstahlratte!« rief ich.

Meinen Worten folgte das Klirren von Glas, denn ich brach durch das Fenster und wirbelte in die Nacht hinaus.

Und stürzte. Und drehte und wendete mich unterdessen. So daß ich sauber in das Wasser des Kanals eintauchte und in schwungvollem Bogen davongeführt wurde. Erst einige Meter entfernt und im Schutz der Dunkelheit kam ich wieder an die Oberfläche.

Es war der glückliche Abschluß eines angenehmen Abends. Während ich im BrustStil gelassen durch die Nacht schwamm, summte ich vor mich hin; wenigstens einige Sekunden lang hatte ich Freude auf diesen langweiligen Planeten gebracht. Widerstrebend hatte sich die Polizei auf ein paar Bewegungsübungen eingelassen; jetzt konnten sich die Beamten beruhigen und jene endlosen Berichte abfassen, die ihnen so am Herzen liegen. Die Zeitungen würden – zur Abwechslung – mal etwas Interessantes melden können, und die Bevölkerung würde fasziniert von den aufregenden Ereignissen des Abends erfahren. Eigentlich sollte man mich wie einen Wohltäter der Menschheit behandeln – nicht wie einen Verbrecher. Aber es gibt nun mal keine Gerechtigkeit; da ich das wußte, schwamm ich gemessen weiter.

Nummer 22 war ein Schutzhaus in einem der unschöneren Bezirke Blodgetts. Angelina wußte, was die Nummer bedeutete, und würde dorthin kommen. Und die Gefahr, daß meine nasse Kleidung Aufmerksamkeit erregen würde, soweit überhaupt Leute so verrückt waren, sich auf diese gefährlichen Straßen zu wagen, beurteilte ich als gering: das Haus hatte einen Geheimzugang, der in einer öffentlichen Bedürfnisanstalt begann. Ihn benutzte ich jetzt passenderweise. Im Haus selbst hinterließ ich eine Fährte feuchter Sachen, die ins Badezimmer führte, wo eine heiße Dusche mich entspannte und aufmunterte. Ich hatte bereits frische Sachen an und nippte gerade an einem belebenden Drink, als Angelina durch den konventionelleren Eingang trat.

»Ein bemerkenswerter Abgang«, sagte sie.

»Ich hatte gehofft, daß er dir gefallen würde«, bemerkte ich und hob den Finger. »Mein Schatz, du hast versehentlich die Tür offengelassen.«

»Nicht versehentlich, Liebster«, antwortete sie. Und schon dröhnte eine angreifende Polizistenhorde hinter ihr über die Schwelle.

»Verrat!« kreischte ich und sprang auf. *»Et tu, Brute?«*

»Ich werd's dir erklären«, sagte sie und kam auf mich zu.

»Mit Worten ist kein Verrat zu erklären!« brüllte ich und warf mich um sie herum in die Richtung des geheimen Fluchtdurchgangs in der Wand. Angelina streckte einen schmalen Fuß aus, der mich längs zu Boden knallen ließ. Ehe ich mich aufrappeln konnte, war der Polizistenschwarm über mich hergefallen.

ZWEI

Ich bin zwar gut, aber so gut nun auch wieder nicht. Das bloße Gewicht der Übermacht genügte, mich am Boden festzuhalten. Die beiden ersten Angreifer sackten bewußtlos zu Boden, wie auch die nächsten zwei. Doch schon hatte mich jemand in den Schwitzkasten genommen, und während ich mich aus dem Griff zu befreien versuchte, schnappte sich ein anderer Polizist mein Fußgelenk. Und so weiter. Vor Wut brüllend, einem Riesen vergleichbar, der von Ameisen überwältigt wird, fiel ich dem Ansturm zum Opfer. Meine letzte Tat bestand darin, den rechten Arm lange genug freizukämpfen, um das juwelenbesetzte Polizeiabzeichen aus der Tasche zu ziehen und quer durchs Zimmer Angelina vor die Füße zu werfen.

»Hier!« intonierte ich. »Das hast du dir verdient! Nicht als Souvenir, wie ich vorhatte, sondern als schmückendes Symbol für deine neue, verräterische Allianz mit der Polizei!«

»Nett gesagt!« rief sie, hob das Ding auf, machte einen Schritt vorwärts und versetzte mir einen hart geschlagenen Uppercut auf die Kinnspitze. »Und das ist *dein* schmückendes Symbol, weil du deiner Frau mißtraust. Laßt das Geschöpf los!«

Die Hände, die mich festhielten, ließen los, und ich sank betäubt zu Boden. Angelinas Kinnhaken haben es in sich. Als die herumwirbelnden Konstellationen verschwunden waren und ich wieder sehen konnte, bekam ich gerade noch mit, wie sie dem Polizisten neben sich das Abzeichen zurückgab.

»Dies ist Captain Kretin«, erklärte sie, »der schon vorhin mit dir sprechen wollte. Bist du nun endlich bereit zuzuhören?«

Ich brummte etwas vor mich hin, das nicht mal ich verstehen konnte, torkelte zum nächsten Stuhl, rieb mir das Kinn und hatte unheimlich Mitleid mit mir selbst.

»Wie ich Ihrer charmanten Frau schon erklärt habe, Mr. diGriz«, legte der Captain los, »bitten wir Sie lediglich um die Mithilfe bei Ermittlungen. Ein Mann ist brutal ermordet worden ...«

»Ich war es nicht! Zu der Zeit befand ich mich nicht in der Stadt! Ich will meinen Anwalt sprechen ...«

»Jim, *Liebling*, hör dir doch endlich an, was dieser nette Polizist zu sagen hat!«

Die Art und Weise, wie sie das *Liebling* betonte, vermittelte mir das Gefühl, Eiswasser liefe durch meine Adern. Ich klappte den Mund zu. Es kann tödliche Folgen haben, meine Angelina zu provozieren.

»Sie haben das mißverstanden. Niemand hat Sie im Verdacht. Wir benötigen lediglich Ihre Hilfe bei dem Versuch, diese scheußliche Missetat aufzuklären. Es ist seit hundertunddreizehn Jahren der erste Mord auf Blodgett, wir sind also nicht gerade geübt in solchen Dingen.«

Der Captain zog sein Notizbuch zu Rate und fuhr mit langweilender, monotoner Stimme fort: »Am frühen Nachmittag, gegen 13.00 Uhr, gab es im Zaytoun-Bezirk dieser Stadt, unweit Ihrer Wohnung, einen Aufruhr. Zeugen sagen aus, daß sich drei Männer im Laufschritt vom Schauplatz des Verbrechens entfernten. Die Polizei wurde gerufen und fand das Opfer des Überfalls vor, auf das brutal eingestochen worden war. Der Mann starb, ohne das Bewußtsein wiederzuerlangen. Seine Taschen waren leer, seine Brieftasche fehlte, er besaß keinerlei Ausweis. Während der anschließenden Leichenschau aber wurde ein Stück Papier in seinem Mund gefunden. Das ist es.« Er hielt einen zerknüllten Fetzen empor, und ich griff vorsichtig danach.

In ungelenken Buchstaben stand darauf: EDLSTALRATA.

»Die Person, die das geschrieben hat, steht mit der Rechtschreibung aber auf Kriegsfuß«, brummte ich, noch immer etwas angeschlagen von Angelinas zierlicher, aber durchschlagender Faust.

»Eine bemerkenswerte Beobachtung«, sagte sie, nachdem sie mir über die Schulter geschaut hatte. Ihr Tonfall war alles andere als freundlich. Der Polizist salbaderte weiter:

»Wir vertreten die Theorie, das Opfer habe sich mit Ihnen in Verbindung setzen wollen. Wenn das der Fall ist, dürfte der Mann, als er angegriffen wurde, das Papier in den Mund gesteckt haben, damit die Angreifer es nicht bei ihm fänden. Hier ist sein Bild. Wir würden gern die Identität des Toten feststellen.«

Er reichte mir die Aufnahme. Ich stellte blinzelnd meine Augen scharf und schaute mir die Szene an. Es war deprimierend. Ich weiß, wie Leichen aussehen, so daß mir dieser Aspekt keine Mühe machte. Es war eine gute Holographie in dreidimensionalen Farben, klar und scharf. Immer wieder drehte ich das Gebilde in der Hand – und gab es zurück.

»Das ist ja alles sehr interessant«, bemerkte ich, »aber ich habe diesen Mann wirklich und wahrhaftig noch nie gesehen.«

Die Beamten hätten mir am liebsten nicht geglaubt, doch schließlich blieb ihnen nichts anderes übrig. Sie waren sichtlich der Überzeugung, daß ich sie anlog – obwohl ich die reine Wahrheit sagte. Nach etlichen weiteren sinnlosen Fragen zog die Ordnungsstreitmacht ab, wobei sie drei Uniformierte mitnahm, die noch nicht wieder zu sich gekommen waren. Ich ging an die Bar, um uns ein starkes Getränk zusammenzumixen, da es nun doch ein ziemlich anstrengender Abend geworden war. Doch als ich mich mit den Gläsern in der Hand umdrehte, entdeckte ich kaum einen Zentimeter von meinem linken Augapfel entfernt die Spitze eines scharfen Küchenmessers.

»Also, was hast du da eben über mich als Verräterin gesagt?« fragte Angelina mit warm-kalter Stimme – Honig über Eis.

»Meine Liebste!« japste ich und wich zurück. Das Messer

aber bewegte sich mit und veränderte seine Position in bezug auf mein Auge nicht. Der Schweiß brach mir aus, während ich geschickt zu lügen begann. »Wie kannst du so herzlos sein? So wenig verständnisvoll? Als die Polizei erschien, war ich natürlich sicher, daß sie dich gefangen hatte, dich gezwungen hatte, sie gegen deinen Willen hierherzuführen. Da nannte ich dich eine Verräterin, damit die Beamten denken mußten, du hättest mit der Tat, derer man mich beschuldigen wollte, nichts zu tun. Ich wollte dich damit nur schützen, mein Liebstes!«

»O Jim, ich war ja so grausam zu dir!« Das Messer klapperte zu Boden, und schon legte sie die Arme um mich, und ich jonglierte verzweifelt, damit ich ihr die Drinks nicht über den Rücken goß. Ihre Arme waren kräftig, ihre Umarmung heißblütig, ihre Küsse leidenschaftlich. Und ich kam mir vor wie eine miese Ratte.

»Na, na«, keuchte ich, als wir endlich Luft holen mußten. »Ist doch nur ein Mißverständnis. Jetzt wollen wir uns den Drinks widmen und herauszufinden versuchen, was hier eigentlich läuft.«

»Hast du wirklich die Wahrheit gesagt? Du hast den Toten nie vorher gesehen?«

»Die Wahrheit und nichts als die Wahrheit! Ich weiß, daß ich damit eine alte Regel gebrochen habe, der Polizei niemals etwas mitzuteilen, das ihr im geringsten weiterhelfen kann. In diesem Fall aber kann es nicht schaden. Der Mann ist mir völlig fremd.«

»Dann wollen wir feststellen, wer er ist.« Sie holte die Holografie hinter dem Sofa hervor, wo sie sie versteckt hatte. »Dies konnte ich dem Captain aus der Tasche klauen, als er ging. Es besteht kein Anlaß, die hiesige Polizei in die Angelegenheiten des Spezialkorps hineinzuziehen. Ich setze mich sofort mit dem hiesigen Agenten in Verbindung.«

Natürlich hatte sie recht. Zweifellos besaß diese Affäre Aspekte, die weit über diesen Hinterhofplaneten hinausreichten. Da die Identitätsunterlagen auf dieser Welt unangenehm komplett waren, mußte der Mann von auswärts kommen. Und daraus ergab sich die Konsequenz, daß der Fall in die Zuständigkeit der legendären, galaxisweit arbeitenden, professionellen, überlegenen und allesumfassenden Polizeimacht gehörte, die als Spezialkorps bekannt war – deren wichtigstes Mitglied ich bin, wie ich in aller Bescheidenheit hinzufügen darf.

»Zur Identifizierung brauchen wir mehr als das Bild«, sagte ich und gab es Angelina zurück. »Der Agent soll zu uns kommen. In einer Stunde bin ich wieder da und bringe ihm alles, was er für seine Ermittlungen braucht.«

Vor dem Abmarsch schob ich mir ein kleines Werkzeugetui in die Tasche. Das städtische Leichenschauhaus war nicht weit entfernt – daran sehen Sie, wie mies die Gegend wirklich war –; ich brach durch ein rückwärtiges Fenster ein und überwand ohne Zeitverlust drei verschlossene Türen. Ich knacke Schlösser wie andere mit den Fingerknöcheln knacken.

Ich zog die Kühlschublade heraus und besah mir die Leiche. Die vage Hoffnung, daß er mir gekühlt-leibhaftig bekannter vorkommen würde, verflog. Das Rätsel war und blieb ein Rätsel. Es dauerte nur wenige Sekunden, bis ich Haut- und Haarmuster genommen und dem Mann Schmutz unter den Fingernägeln hervorgekratzt hatte. Seine Kleidung war von der Polizei sorgfältig registriert und numeriert worden. Ich machte sie ausfindig und verschaffte mir ebenfalls Proben. Und weitere Brocken, die ich von den Schuhen kratzte. Danach verschwand ich auf dem Weg, auf dem ich gekommen war – und niemand erfuhr von meinem Erscheinen und Verschwinden. Dieser kleine Einsatz lief so reibungslos, daß ich praktisch gleichzeitig mit dem Spezialkorpsagenten eintraf, der ebenfalls den Toiletteneingang benutzte.

»Schönes Wetter heute, Mr. diGriz«, sagte er und ordnete seine Kleidung.

»Es ist ja immer schön auf Blodgett, Charley. Deshalb hasse ich es hier. Wann geht die nächste Kuriersendung zum Hauptquartier ab?«

»In wenigen Stunden. Die wöchentliche Tasche. Ich überbringe sie persönlich.«

»Bestens. Nehmen Sie diese Behälter mit. Sagen Sie dem Labor, es soll die Muster in jeder denkbaren Richtung untersuchen. Hier ist ein Bild des kürzlich Verstorbenen, von dem die Proben stammen. Verschaffen Sie mir Gen-Tests, Pollentests, Blutgruppenbestimmung, eine Ethnotypisierung, einfach alles, was man sich vorstellen kann. Ich will wissen, wer dieser Mann ist ... äh ... war. Wenn er nicht identifiziert werden kann, will ich erfahren, woher er kam. Er hat mich gesucht – und den Grund hätte ich gern gewußt.«

Die Antwort kam überraschend schnell. Kaum drei Tage später klingelte es an der Haustür; ich schaute in den Scanner und sah den guten alten Charley vor mir. Ich ließ ihn ein und griff nach der versiegelten Kiste, die er bei sich hatte. Er entwand sie meinem Griff und kaute nervös auf seiner Unterlippe herum. Ich knurrte tief in der Kehle, und er wurde sichtlich nervöser.

»Ich habe meine Befehle, Mr. diGriz, von unserem Supremo Inskipp, dem Befehlshaber.«

»Und welche Entschuldigung hat dieser nette Mann vorzubringen?«

»Er sagt, Sie hätten auf das Geheimkonto des Korps gefälschte Schecks ausgestellt, und er will die fünfundsiebzigtausend Kredits zurückhaben, ehe er weitere Informationen liefert an so einen heruntergekommenen Gauner wie ...«

»Sie nennen mich einen heruntergekommenen Gauner!« Er wieherte vor Angst und versuchte sich meinen zupakkenden Fingern zu entziehen.

»Nein! Sie haben mich mißverstanden! Nicht *ich* habe das gesagt, sondern Inskipp. Ich gebe seine Worte nur wörtlich wieder, wie befohlen.«

»Der Überbringer schlechter Nachrichten hat meistens sein Leben gleich mit verwirkt«, fauchte ich, und meine Finger zuckten vor Zorn. Wieder griff ich nach dem Mann, aber da tauchte plötzlich Angelina auf und stellte sich zwischen uns. Sie hielt Charley einen Scheck hin.

»Hier ist das Geld, das wir uns vom Konto *geliehen* hatten. Ein simpler Buchungsirrtum, meinen Sie nicht auch?«

»Und ob! Mir passiert das manchmal auch.« Er wischte sich den Schweiß von der Stirn und reichte ihr die Kiste. »Wenn Sie dies Ihrem Mann geben wollen, ich muß weiter. Ein voller Tag, haha.« Die Tür fiel hinter ihm ins Schloß, und ich nahm Angelina den Koffer aus der Hand, wobei ich so tat, als bemerkte ich das zornige Blähen ihrer Nasenflügel nicht.

»Das ist es also«, sagte ich und preßte den Daumen auf den Sicherheitsverschluß. Der Koffer ging auf, ein Bildschirm erwachte zum Leben und wurde hell. Inskipps deprimierende Visage füllte die Fläche, und ich ließ den Koffer beinahe fallen. Angelina mußte meinen Ausdruck gesehen haben, denn sie nahm mir die Last ab und stellte sie auf den Couchtisch. Das Inskipp-Bild starrte mich mürrisch an und wedelte mit einem Stück Papier herum.

»Sie müssen damit aufhören, der Organisation Geld zu klauen, diGriz. Das macht sich schlecht als Vorbild für die Truppe. Ihre letzte Unterschlagung werden Sie ja wohl zurückgezahlt haben, weil Sie diese Aufzeichnung sonst nicht sähen. Ich rede überhaupt nur noch mit Ihnen, weil wir großes Interesse an Paraiso-Aqui haben.«

»Was ist denn Paraiso-Aqui?« fragte ich laut.

Das Fernsehbild nickte weise. »Sie fragen sich bestimmt, was denn Paraiso-Aqui ist.« Wie selbstgefällig und sicher dieser Mann doch war! Und wie leicht war es, seinen Boß zu hassen! Besonders wenn er einem mehrere Schritte voraus war. »Aber ich sag's Ihnen. Es ist die Heimat des Ermordeten, den das Labor für Sie identifizieren sollte. Sie erhalten hiermit den Auftrag hinzufliegen und sich umzusehen. Dann kehren Sie zurück und machen mir Meldung. Wenn Sie die beigefügten Unterlagen studieren, dürfte Ihnen unsere Interessenlage schnell klarwerden.«

Das Bild verschwand, der Bildschirm wurde dunkel. Ich

ließ das Gerät wieder in seiner Vertiefung verschwinden und ergriff den Umschlag, der darunter gelegen hatte.

»Sehr interessant!« sagte ich, während ich die gedruckten Seiten durchblätterte.

»Inwiefern?«

»Weil ich nicht nur den Mann nicht kenne, der mich aufsuchen wollte, sondern auch den Namen seiner Heimatwelt noch nie gehört habe.«

»Nun ja ... dagegen werden wir wohl was unternehmen müssen, wie?«

»Und ob!« sagte ich und erwiderte ihr Lächeln. »Uns bleibt wohl nichts anderes übrig, als die Zähne zusammenzubeißen und Inskipps Anweisungen zu befolgen. Ob es uns gefällt oder nicht, wir werden diesem geheimnisvollen Planeten einen Besuch abstatten müssen.« Angelina nickte, und wir grinsten uns auf das Idiotischste an. Wohl wissend – ohne zu ahnen, wieso –, daß die derzeitige Periode friedvoller Langeweile zu Ende ging. Die Zukunft lockte mit neuen Verheißungen. Ich spürte es in den Knochen. Etwas sehr Ungewöhnliches und Interessantes bahnte sich an.

DREI

Der Reiseprospekt war schwer, fühlte sich angenehm an und bot auf dem Umschlag bedeutungsschwere Texte. »Besuchen Sie die sonnige Vollkommenheit der Ferienwelt Paraiso-Aqui!« las ich vor.

Angelina, die neben mir saß, zitierte aus einem dünnen und nüchterner gehaltenen Band, der passenderweise einen schwarzen Einband trug: »Paraiso-Aqui ist ein Planet, der während der ersten galaktischen Expansion besiedelt und erst kürzlich wiederentdeckt wurde. Bekannt ist er insbesondere wegen seines Regierungssystems, welches das korrupteste in der Galaxis genannt werden kann.«

»Leichte Unterschiede zwischen den beiden Informationsquellen«, bemerkte ich und rieb mir erwartungsvoll die Hände.

»Eine Nachmittags-Bouillon, Sir?« fragte der Steward-Roboter und machte vor uns einen Kratzfuß.

»Nicht mal zum Baden, du mechanisierte Schildkröte«, gab ich zurück. »Bring mir einen großen altairischen Panthersaft-on-the-Rocks! Nein, zwei ...«

»Nur einen«, wiedersprach Angelina entschlossen. »Ich möchte eine Bouillon.«

»Selbstverständlich, Madam, entzückt, ausgezeichnete Wahl, wunderbar!« begeisterte sich die widerliche Maschine, dienerte und nickte und rieb sich im Wegfahren die Hände. Ich haßte das Ding. So wie ich alles hier haßte: das Kreuzfahrer-Touristenraumschiff *Luxus-Planetentour*, all die widerlich gekleideten Touristen, die sich in kreischenden Horden durch den Salon wälzten.

»Aber wir sind doch genauso gekleidet, Liebling«, stellte Angelina fest. Offenbar hatte ich in der Erregung des Augenblicks meine Gedanken laut ausgesprochen. Und wie recht sie hatte! Wir sahen vielleicht am schlimmsten aus. Ich trug ein kurzärmeliges Hemd voller scheußlicher purpurngelber Blüten. Und dazu passende Shorts. Angelina hatte sich im Partnerlook angepaßt, nur füllte sie ihre Sachen wesentlich attraktiver aus, wie ich neidlos zugeben muß. Nach neuester Touristenmode hatten wir uns darüber hinaus das Haar blond gefärbt und trugen es in kurzen Locken, die an der Spitze grün ausliefen. Ich wäre mir wie ein Idiot vorgekommen, hätten sich unsere Mitreisenden nicht ähnlich idiotisch gewandet und frisiert. Die vollkommene Verkleidung, gewiß, doch welche Last für meine freiheitsliebende Seele! Ich öffnete den Reiseprospekt und sah vor mir das Holobild eines tiefblauen Meeres unter hellblauem Himmel. Die Wellen klatschten mit leisem Geräusch an den Strand; ein schwach-salziger Meeresgeruch wehte mir von der Seite entgegen.

»Glückliche Eingeborene verbringen fröhlich ihre Tage im Sonnenschein inmitten des lukullischen Reichtums sonnenreifer Früchte und frisch gefangener Fische.

Leise las Angelina aus ihrem Buch vor, ein düsterer Kontrapunkt zu meinen Ausführungen: »Die Bewohner leben faktisch in Sklaverei; Armut und Seuchen sind die Norm. Die Herrschaft des Diktators ist absolut.«

»Dreißig Minuten bis Planetenlandung ... Landung in dreißig Minuten«, flüsterten die Lautsprecher. Es kam Bewegung in die Touristen, die erregt durcheinanderkreischten. Ich warf meinen Touristenführer in den Atomisator, wo er mit einem Widerhall dünner Stimmchen von den akustisch angereicherten Seiten in Rauch aufging.

»Wir müssen uns selbst einen Eindruck verschaffen«, stellte ich fest. Angelina reichte mir den Bericht des Spezialkorps, den ich ebenfalls vernichtete. »Wenn das bei uns gefunden wird, sind wir am Ende, ehe wir überhaupt angefangen haben.«

Der Steward schwänzelte herbei, und wir nahmen unsere Drinks in Empfang. Über den Rand der dampfenden Tasse hinweg lächelte mich Angelina an. »Nun sei kein Frosch,

Jim diGriz. Unser Flug ist nicht nur ein Einsatz, sondern auch echter Urlaub. Du wirst deinen Spaß haben, und wenn ich dich würgen müßte! Stell dir vor, es wären unsere zweiten Flitterwochen – nein, die *ersten!* Wir sind ja nie richtig verreist.«

»Oho! – Ist es dazu nicht ein bißchen spät? Immerhin sind die Zwillinge beinahe zwanzig Jahre alt ...«

»Was mich wohl alt, abstoßend und unattraktiv macht, wie?« Ihre Worte waren eisig, ihre Stimme klang drohend. Ich verschüttete meinen Drink – an der Stelle entstand im Teppich augenblicklich ein Loch – und sank vor ihr auf die Knie.

»Angelina, Geliebte! Licht meines Lebens! Wunderschöner mit jedem Tag!« Und das war nicht gelogen: sie war wohlgeformt und lieblich anzuschauen und zeigte mehr zarte rosa Haut, als durch ihr Feriengewand verhüllt wurde. Ich ergriff ihre Hände und küßte ihr leidenschaftlich die Finger. Die Touristen brachen in Jubelrufe aus, während sie mir lächelnd zunickte.

»Das ist schon besser«, stellte sie fest. »Ein kleiner Urlaub vom Verbrechen wird uns beiden guttun.«

Und schon waren wir gelandet, und die Schleuse ging auf; warme Luft und hübsche Musik wehten herein. Ich hängte mir die Kamera um, setzte die Sonnenbrille auf, nahm Angelinas Arm und schloß mich der ekstatischen Menge an. Das allgemeine Glücksgefühl war ansteckend. Angelina machte mit und lächelte und lachte mit den anderen und fiel summend in die flotte Musik ein. Ich blieb immun. Ich kicherte und grimassierte wie die anderen, drinnen aber steckte der altbekannte kaltblütige, heißspornige Jim diGriz und besah sich nüchtern die Welt.

An einem solchen Ort Spielverderber zu sein, ist allerdings ein hartes Brot. Der Raumflughafen lag dicht am Meer; der Salzgeruch war angenehm scharf. Die Sonne schien warm wie in der Werbung. Eingeborenenmädchen kamen uns barbusig und lächelnd entgegen und begrüßten jeden einzelnen mit Blumengirlanden und winzigen Flaschen, die eine goldene Flüssigkeit enthielten. Ich steckte meine Flasche ein, roch an den Blumen und spielte den Gleichgültigen gegenüber der Busenpracht ringsum, wußte ich doch, daß Angelinas stählerner Blick auf mir ruhte. Die Touristenhorde wogte so schnell dahin, daß wir nach kurzer Zeit vor dem Beamten der Paßkontrolle standen. Er war sonnengebräunt und freundlich wie die Mädchen, trug aber ein Hemd – vermutlich ein Symbol für seine hohe Position.

»Bonvenu al Paraiso-Aqui«, sagte er und streckte die Hand aus. *»Viaj pasportoj, mi petas.«*

»Ah, hier wird also Esperanto gesprochen«, antwortete ich in derselben Sprache und überreichte meinen interstellaren Ausweis – der natürlich gefälscht war.

»Nicht von jedem«, antwortete er und lächelte weiter gewinnend, während er die Karte in die Maschine vor sich steckte. »Unsere Sprache ist das wunderbare Español. Aber die Leute, mit denen Sie zu tun haben, verstehen Esperanto, seien Sie unbesorgt.« Während des Sprechens blickte er auf den Bildschirm der Maschine, der natürlich nur die haarsträubendsten Informationen über mich verbreitete. Als er mir die Karte zurückreichte, deutete er auf die komplizierte Kamera, die mir vor der Brust baumelte.

»Das ist ja wirklich ein schöner Photoapparat.«

»Und ob – kostet mehr Kredits, als Sie in einem Jahr zu sehen kriegen, würde ich wetten, ho-ho!«

»Ho-ho!« gab er zurück, und sein Lächeln verlor etwas an Glaubwürdigkeit. »Darf ich mir die Maschine mal ansehen?«

»Warum? Ist doch nur eine Kamera.«

»Es gibt da gewisse Vorschriften wegen Kameras.«

»Warum? Haben Sie etwas zu verbergen?«

Das Lächeln wirkte nun doch sehr aufgesetzt, und seine Finger zuckten. Ich erwiderte das Lächeln – und gab ihm den Apparat. »Vorsichtig, sehr empfindlich!«

Er nahm mir das Ding ab, dessen Rückseite sofort aufsprang. Wie vorgesehen. Filmschlangen ringelten sich heraus. Ich schnappte mir den Apparat.

»Nun schauen Sie, was Sie angerichtet haben!« tobte ich. »Alle Aufnahmen von mir und meiner Frau an Bord sind verdorben!«

Ich mühte mich mit dem Film und überhörte seine Entschuldigungen – und wanderte mit Angelina an ihm vorbei. Alles nach Plan. Unser Gepäck war sauber, und wir hatten auch keine verbotenen Dinge bei uns. Die Kamera allerdings war ein Meisterwerk komplizierter Mikromechanik. Man konnte Photos damit machen – und etliche andere interessante Dinge, die auf diesem Planeten garantiert verboten waren. Der Tag fing wirklich gut an.

»Meine Güte, schau doch mal!« kreischte Angelina und imitierte damit auf das Vortrefflichste die schrillen Stimmen ringsum.

»Sind die gefährlich?«

»Was ist denn das?«

»Bitte sehr, meine Damen und Herren, wenn Sie mir mal zuhören würden.« Ein uniformierter Einheimischer bediente sich eines Megaphons. »Ich heiße Jorge und bin Ihr Reiseleiter. Wenn Sie Fragen haben, kommen Sie bitte zu mir. Ich werde zunächst die erste Frage beantworten, die Ihnen allen auf der Zunge brennt. Diese freundlichen Geschöpfe zwischen den Deichseln der kleinen Wagen heißen in unserer Sprache *caballos*. Ihre Herkunft liegt im Nebel der Vergangenheit verborgen, es heißt aber, sie seien mit uns vom legendären Planeten namens Erde gekommen – was in unserer Sprache ›Dreck‹ bedeutet –, von der sagenhaften angeblichen Wiege der Menschheit. Sie sind unsere Freunde, harmlose Wesen, die unsere Wagen ziehen und unsere Felder pflügen. Gutmütig und zufrieden, werden sie Sie in die Hotels bringen. Wir fahren ab!«

Die *caballos* und ihre klapprigen Wagen ergaben zusammen eines der unbequemsten Transportmittel, die ich je erlebt hatte. Und es waren auch keine *caballos*, sondern einfache heufressende Pferde, wie ich sie während eines ungeplanten Zeitreisebesuchs auf der Erde erlebt hatte, jener sehr realen und wenig sagenhaften Wiege der Menschheit.

Aber das durfte ich meinen Mitreisenden natürlich nicht auf die Nase binden. Die trotz des Ungemachs der Reise laut lachten und einander Beobachtungen zubrüllten. Selbst Angelina schien ihren Spaß zu haben. Ich kam mir vor wie ein Skelett bei einer Hochzeit.

»O Mann!« rief ich und versuchte mich in die rechte Stimmung zu bringen. Ich griff in die Tasche und holte die Flasche mit der braunen Flüssigkeit heraus, die ich bei der Begrüßung erhalten hatte. Garantiert so ein widerliches Eingeborenengesöff aus verdorbenen Früchten oder alten Socken. Ich drehte den Verschluß auf und trank einen kräftigen Schluck. »O Mann!« wiederholte ich und meinte es diesmal ernst. Ich rief Jorge herbei, der den Mut besessen hatte, sich auf eines der Pferde zu setzen. Er galoppierte herbei. Ich hielt ihm die Flasche hin.

»Was ist das für ein Zeug, Partner? Flüssiger Sonnenschein? Der beste Stoff, den ich seit meiner Jugend gekostet habe.«

»Freut uns, daß er ihnen zusagt. Er wird aus dem fermentierten Saft der *caña* gemacht und heißt *ron*.«

»Also, Schätzchen, dieser Ron ist wirklich 'ne tolle Nummer. Leider ist die Flasche so klein.«

»Es gibt sie in allen Größen!« rief er lachend, griff in die Satteltasche und holte ein Gefäß von annehmbarem Umfang hervor.

»Wie kann ich Ihnen jemals danken!« jubilierte ich und entriß ihm das kostbare Gefäß.

»Das dürfte kein Problem sein. Die Flasche kommt auf Ihre Rechnung!« Er galoppierte davon.

»Du willst dir doch nicht so früh schon einen ansäuseln?« fragte Angelina, als ich die Flasche seufzend von den Lippen löste.

»O nein, meine Süße. Ich bringe mich nur ein bißchen in Ferienstimmung. Machst du mit?«

»Später. Im Moment bewundere ich gerade die Landschaft.«

Und die war wirklich bewundernswert. Unsere Straße

führte in weiten Windungen durch grüne Felder zur Küste. Der Sand funkelte sauber in der Sonne, und der blaue Ozean lockte. Sehr hübsch. Aber wo waren die Einheimischen? Bis auf die Fahrer und Jorge war niemand auszumachen. Ja, wir wurden wie Touristen behandelt, kein Zweifel. Na schön, Jim, gib dich zunächst damit zufrieden! Sei kein Spielverderber!

»Schau mal, Papa!« rief einer der Mittouristen. »Sind die nicht niedlich?«

Ich folgte seinem Blick und fand sie alles andere als niedlich. Eher sahen sie bemitleidenswert aus, obwohl sie lächelnd zu uns aufblickten. Eine Gruppe von Männern und Frauen arbeitete neben der Straße auf einem Feld. Mit langen, gefährlich aussehenden Messern schnitten sie die hohen grünen Pflanzen. Die Sonne brannte heiß herab, die Arbeit war anstrengend, und wenn diese Leute nicht erschöpft und verschwitzt waren, so konnten es keine Menschen sein. Ich hob die Kamera und machte etliche Aufnahmen.

Als er das Summen des Apparats hörte, drehte sich unser Fahrer auf seinem Sitz um – und ich knipste ihn ebenfalls. Einen Sekundenbruchteil lang hatte ich den Eindruck, das starre Lächeln werde von ihm abfallen, dann zeigten sich seine weißen Zähne in einem Grinsen.

»Sie müssen sich den Film für die schönen Gärten und das prächtige Hotel aufheben«, sagte er.

»Warum? Ist etwas dagegen zu sagen, daß ich die Feldarbeiter photographiere?«

»Nein, natürlich nicht, aber das ist doch so uninteressant.«

»Nicht für die Leute dort. Sie sehen müde aus. Wie viele Stunden müssen sie am Tag arbeiten?«

»Ich habe nicht die geringste Ahnung.«

»Was bekommen sie bezahlt?«

Meine Worte trafen seinen Rücken. Er schüttelte die Zügel und antwortete nicht. Ich bemerkte Angelinas Blick und kniff ein Auge zu. Sie nickte.

Ich bemerkte Angelinas Blick und kniff ein Auge zu. Sie nickte.

»Ich glaube, jetzt möchte ich doch ein bißchen *ron*«, sagte sie.

Das Hotel war luxuriös wie versprochen, unser Zimmer vornehm eingerichtet. Unser Gepäck wartete bereits – sicher gründlich durchsucht –, und ich überließ Angelina das Auspacken. Da ich davon überzeugt war, alle meine männlichen Mit-Touristen müßten Chauvinistenschweine sein – was ich nun wirklich nicht war –, oblag es mir natürlich, in dieser Rolle mitzumachen, so sehr mir das auch widerstrebte.

»Wir sehen uns, wenn du damit fertig bist, Schätzchen«, sagte ich und verschwand durch die Tür, so daß ich ihre drastische Antwort nicht mehr mitbekam.

In der Folge wanderte ich durch das Gelände, schaute in der Bar vorbei, verweilte am Schwimmbecken, um von den dort versammelten nackten Sonnenanbeterinnen einige Aufnahmen zu machen – was ich dann aber doch bleiben ließ bei dem ernüchternden Gedanken an Angelinas Reaktion, sollte sie die Bilder zu sehen bekommen. Sehr besitzbewußt ist meine Frau, und das gefiel mir auch – glaube ich wenigstens. Ich marschierte weiter und fand schließlich das Touristenbüro.

Es kostete mich schon Überwindung, nicht zu erschaudern beim Anblick des kleinen Schiffs aus gefärbten Muscheln, den putzigen Seemannsmützen mit intelligenten Aufschriften wie KÜSS MICH, DU VERRÜCKTER ESEL! und KLAPPERN SIE GLEICH WEITER! Mit abgewandtem Blick ging ich daran vorbei und begab mich in einen Teil des Ladens, in dem Ansichtskarten und Reisebücher verkauft wurden. Ich begann mich umzusehen, als eine leise Stimme neben mir fragte: »Kann ich Ihnen helfen, Sir?«

Süß, jung, klare Augen, eine ausgeprägte, sinnliche Figur, goldene Haut, rubinrote Lippen und exotisch wie ein Tiger …

»Und ob!« antwortete ich heiser, zügelte dann aber doch meine Begeisterung. Nicht, solange Angelina und ich auf demselben Planeten waren! »Ich möchte gern ... einen Touristenratgeber.«

»Wir haben viele vorzügliche Ausgaben. Hatten Sie an etwas Bestimmtes gedacht?«

»Ja, an eine Geschichte von Paraiso-Aqui. Keine Propagandaschrift für Touristen, sondern etwas Konkretes. Haben Sie so etwas?«

Sie bedachte mich mit einem verschleierten Blick unter halb gesenkten Lidern – und wandte sich den Regalen zu. Als sie sich wieder umdrehte, hielt sie einen dicken Band in der Hand, den sie mir reichte.

»Ich glaube, hier werden Sie das Gesuchte finden«, sagte sie, ehe sie sich geschmeidig abwandte und langsam entfernte.

»An die Arbeit, Jim!« sagte ich mir, riß den Blick von ihrer faszinierenden Figur und richtete ihn auf das Buch in meiner Hand.

Eine Sozial- und Wirtschaftsgeschichte von Paraiso-Aqui. Großartig. Klang nach einem Bestseller. Ich blätterte den Band durch und fand sofort das Stück Papier zwischen den Seiten. Darauf standen Blockbuchstaben, die ich lesen konnte, ohne das Papier herauszunehmen.

VORSICHT! LASSEN SIE SICH HIERMIT NICHT ERWISCHEN!

Plötzlich fiel ein Schatten über das Buch. Ein untersetzter Einheimischer stand vor mir und lächelte falsch.

»Ich hätte gern das Buch«, sagte er und streckte die Hand aus.

Ich sah das Wort so deutlich, als stünde es auf seiner Stirn. BULLE. Das war es. Ein Polizist. Eine überall in der Galaxis anzutreffende Spezies.

»Ach du je, weshalb sind Sie denn so scharf auf mein hübsches kleines Buch?« fragte ich.

»Das geht Sie nichts an. Her damit!«

»Nein.« Ich zitterte in gespielter Angst, preßte das Buch

an mich und wich einen Schritt zurück. Er schenkte mir ein kaltes Lächeln und hob die Arme, um es meinen feigen Händen zu entreißen.

Endlich begann der Urlaub richtig!

VIER

Ich ließ ihn erst beide Hände an das Buch legen, ehe ich meinerseits zugriff, mir seine ziemlich vorspringende Nase schnappte und energisch daran drehte. Ich muß zugeben, dafür hatte ich rein sadistische Gründe. Er brüllte vor Wut und Schmerz und zeigte mir einen Mund voller schiefstehender Zähne, die dringend einer Behandlung bedurft hätten. Dann schlossen sich die Lippen wieder, wie auch seine Augen, denn er sank schlaff zu Boden. Ein energisch in das Nervenzentrum des Solar Plexus gestoßener Finger ruft augenblickliche Bewußtlosigkeit hervor. Ich wandte der Szene dieses nicht weiter aufregenden Triumphes den Rücken, nur um mich einem der Einheimischen gegenüberzusehen, der eine Hoteluniform trug. Mit untertassengroßen Augen und aufgerissenem Mund.

»Er muß sehr müde gewesen sein, einfach so einzuschlafen«, sagte ich. »Aber dieser Planet hat nun mal etwas Entspannendes. Ich möchte dieses Buch erstehen.«

Blinzelnd starrte er auf den Umschlag und fand seine Stimme wieder. »Tut mir leid, aber das ist kein Buch von uns.«

Jetzt war ich mit Blinzeln an der Reihe. »Muß aber sein. Ich habe doch gesehen, wie die Verkäuferin es aus dem Regal nahm.«

»Wir haben hier keine Verkäuferin. Ich bin allein.«

Endlich dämmerte mir, was geschehen war. Achselzuckend wandte ich mich zum Gehen. Keine Verkäuferin und kein Buch. Man hatte mich in die Falle gelockt, soviel war klar. Und sobald Dornröschen wieder zu sich kam, würden sich die Vertreter des Gesetzes an meine Fersen heften. Wie nett, daß sie auf dieser langweiligen Urlaubswelt für ein bißchen Abwechslung sorgen wollten! Als ich zurückkehrte, streifte Angelina gerade einen Badeanzug über, was augenblicklich meine Libido in Gang brachte. Nach einer energischen Runde Küsserei und Schmuserei schob sie mich sanft von sich.

»Wir müssen öfter Urlaub machen, wenn das so angenehme Auswirkungen hat: was doch für ein süßes Ungeheuer in dir steckt! Was ist das für ein Buch?«

»Nichts. Hab's nur irgendwo aufgelesen. Machen wir einen Spaziergang am Strand, um zu sehen, ob dein Badeanzug zum Sand paßt.« Dabei rollte ich vielsagend mit den Augen. Sie nickte ein wenig zum Zeichen, daß sie verstanden hatte.

»Wunderbar. Ich muß nur noch meine Sandalen suchen.«

Stumm machten wir uns davon, und Angelina hielt ihre Frage zurück, bis wir am Rand des Wassers entlangspazierten, fern von allen Gebäuden. »Glaubst du, das Zimmer wird abgehört?«

»Keine Ahnung. Aber ich wollte kein Risiko eingehen, wenn ich das Buch aufmachte.« Ich erzählte ihr, wie ich an den Band gekommen war, und zog den geheimnisvollen Zettel zwischen den Seiten hervor. Auf der Rückseite standen einige hastig hingeworfene Zeilen, die wir stumm lasen:

Die Bevölkerung dieses Planeten braucht dringend Ihre Hilfe. Wir flehen Sie an, unterstützen Sie uns! Bitte gehen Sie um 2400 Uhr heute nacht allein am Strand spazieren.

Die Unterschrift fehlte. Ich bückte mich, schöpfte eine Handvoll Wasser, zerdrückte den Zettel und trat die Fetzen beim Gehen in den Sand.

»Möchte wissen, wer dahintersteckt«, bemerkte Angelina, wozu ich nur feierlich nicken konnte.

»Das ist die entscheidende Frage, nicht wahr? Schon dem Beamten an der Paßkontrolle bin ich aufgefallen, dann machte ich Aufnahmen von den Landarbeitern – und stellte neugierige Fragen. Meine Anwesenheit ist bekannt. Man hat sich mit mir in Verbindung gesetzt. Aber du fragst ganz richtig – wer ist ›man‹? Dieser Zettel könnte von den verzweifelten Bürgern Paraiso-Aquis stammen, denen es darum geht, daß die Galaxis von ihren Nöten erfährt ...«

»Vielleicht ist es aber auch eine Falle der Sicherheitsbehörden, die dich belasten möchten.«

»Genau. Aber ich habe keine andere Wahl. Um Mitternacht gilt es also dem Schicksal entgegenzutreten. Allerdings dürfte es da einen Haken geben.«

»Wieso?« fragte sie und blinzelte im grellen Sonnenschein anmutig zu mir auf.

»Weil sich der Bulle um mich kümmern wird, sobald er wieder zu sich kommt. Wir wissen nicht, wer den Zettel plaziert hat – aber daß das ein Polizist war, steht außer Zweifel.«

»Dann ist doch alles klar mit deiner Mitternachtsverabredung. Du läßt dich von der Polizei quer durch die Stadt jagen – daran hast du doch immer großen Spaß. Und ich gehe für dich zum Strand.«

»Meine Liebste! Die Gefahr!«

Sie lächelte liebevoll und drückte mir zärtlich den Arm. »Wie süß! Du machst dir um mich Sorgen.«

»Nein, nicht im geringsten. Eher um die anderen, sollten die irgend etwas Krummes mit dir vorhaben.«

»Ungeheuer!« schnurrte sie, und die sanft streichelnde Hand wurde zu einer eisernen Klaue, die sich tief in meinen Bizeps grub. Dann lächelte sie. »Aber du hast natürlich recht. Es ist ziemlich still gewesen. Ich hoffe wirklich, daß die Unbekannten Hintergedanken haben.«

»Also abgemacht.« Ich rieb mir den gequetschten Arm. »Gehen wir wieder aufs Zimmer! Ich möchte etwas zu essen bestellen. Eine Hatz ist mit leerem Magen kein Vergnügen.«

Als wir das Zimmer betraten, fiel unser Blick sofort auf den Bewußtlosen neben dem Bett; seine Arme waren noch immer zur Kamera ausgestreckt, die in aller Unschuld am Kopfende lag.

»Das wäre der erste«, sagte ich. »Er wollte auf uns warten. Als es ihm dann zu langweilig wurde, beschloß er, sich die

Kamera anzusehen. Die automatische Schlafgasdüse hat ihn erledigt.«

»Polizei«, stellte Angelina fest, die eilig seine Taschen durchsah. »Ausweis, Waffe, Gummiknüppel, Handschellen, Jagdmesser und Lähmgranaten. Ein unangenehmer Kerl.«

»Du hast recht. Auf Paraiso-Aqui herrscht nicht nur das Paradies. Am besten behältst du die Kamera bei dir. Ich nehme mir nur noch ein paar Kleinigkeiten heraus. Aber jetzt wollen wir schnell das Mittagessen bestellen, ehe weitere Besucher eintreffen.«

Die Bedienung kam schnell und klappte bestens. Innerhalb von Minuten schob der Kellner ein Wägelchen herein, das beladen war mit Leckereien aller Art. Leider schoben sich dicht hinter ihm zwei Polizeibeamte durch die Tür.

»Verlassen Sie sofort den Raum!« forderte Angelina und trat den beiden in den Weg. »Sie sind nicht eingeladen.« Der Kellner duckte sich furchtsam, und ich stellte mir hastig ein Sandwich zusammen. Mahlzeit und Flucht ließen sich nicht mehr trennen.

»Zur Seite, Frau!« sagte der erste unrasiert wirkende Bulle. Hätte er es dabei bewenden lassen, wäre er viel besser dran gewesen. Aber er machte den Fehler, Angelina eine fleischige Hand auf die Schulter zu legen, mit der Absicht, sie fortzuschieben.

Ihm blieb gerade noch Zeit für einen spitzen Schmerzensschrei. Ich hörte eindeutig das Knacken brechender Knochen, ehe er bewußtlos auf den Teppich sank. Der zweite Beamte zog seine Pistole, als ich das Sandwich aus der Hand legte, doch ehe ich an ihn herankam, drapierte er sich bereits neben seinen Begleiter. Der Kellner ergriff die Flucht, und Angelina schloß zufrieden lächelnd hinter ihm die Tür. Ich machte ein zweites Sandwich fertig, wickelte beide in eine Serviette und rundete meine Essensvorbereitungen mit einer Flasche *ron* ab.

»Es wird Zeit, daß ich verschwinde«, sagte ich, beugte mich über die schlafenden Kerlchen und setzte ihnen kurz den Schlaginjektor in den Nacken. »KO-Schüsse«, erklärte ich. »Müßten mindestens einen Tag reichen. Es geht nicht an, daß die beiden durch die Gegend marschieren und dich als Angreifer identifizieren. Zumindest nicht vor der Zusammenkunft um Mitternacht.«

Ich küßte sie liebevoll, und ein lautes Türklopfen mutete wie ein Echo unserer Berührung an.

»Es wird Zeit, einen Ausweg zu finden«, sagte ich und schlenderte auf den Balkon hinaus. Angelina folgte mir und nagte dabei vornehm an einem Stück Partygebäck. Wir befanden uns im zwanzigsten Stockwerk, die Wand war glatt, zu glatt zum Klettern. Kein Problem. »Kannst du das mal einen Moment halten?« bat ich und reichte ihr mein Sandwichpaket.

Es war eine Sache von Sekunden, über den Rand des Balkons zu steigen, an den Händen hängend Schwung zu nehmen und leichtfüßig auf dem unter uns liegenden Balkon zu laden. Angelina ließ Essen und Trinken in meine ausgestreckten Hände fallen und warf mir einen Handkuß zu. Es lief wirklich alles gut, sogar sehr gut.

Die unter uns liegenden Räume waren zum Glück leer, so daß ich die Gelegenheit nutzte, Hunger und Durst zu stillen. Eben hatte ich den letzten Krumen verzehrt und kostete vorsichtig den *ron*, als ich hörte, wie ein Schlüssel ins Schloß gesteckt wurde. Ich stieß ein wenig auf, stellte widerstrebend die bei weitem noch nicht geleerte Flasche aus der Hand und preßte mich hinter der aufgehenden Tür an die Wand.

Keine Touristen! Zwei Männer in Militäruniformen kamen mit gezogenen Waffen in das Zimmer. Ich wartete, bis ich sicher war, daß keine weiteren folgen würden, dann baute ich mich hinter ihnen auf.

»Suchen Sie jemanden?« fragte ich.

Sie wirbelten wutschnaubend herum und hoben die Waffen. Ich hielt den Atem an, hob die Schlafkapsel und zerbrach sie vor ihren Nasen. Dann trat ich zurück, während sie klappernd und stöhnend den Teppich küßten. Einer der beiden hatte etwa meine Größe, was mir eine auf der Hand liegende und doch sehr interessante Möglichkeit eröffnete.

Das einzige kleine Problem bestand darin, daß der gute Mann ruhig ein wenig öfter hätte duschen können. Als ich seine Uniform über meine Strandsachen zog, stieg mir ein starker Odeur in die Nase, der es mir sehr schwer machte, ihn zu vergessen. So sauber die Uniform aussah, sein Unterzeug war löchrig, geflickt und selten gewechselt. Auf Paraiso-Aqui wurde offenbar kein guter Sold gezahlt. Bei der Kampfausrüstung dagegen war nicht gespart worden. Mikrofunk, ein Ionengewehr, bis obenhin geladen, eine .50er rückschlagfreie Handfeuerwaffe und volle Nachlademagazine. Als ich alles an Ort und Stelle hatte, sah ich durch und durch militärisch aus. Und meine Haut war braun getönt, wie ich es bei den Einheimischen gesehen hatte.

»Gut gemacht, Jim, wirklich gut gemacht«, beglückwünschte ich mich. »Wieder schlägt die Edelstahlratte zu, dringt an Orte vor, die niemand sonst zu betreten wagt, frißt sich in das Eisenbetonfutter der menschlichen Gesellschaft. Wie ein Gespenst auftauchend, wie der Blitz zuschlagend. Furchtlos und mächtig! Toll!«

Diese wohlverdienten Komplimente stärkten natürlich meine Moral, und ich rückte noch einmal meine Uniform zurecht und öffnete die Tür.

Neben meinem Gesicht explodierte der Türrahmen, und Kugeln pfiffen mir um die Ohren und schlugen krachend ein.

FÜNF

Ich knallte die Tür wieder zu und warf mich zur Seite. Gerade noch rechtzeitig, um einer neuen Salve zu entgehen, die eine saubere Lochreihe in die Tür stanzte, wo ich eben noch gestanden hatte.

»Den Tourismus wird das gerade nicht fördern«, brummte ich vor mich hin, während ich auf dem Bauch zum Balkon kroch. Da ich nun wußte, daß es die Burschen ernst meinten, hängte ich meinen Helm über den Gewehrlauf und schob ihn vorsichtig hoch. Vom Nachbarbalkon wurden mehrere Schüsse abgegeben, und der Helm zuckte hoch und polterte zu Boden. Geduld hatte man nicht. Ich setzte das Ding wieder auf und versuchte nicht auf die schimmernden Dellen zu achten.

»Du hättest nicht so egoistisch sein sollen, James«, sagte ich. »Jetzt bezahlst du für deine kleine Mittagspause.« Harte Worte, die aber der Wahrheit entsprachen und wohlverdient waren. Wenn ich recht habe, was sehr oft der Fall ist, gestehe ich das gern ein. Aber wenn ich mich irre, stehe ich auch dazu. Ein Verbrecher, der sich etwas vormacht, wird sehr schnell zum Ex-Verbrecher und liegt entweder zwei Meter unter der Erde oder blickt zum Himmel durch ein Gitterfenster auf.

»Der Augenblick der Reue ist vorbei. Nun wirf die Denkmaschine an – wie kommst du hier raus!«

Ich dachte nach. Beide Flanken waren vom Feind besetzt, außerdem wurde die Zeit knapp. Es war angebracht, eine neue Flanke aufzumachen. Ich eilte in das Badezimmer, während eine weitere MG-Salve die Tür durchsiebte. Die Dusche schien mir um diese Tageszeit der beste Ansatzpunkt. Ich wollte keine unschuldigen Zuschauer mit in die Sache hineinziehen. Ich griff nach dem Bindlöser, schaltete ihn ein und bewegte ihn schnell im Kreis über der Duschwanne.

Der molekulare Bindlöser wird oft auch Auflösungsstrahl genannt, was nicht der Wahrheit entspricht. In seinem Kraftfeld wird keine Materie vernichtet. Er wirkt lediglich auf die molekularen Bindungen ein, die die Materie zusammenhalten, und setzt für kurze Zeit die Ladung herab. Sobald dies geschieht, werden die Materie-Moleküle nicht mehr zusammengehalten. Simpel, nicht wahr?

Der untere Teil der Duschwanne samt Fußboden löste sich und stürzte in die Dusche der darunterliegenden Zimmerflucht. Als ich mich durch die Öffnung fallen ließ, hörte ich oben die Tür ins Zimmer fallen. Nun galt es in Bewegung zu bleiben, und das tat ich. Raus aus dem Badezimmer ins Wohnzimmer, wo ich mich einer zitternden Touristin aus unserem Schiff gegenübersah. Verzweifelt tippte sie eine Nummer am Telefon. Sie hob den Blick und begann zu schreien.

»Caña, caballero, Español, ron!« brüllte ich heiser und ratterte damit mein gesamtes Vokabular der hiesigen Sprache herunter. Sie kreischte und fiel in Ohnmacht. Gut so. Ich öffnete die Tür einen Spalt breit. Niemand im Flur.

Nun war Eile geboten, nicht Vorsicht. Ich galoppierte den Flur entlang, vorbei an einer Touristengruppe, und erreichte den Korridor, der zur Dienstbotentreppe führte. Wenn ich ein neues Gebäude betrete, mache ich mich stets mit dem Grundriß vertraut; und nicht zum erstenmal wirkte sich diese Gewohnheit zu meinem Vorteil aus. Die Tür zur Feuertreppe war, wo sie sein mußte, und ich wollte sie eben öffnen, als ich auf der anderen Seite hastige Schritte hörte. Die Bullen waren vor mir zur Stelle! Aber schon begann der Lärm leiser zu werden. Ich wagte es, die Tür zu öffnen – und sah uniformierte Rücken nach unten verschwinden. Ausgezeichnet!

Ich schlich hinter den Beamten her.

Der kommandierende Sergeant brüllte seinen Soldaten ermutigende Worte zu, während sie unter der Last ihrer

Ausrüstung und in schweren Stiefeln die Treppe hinabeilten. Ich folgte. Zunächst blieb ich auf Abstand und schloß mich dann einfach an, als die Nachzügler keuchend noch langsamer wurden. So torkelten wir schließlich in größtem Durcheinander ins Foyer und schlossen uns den anderen Soldaten und Polizisten an, die dort sinnlos hin und her zu laufen schienen. Ein Kinderspiel, mich zum Rand des Mobs vorzuarbeiten und zwischen den Gebäuden zu verschwinden.

Einige Minuten später verstaute ich fröhlich pfeifend Uniform samt Ausrüstung in einem Abfalleimer bei der Hotelküche. Und schon war ich ein Tourist unter tausend, die staunend durcheinanderliefen und sich gegenseitig Fragen zuriefen, um endlich zu erfahren, was eigentlich los sei. Reiseleiter und Hotelangestellte versuchten sie zu beruhigen, doch ich blieb den Einheimischen so fern, so unschuldig sie auch aussehen mochten. Schließlich gesellte ich mich zu einigen Touristen am Strand, und wenn ich weiter wanderte als sie, wer wollte mir das verbieten? Weiter vorn ragte eine Landzunge ins Wasser und bildete eine Art Bucht, und als ich sie umwandert hatte, war ich außer Sicht des Hotels und des Aufruhrs, den ich unbeabsichtigt ausgelöst hatte.

Das ganze Durcheinander hatte mich auf das Angenehmste ermüdet. Ich erstieg den Küstenhang und erreichte den Dschungelrand. Dankbar setzte ich mich in den Schatten eines großen Baums, abgeschirmt von dem tieferliegenden Strand, und genoß die sich verändernden Farben des nahenden Abends. Die Sonne sank in den Ozean, ohne im geringsten zu zischen, und langsam senkte sich Dunkelheit nieder. Ich machte es ihr nach. Das Gras war weich, der Dschungel frei von tropischen Insekten, ich schloß die Augen und schlief den Schlaf des Unschuldigen und Gerechten.

Entweder war es der *ron* oder die viele Bewegung oder beides –, denn ich rührte mich erst wieder, als die aufsteigende Sonne dem Himmel die Farbe raubte. Ich gähnte, reckte mich – und vernahm das Grollen meines leeren Magens. Es war Zeit zurückzukehren. Doch ehe ich das tat, nahm ich all die verbotenen Dinge aus der Tasche und vergrub sie zwischen den Wurzeln eines großen Baums. Unschuldig und unrasiert kehrte ich schließlich zum Hotelkomplex zurück.

Dabei wendete ich dieselbe Vorsicht an wie beim Aufbruch. Nach allem, was ich durchgemacht hatte, wollte ich mir nicht von einem schußwütigen Rekruten ein Loch in den Pelz brennen lassen. Die einzige Möglichkeit, von diesem Planeten wieder fortzukommen, bestand darin, sich den Behörden zu ergeben. Allerdings wollte ich das zu meinen Bedingungen tun.

Das Hotelrestaurant war dazu der ideale Ort. Ich gestaltete den Anmarsch in Deckung des Ziergestrüpps, außer Sicht der Polizisten, die vor dem Eingang auf und ab stapften, und schob mich durch ein offenes Fenster ins Innere. Einige Frühaufsteher schlangen bereits ihr Frühstück hinunter, und ich gedachte dasselbe zu tun. Am Buffet füllte ich mir einen Teller, goß ein Glas Saft und eine Tasse Kaffee voll und war auch schon tüchtig am Mampfen, als einer der Kellner mich bemerkte und zitternd zusammenfuhr. Als er davoneilte, nahm ich meinen Kaffee und rückte an einen Tisch, der näher bei den anderen stand.

»Was war denn das gestern für eine Aufregung?« fragte ich ein älteres Paar, das jede Menge Rührei in sich hineinschaufelte, als wäre soeben die letzte Henne gestorben.

»Das sagt niemand. Kein Wort«, antwortete er kauend. Sie nickte, ohne beim Futtern innezuhalten. »Das genügt mir nicht, hab' ich gesagt. Ich zahle mein Geld schließlich nicht, um mir Schießereien anzusehen. Ich hab's Geld zurückgefordert und will mit dem nächsten Schiff hier weg.«

Ehe mir eine witzige Antwort einfiel, gab es an der Tür Gedränge: ein halbes Dutzend Polizisten wogte herein und richtete die Waffen auf mich.

»Eine Bewegung, und wir schießen!« brüllte einer.

»Kellner!« rief ich. »Holen Sie den Geschäftsführer! Irgend jemanden, schnell! Er soll sofort kommen!« Ich trank einen Schluck Kaffee, während der uniformierte Mob näherrückte.

»Sie begleiten uns«, sagte ein Offizier.

»Warum?« fragte ich gelassen, saß ich doch im Blickfeld der Touristen und Hotelangestellten.

Zwei Beamte packten mich an der Schulter und zerrten mich hoch. Ich leistete keinen Widerstand, auch wenn mich das große Überwindung kostete. Es liefen immer mehr Leute zusammen, und ich erkannte einen der Männer. Es war unser Reiseführer.

»Jorge!« brüllte ich. »Was soll das? Was sind das für seltsam gekleidete Leute?«

»Polizisten«, sagte er, rang die Hände und sah sehr bedrückt aus. »Sie möchten mit Ihnen sprechen.«

»Na schön, das können sie hier tun. Ich bin Tourist und habe meine Rechte.«

Es gab ein längeres Gebrüll in Español, unterlegt durch das aufgeregte Gemurmel der Touristen, die immer zahlreicher wurden. Die Szene entwickelte sich bestens. Jorge wandte sich wieder an mich und schien noch unglücklicher zu sein.

»Tut mir leid. Ich kann nichts tun. Sie sollen die Beamten begleiten.«

»Ich werde entführt!« brüllte ich. »Ein armer Tourist wird von falschen Polizisten entführt! Rufen Sie die Regierung an, die Touristenbehörde, meinen Konsul! Sie werden mir das büßen – ich verklage diesen miesen Planeten, bis er pleite ist, wenn diese Farce nicht sofort beendet wird!«

Die Zuschauer murmelten zustimmend, und vielleicht wäre ich sogar freigekommen, wenn sich nicht in diesem Moment ein großgewachsener Offizier durch die Menge geschoben hätte. Seine stahlblauen Augen blickten unbeugsam, und er übernahm sofort das Kommando.

»Seien Sie unbesorgt, guter Herr, Sie sind nicht verhaftet, o nein. Lassen Sie ihn sofort los!« Die Klauenhände fielen von mir ab. Er lächelte und wandte sich an mich, und seine nächsten Worte galten nicht nur mir, sondern mindestens im gleichen Maße auch den zuschauenden Touristen.

»Gestern scheint es einen Unfall gegeben zu haben, und diese Männer nehmen an, Sie hätten ihn gesehen ...«

»Ich habe nichts gesehen. Und wer sind Sie?«

»Oliveira. Captain Oliveira. Freut mich sehr zu hören, daß Sie nichts gesehen haben. Hätten Sie dann die Güte, mir zu sagen, was Sie nicht gesehen haben? Der Unfall hat unschuldige Opfer gefordert, denen Sie sicher helfen wollen. Oder nicht?«

Sein Lächeln war so ehrlich, seine Logik so unangreifbar, daß es plötzlich so aussah, als wäre ich das Sandkorn im Getriebe der Justiz. Aber auch ich konnte Vernunft zeigen.

»Sehr gern«, antwortete ich. »Aber wohin gehen wir? Ich möchte meiner Frau eine Nachricht hinterlassen!«

Eine Sekunde lang lag ungezügelte Wut in Oliveiras breitem Lächeln. »In das Hauptquartier der Polizei ...«

»Schön. He, Sie!« Ich winkte einen Kellner herbei. »Sobald ich fort bin, gehen Sie hinauf zu meiner Frau nach Zwanzigzehn! Schildern Sie ihr, was geschehen ist! Richten Sie ihr aus, ich werde zum Mittagessen wieder hier sein! Haben Sie das gehört, Leute?« Ich sprach so laut, daß jeder in Hörweite befindliche Tourist wissen mußte, was hier geschah. »Ich werde diesen netten Polizisten bei einer Unfallermittlung helfen. Vielleicht erfahre ich dabei, was das Chaos hier gestern zu bedeuten hatte. Zum Mittagessen bin ich wieder da und gebe Ihnen Bescheid. Gehen wir, Captain Oliveira!«

Ich marschierte so schnell zur Tür, daß er sich sputen mußte. Ich hatte getan, was ich konnte, jetzt lag es an der Polizei. Sollte ich einem bedauerlichen Unfall zum Opfer fallen, würden die Anwesenden wissen, wem die Schuld daran zukam.

Es gab finstere Blicke und unterdrücktes Gemurre, als wir uns in einen Streifenwagen quetschten. Danach ging es mit jaulenden Sirenen und kreischenden Reifen fort vom

Strand, vorbei am Flughafen und in die dahinterliegende Stadt. Captain Oliveira begleitete uns nicht; ich sah ihn in einem zweiten Wagen vorausfahren. Bestimmt wollte er den Empfang für mich vorbereiten. Aber ich lachte Angst und Gefahr ins Gesicht! Zum Beweis lachte ich laut, und die Beamten blickten mich an, als hätte ich den Verstand verloren. Vielleicht hatte ich das auch – sonst wäre ich wohl gar nicht erst hierhergekommen. Aber zum Andersüberlegen war es ein bißchen spät. Ich machte Atem- und Entspannungsübungen und fühlte mich ausgesprochen fit, als wir durch ein offenes Tor in einen bedrohlich aussehenden Innenhof fuhren.

Was nun folgte, war mehr oder weniger Routine – die ich allerdings schon viel zu oft erlebt hatte. Man zog mich aus und brachte die Kleidung zum Durchsuchen. Mein eindrucksvoller Körper wurde geröntgt, dann untersuchte ein Zahnarzt, der einen geradezu betäubenden Knoblauchatem hatte, mein Gebiß. Zur Abwechslung waren hier einmal keine kleinen Apparate versteckt – und auch sonst war nichts zu finden. Nach diesem Ritual gab man mir einen Baumwollkittel und Pantoffeln. Flankiert von zwei stämmigen Polizisten wurde ich sodann Captain Oliveira vorgeführt. Mit der gespielten Höflichkeit war es aus. Seine Stimme klang kalt, sein Blick war durchdringend.

»Wer sind Sie?« fragte er.

»Ein einfacher Tourist, der von Ihren Schlächtern völlig zu unrecht ...«

»*Cargata!*« knurrte er, und ich merkte mir das Wort in der Gewißheit, daß dieser hübsche Fluch mir auf Paraiso-Aqui noch einmal nützen konnte. »Man hat Sie im Gespräch mit einem gesuchten Verbrecher beobachtet, der Ihnen eine Botschaft zugesteckt hat. Als Sie von einem Beamten pflichtgemäß verhört werden sollten, griffen Sie ihn an. Als andere Polizisten eintrafen, um Sie deswegen zu befragen, wurden sie gleichermaßen gewalttätig. Wir leben hier auf einer friedlichen Welt und dulden ein solches Verhalten nicht. Nun wurden weitere Polizeieinheiten und auch Soldaten geschickt, um Sie zu verhaften, ehe Sie noch mehr Gewalt säen konnten – aber Sie attackierten mehr Männer und übten noch mehr Gewalt. Sie werden mir jetzt sagen, wer Sie sind und was Sie hier tun – und wie die Botschaft lautete, die Sie aus der hiesigen Unterwelt erhalten haben.«

»Nein«, sagte ich entschlossen, und mein Gesicht war mindestens so abweisend-zornig wie das seine. »Ich wollte auf Ihrem elenden Planeten Urlaub machen. Ich wurde angegriffen und verteidigte mich. Da ich etliche Jahre als Marinesoldat gedient habe, weiß ich genau, wie man sich wehren muß.« Diese Tatsache hatte ich vorsichtshalber in meine falsche Lebensgeschichte einbauen lassen. »Ich weiß nicht, warum Ihre Gauner mich angegriffen haben – es ist mir auch egal. Sie versuchten mich zu töten, und ich wehrte mich. Dann wartete ich, bis es ruhiger geworden war, und tauchte dann wieder auf und ergab mich. Jetzt können Sie mich gehen lassen. Ich habe nichts mehr zu sagen.«

»Nein!« brüllte er und verlor die Beherrschung. Mit den Fäusten trommelte er auf den Tisch. »Sie werden mir die Wahrheit sagen, sonst prügele ich sie aus Ihnen heraus ...«

»Sie sind ein Arschloch, Oliveira. Alle Touristen im Hotel wissen, daß ich in Polizeigewahrsam bin. Wenn Sie mir nur ein Haar krümmen, können Sie Ihre Touristeneinnahmen in den Schornstein schreiben. Für immer. Ich bin allerdings bereit, eine Aussage zu machen. Und nur einmal. Und ich möchte dabei an einen Lügendetektor angeschlossen sein ...«

»Der Stuhl, in dem Sie sitzen, ist ein Lügendetektor. Sprechen Sie!«

Nur gut, daß ich das nicht gewußt hatte, als ich log! Nun brauchte ich nur noch darauf zu achten, wie ich meine Äußerung formulierte.

»Schön. Also, für's Protokoll. Jemand, den ich nie zuvor gesehen hatte, gab mir ein Buch. Ich habe die Person seither nicht wiedergesehen, kann also auch keine Informationen von ihr erhalten haben. Ich weiß nicht, wer sie ist, oder warum sie mich angesprochen hat. Punkt. Ende der Aussage. Und jetzt möchte ich meine Sachen wiederhaben, denn ich verschwinde von hier.«

Ich stand auf und musterte ihn stumm. Sein Gesichtsausdruck veränderte sich nicht, doch konnte ich an seiner Schläfe eine Ader heftig pulsieren sehen. Der Zorn drohte ihn zu übermannen – doch er war schlau. Entweder mußte er mich töten – oder mich freilassen. Eine andere Wahl hatte er nicht, und das wußte er. Als er sich schließlich äußerte, klang seine Stimme leise und beherrscht. Doch ich glaubte ihm jedes Wort.

»Ich lasse Sie frei. Man wird Sie ins Hotel zurückbringen, wo Sie Ihre Sachen packen. Meine Männer werden bei Ihnen bleiben. Sie werden Sie und Ihre Frau zum Raumflughafen bringen, von wo Sie mit dem nächsten Schiff diesen Planeten verlassen. Sie werden nie zurückkehren. Sollten Sie das doch einmal tun, werde ich Sie töten, sobald ich Sie zu Gesicht bekomme. Sie sind in irgend etwas Schmutziges verwickelt. Ich weiß nicht, was es ist – es ist mir auch egal. Begriffen?«

»Bestens, Captain. Und ich möchte bestimmt so nachdrücklich weg, wie Sie mich forthaben wollen.«

Allerdings verschwieg ich, daß ich mindestens genauso dringend zurückkehren wollte. Der Captain und ich würden uns wieder über den Weg laufen.

SECHS

Angelina und ich konnten erst wieder richtig miteinander sprechen, als wir im freien Weltraum angekommen waren. Bis dahin waren wir stets dicht umschwärmt von Polizisten mit niedrigen Stirnen, die uns beim Packen über die Schulter blickten und uns aus dem Hotel fortschafften, sobald wir fertig waren. Der Abflug eines Touristenschiffes wurde unseretwegen um über eine Stunde verschoben. Der Start erfolgte, kaum daß wir an Bord waren. Nach der Beschleunigung schenkte ich mir eine Portion hundertprozentiges Nerventonikum ein und gebrauchte dann den Detektor in der Kamera, um die Kabine abzusuchen: keine Wanzen.

»Sauber«, stellte ich fest. »Hast du die Mitternachtsverabredung eingehalten?«

»Du hast mir gesagt, du wärst von einem Einheimischen angesprochen worden.« Angelinas Stimme klirrte, als spreche sie bei Frost. »Du vergaßest allerdings zu erwähnen, daß dieser Einheimische eine sehr attraktive und sinnliche junge Frau war!«

»Meine Liebste! Du tust mir unrecht. Ich habe sie nur wenige Sekunden lang gesehen. Nicht mehr!«

»Da hat gefälligst auch nicht mehr zu sein. Deine Hyper-Libido kenne ich nur zu gut, Jim diGriz! Berührst du sie auch nur mit einem Finger, schneide ich ihn dir ab!«

»Einverstanden, kein Finger. Nun sag mir *bitte*, was los war.«

»Ich machte den Spaziergang am Strand. Sie hatte sich am Rand des Dschungels versteckt und rief mir zu, fragte mich, ob ich den Zettel gelesen hätte. Ich wiederholte die Nachricht und verständigte sie, daß du anderweitig beschäftigt seist. Da erzählte sie mir alles. Sie heißt Flavia und gehört einer zugegebenermaßen schlecht organisierten Widerstandsbewegung an. Die bringt es nicht einmal fertig, den Protest offenkundig zu machen. So schnell man sich organisiert, werden die Zellen auch schon aufgespürt und aufgelöst. Die Mitglieder kommen ins Gefängnis oder werden umgebracht. Die einzige Hoffnung besteht darin, die schlimme Situation in der ganzen Galaxis bekanntzumachen.«

»Ich fürchte, die Galaxis weiß bereits Bescheid – und schert sich wenig darum.«

»Das habe ich ihr nicht gesagt. Sie war so glücklich über meine Zusagen, die Botschaft auf andere Welten zu tragen. Fünf Seiten Text. Es beeindruckte sie sehr, daß ich ihn schon nach einmaligem Lesen auswendig wußte.«

»Im Dunkeln?«

»Halt den Mund! Der Text war mit Leuchttinte geschrieben. Und war sehr deprimierend, das kann ich dir sagen. Einer der Gründe, warum sich die anderen Planeten nicht darum scheren, liegt in dem Umstand, daß die hiesige Regierungsform äußerlich wie eine Demokratie aussieht. Alle vier Jahre findet eine Präsidentenwahl statt. Nur stimmt an der Sache nicht, daß die Wahl von vorn bis hinten getürkt ist und General-Präsident Julio Zapilote stets wiedergewählt wird. Im Augenblick steht er in der einundvierzigsten Amtsperiode ...«

»Da muß er ja zweihundert Jahre alt sein!«

»Ist er auch. Geriatrisch behandelt natürlich. Unterstützung findet er bei einem Haufen Militärbanditen, die die Bevölkerung in Schach halten. Eine typische polarisierte Situation: er hält alle Macht in den Händen. Einige wenige Superreiche an der Spitze lenken alles, während sich unten die hungernden und praktisch versklavten Massen tummeln. Mit einer kleinen Mittelschicht dazwischen.«

»Das muß geändert werden«, sagte ich, wanderte in der Kabine auf und ab und zermarterte mir das Gehirn.

»Einverstanden. Aber leicht wird es nicht.«

»Alles ist leicht für den Mann, der das Universum gerettet hat!«

»Zweimal«, erinnerte sie mich.

»Stimmt. Ich werde dorthin zurückfliegen ...«

»*Wir.* Die Jungen und ich brauchen auch einen Urlaub.«

»Natürlich wir, meine Geliebte. Und deine beiden wohlgeratenen Söhne. Hat Flavia dir einen Grund genannt, warum man ausgerechnet mich angesprochen hat?«

»Der Touristenführer Jorge hat von dir und deinem Interesse an den Details der hiesigen Gesellschaft erzählt.«

»Schön. Wenn wir uns wieder mit den Leuten in Verbindung setzen wollen, können wir das über Jorge tun. Und das werden wir! Ein Mann wurde umgebracht bei dem Versuch, mir eine Botschaft über den Planeten auszuhändigen. Nachdem ich diesen Planeten nun gesehen habe, verstehe ich den Grund. Ich gedenke dorthin zurückzukehren. Außerdem habe ich mit einem gewissen Captain Oliveira noch eine Rechnung zu begleichen – das ist der Mann, der mich verhaften ließ.«

Angelina runzelte mörderisch die Stirn. »Wenn er dir auch nur ein Haar krümmt, bringe ich ihn um. Auf das Schmerzhafteste!«

»Wunderbare Frau! Mach dir keine Sorgen! Ich kümmere mich schon um den Captain. Du kannst meinetwegen den Rest des Planeten befreien.«

»Eine wirklich gute Idee! Hast du schon eine Ahnung, wie du das bewerkstelligen willst?«

»Nein, aber das hat mich bisher noch nie gestört. Wir werden uns entsprechend rüsten und zurückkehren – und dann fällt uns garantiert etwas ein!«

»Inszenieren wir eine Invasion? Wollen wir eine Söldnerarmee zusammenstellen?«

»Ich glaube, hier wäre ein raffinierteres Vorgehen angebracht. Wir werden von innen bohren, wie es einer Edelstahlratte geziemt. Und mir gehen schon ein paar Ideen im Kopf herum, wie das zu schaffen wäre!«

Natürlich waren die Zwillinge begeistert von der Idee. James leitete gerade eine zoologische Expedition zum Fang giftiger Tiere auf dem nebelverhangenen Schreckensplaneten Veniola, der den gespenstischen Stern Hernia umkreist. Kaum erreichte ihn unsere Nachricht, steckte er seinen letzten Fang in den Käfig und düste mit Höchstgeschwindigkeit nach Hause. Er traf nur kurze Zeit vor Bolivar ein, der mit einer Forschungsarbeit zur Gefängnisreform beschäftigt gewesen war. Er hatte sich in das ausbruchsichere Gefängnis Helior einliefern lassen, von wo er augenblicklich entwischte, als ihm meine Nachricht zugeschmuggelt wurde. Junge Leute haben Hunger und müssen gefüttert werden: ich wartete geduldig, während die beiden eine der ausgezeichneten neungängigen Mahlzeiten ihrer Mutter zu sich nahmen, ehe sie zu mir ins Arbeitszimmer kamen.

»Du bist irgendwie anders, Paps«, sagte James.

»Sehr aufmerksam von dir, Bruder«, bemerkte Bolivar. »Wo doch unser Vater nichts weiter hat als dunkle Haut, schwarzes Haar mit Schnurrbart, dunkle Augen, ein neues Kinn und andere Wangenknochen.«

»Außerdem beherrscht er noch eine neue Sprache«, fügte ich in perfektem Español hinzu.

»Klingt hübsch«, sagte James. »Und ist leicht zu verstehen, so ähnlich wie Esperanto.«

»Morgen werdet ihr schreckliche Kopfschmerzen haben und die Sprache ebenfalls beherrschen. Ein paar Stunden mit dem Sprachtrichter genügen.«

»Und dann was? Vielen Dank, Mama«, fügte Bolvar hinzu, denn Angelina war ins Zimmer gekommen und reichte ein Tablett mit gefüllten Weingläsern herum.

»Dann fliegen wir nach Paraiso-Aqui, wo dieser vorzügliche Wein hergestellt wird.« Wir tranken und schmatzten entzückt mit den Lippen. »Der Name dieser Welt bedeutet ›Paradies hier‹, und wir wollen mal versuchen, diesen Zustand endlich wirklich herzustellen.«

»Wie denn?« fragte Angelina, und das nicht zum erstenmal.

»Mir fällt schon etwas ein, wenn wir an Ort und Stelle sind. Unterdessen habe ich mir überlegt, wie wir stilvoll dorthin zurückkehren können. Wenn ihr euch das mal anschauen würdet ...«

Ich drücke auf den Knopf, der die Wand hochrollen ließ und den Blick auf die benachbarte Werkstatt freigab. Ein großer und ziemlich heruntergekommen aussehender Tourenwagen stand über der Grube.

»Sieht nicht gerade berühmt aus«, stellte Bolivar fest, der nie die Unwahrheit sagte.

»Vielen Dank. Das war auch meine Absicht. Dies ist die genaue Nachbildung eines Fahrzeugs, das ich auf Paraiso-Aqui photographiert habe. Dem Original entspricht dieser Wagen in jeder Einzelheit ...«

»Enthält aber gewisse zusätzliche Dinge, die das Original nie vorweisen konnte!« fügte James hinzu.

»Kluges Bürschchen. Vorsichtig! Keine Knöpfe drücken, keine Hebel bedienen, ehe ich die Funktion erklärt habe. Die echten Fahrzeuge dieser Art werden auf Paraiso-Aqui mit einer Maschine betrieben, die Box-Motor heißt, oder so ähnlich. Unglaublich kompliziert und wirksam. Gutes Zuckerrohr wird darauf verschwendet, Äthylalkohol herzustellen, anstatt vernünftigerweise *ron* daraus zu machen. Das Zeug wird dann an einem Ende des Motors hineingeschüttet. Wasserdampf und Giftgase kommen am anderen heraus. Schrecklich! Deshalb wird unser Wagen von einem kleinen Atommotor betrieben. Der versorgt zugleich die Laserkanonen, die in die Scheinwerfer eingebaut sind, die sonstigen Waffen und das Zielradar für die Mörser. Ihr wißt ja, wie das läuft.«

»Und ob!« sagte Angelina zufrieden lächelnd. »Und der nächste Schritt?«

»Abschließende Vorbereitungen. In zwei Tagen sind wir alle frisch und munter, haben dunkle Haut und schwarzes Haar und sprechen akzentfrei Español. Ein Raumer des Spezialkorps, ausgerüstet mit den modernsten elektronischen Ortungs- und Ortungsschutzgeräten, wird uns und unseren Wagen abholen und nach Paraiso-Aqui bringen. Man wird uns dort allein und wehrlos absetzen ...«

»Oho!« warf Bolivar ein.

»... Tausende von Lichtjahren vom nächsten freundlich gesonnenen Planeten entfernt. Vier arme, verlorene Seelen gegen eine ganze Welt. Vier auf sich gestellte Leute gegen die Macht einer planetenweiten Diktatur. Sie tun mir jetzt schon leid ...«

»Du meinst doch die Machthaber und nicht etwa uns?« bemerkte Angelina.

»Natürlich! Also, zum Wein. Wir trinken auf den Sturz unserer Gegner und den Beginn eines neuen Lebens auf Paraiso-Aqui!«

SIEBEN

Sogar ich, der ich gestählt war durch tausend Schlachten und noch mehr Errettungen in letzter Sekunde, mußte zugeben, daß ich plötzlich doch einen Seitenstich der Angst empfand, als ich zusah, wie der Spezialkorps-Schlachtkreuzer lautlos in die Nacht stieg. Es ist eine Sache, zu Hause zu sitzen, ein Glas in der Hand, und damit anzugeben, wie toll man doch sei. Und dann eine ganz andere, in Gesellschaft der engsten Familie auf einem unwirtlichen Planeten ausgesetzt zu werden, wo jedermann ein Gegner war. Drohte uns das Ende? Wenn ja, dann trug ich die Schuld.

»Also, Paps ...«, sagte Bolivar.

»Der Spaß kann losgehen!« beendete James den Satz seines Zwillingsbruders. Die beiden lachten, versetzten mir einen Schlag auf die Schultern, der mich ein wenig ins Taumeln geraten ließ, und rissen mich damit aus meiner Depression. Wir konnten es schaffen! Wir *würden* es schaffen!

»Ihr habt ja recht, Jungs! Auf geht's!«

James öffnete seiner Mutter die Hintertür des Tourenwagens, während Bolivar, der eine Chauffeuruniform trug, hinter das Steuer glitt und den Motor anließ. Es war eine wolkenlose Nacht, und das Sternenlicht war so hell, daß man sich leicht orientieren konnte. Ich setzte mich zu Angelina, während James den Beifahrersitz einnahm. Er trug einen weißen Anzug und die dazu passende schmale schwarze Krawatte, wie sie für kleine Funktionäre typisch war. Angelina und ich dagegen waren im Stile der Reichen gewandet; sorgfältige Kopien nach den Aufnahmen aus Reiseführern. Bolivar setzte eine Sonnenbrille auf, legte den Gang ein und brauste los in die Dunkelheit.

Natürlich reagierte seine Brille auf ultraviolette Strahlung, und die Scheinwerfer leuchteten nur scheinbar nicht, denn sie strahlten ein breites Band ultravioletten Lichts aus. Es war beunruhigend und zugleich seltsam aufregend, auf diese Weise durch die Nacht zu rasen.

»Harter Felsboden, Paps«, stellte Bolivar fest. »Wie geplant. Wir hinterlassen keine Spuren, sollten die Behörden die Landung doch beobachtet haben und sich hier umsehen. Und gleich da vorn liegt die Straße. Leer. Festhalten, es wird ein wenig holprig, bis wir über den Straßenrand sind!«

Wir glitten und hüpften seitlich auf die Straße, die sich als glatt und gepflegt erwies. Der Wagen wurde schneller.

»Hinter der nächsten Kurve schaltest du das Licht ein«, sagte ich. »Dann verwandeln wir uns in ordentliche Bürger, die einen kleinen Ausflug machen.«

»Und wie weit soll der gehen?« fragte er.

»Bis zur Küste. Wenn wir zu früh dort eintreffen, rasten wir ein wenig und fahren nach Hellwerden weiter. Am Ziel suchen wir uns ein Lokal zum Frühstücken und nehmen dann den nächsten Abschnitt unseres Plans in Angriff.«

Wir waren so gut wie allein auf der Straße. Ab und zu kam uns ein Wagen entgegen, doch es gab keine Anzeichen für einen Alarm. Ich holte eine Flasche Champagner aus dem Kühlschrank, und Angelina und ich tranken auf den Erfolg. Dann ließ ich im Fernseher die Aufnahmen einer Symphonie abfahren, und so düsten wir durch die Nacht, wenn auch nicht im Schoße des Luxus, so doch immerhin im Wagen der Zufriedenheit. Bei gleichbleibend hoher Geschwindigkeit erreichten wir die Küste bei Tagesanbruch und bogen auf die Straße zum Ferienort ab. Hier begegneten wir ersten Frühaufstehern, und die Landarbeiter waren bereits auf dem Weg auf die Felder. Bei unserer Annäherung machten sie Platz und verbeugten sich und grüßten – was wir geflissentlich übersahen, wie es sich gehörte. Warme Sonnenstrahlen funkelten auf dem Wasser, als wir majestätisch an der Küste entlangfuhren.

»Dort«, sagte Angelina. »Das Freiluftrestaurant gleich am Wasser. Die Kellner decken schon die Tische. Scheint mir bestens geeignet zu sein.«

»Wie wahr. Bolivar, laß uns hier aussteigen, parke den Wagen, wo wir ihn im Auge behalten können, dann nimm dir in geziemendem Abstand einen Tisch!«

Ist doch wirklich toll, reich zu sein, wenn alle anderen arm sind. Das beflügelt die Bedienung ungemein. Unsere Ankunft wurde bemerkt, und der Geschäftsführer eilte persönlich herbei.

»Willkommen, willkommen, Euer Ehren und Lady!« sagte er und öffnete uns die Wagentür. »Ein Tisch, jawohl, dieser hier, zu Ihren Diensten. Ihr geringster Wunsch sei mir Befehl!«

»Feuer für meine Zigarre«, sagte ich hochmütig und nahm einen langen schwarzen Stumpen aus dem Etui. Drei Kellner kämpften um das Privileg, die Spitze anzuzünden; winzige Flammen zuckten auf. Ich verbreitete blauen Rauch, ließ mich in einen Stuhl sinken und schob mir den breitkrempigen Hut in den Nacken. Unterwürfig setzte sich Angelina mir gegenüber.

»Das ist das wahre Leben«, sagte ich seufzend.

»Du bist der geborene Faschist«, flüsterte Angelina aufgebracht. »Wir sind hier, um diese Leute von der Unterdrükkung zu befreien, nicht, um selbst noch wonnig auf ihnen herumzutrampeln.«

»Ich weiß. Das heißt doch aber nicht, daß wir keinen Spaß haben können, bis das Getrampel ein Ende hat. Nur weil wir auf einem sinkenden Schiff hocken, müssen wir doch nicht im Unterdeck reisen. Nein, für uns die erste Klasse! Wird auch langsam Zeit«, fügte ich hinzu und nahm dem zitternden Kellner die Speisekarte ab.

Einige Zeit später war mein Magen angenehm gefüllt, und ich genoß über meiner dritten Tasse Kaffee eine weitere Zigarre und beschaute mir gelassen die Passanten. Dann ließ ich die Zigarre auf den Boden fallen und rief mit schnipsenden Fingern James herbei. Während er zu mir eilte und dabei erfolgreich den angstvollen Angestellten mimte, zog ich einen frischen Stumpen hervor.

»Anzünden!« befahl ich und fuhr, als er sich vorbeugte,

mit leiser Stimme fort: »Wenn du dich umdrehst, schau dir den Mann im grünen Hemd an, der mit den drei dicken Touristen spricht! Wir haben Glück, denn das ist unser Kontaktmann Jorge. Folge ihm! Stell fest, wohin er geht!«

»Problemlos, Papa. Er wird gar nicht merken, daß ich ihm auf den Fersen bin.«

Als er sich abwandte, beugte sich Angelina zu mir. »Mein Liebster«, sagte sie, »wenn du mal nach rechts schaust, wirst du sehen, daß wir Ärger kriegen.«

Ich folgte ihrem Rat – und tatsächlich war ein Problem im Anmarsch. Zwei schmierige Typen in Zivil, die dennoch Autorität ausstrahlten, waren stehengeblieben, um mit dem jungen Paar am ersten Tisch zu sprechen. Die Restaurantgäste zeigten Papiere vor, die die Bullen sich sorgfältig von allen Seiten ansahen. Offensichtlich fand eine Ausweiskontrolle statt. Was uns vor ein interessantes Problem stellte, da wir keine hatten.

»Angelina«, sagte ich und rief fingerschnipsend den Kellner, »du hast wirklich einen scharfen Blick. Hol Bolivar und geh zum Wagen, während ich bezahle! Ich steige dann an der Straße zu.«

Die Kellner waren schnell, aber die Polizeigauner waren noch schneller. Sie überschlugen die nächsten beiden Tische, an denen offensichtlich auswärtige Touristen saßen, und traten vor mich hin, als ich gerade haufenweise Geld auf die Rechnung schaufelte.

»Euer Ehren, wenn Ihr uns bitte Euren Ausweis zeigen wolltet«, sagte der kleinere und dünnere der beiden.

Stumma-arrogant musterte ich ihn von oben bis unten und wartete mit meiner Antwort, bis ihm der kalte Schweiß ausbrach.

»Natürlich habe ich meine Papiere.« Ich wandte mich ab und trat an den Straßenrand. Bedächtig näherte sich der Tourenwagen. Es hätte klappen können – aber nicht diesmal. Die bebende Stimme meldete sich hinter mir.

»Hättet Ihr bitte die Freundlichkeit, mir die Papiere zu zeigen?«

Der Wagen war schon sehr dicht heran – aber nicht dicht genug. Ich drehte mich um und bedachte den Mann mit einem durchdringenden Blick. »Wie heißen Sie?« knurrte ich.

»Viladelmas Pujol, Euer Eminenz ...«

»Ich sag's nur einmal, Pujol. Ich rede nicht mit Polizisten auf der Straße. Und zeige ihnen auch keine Ausweise. Lassen Sie mich in Ruhe!«

Er wandte sich sofort ab, aber sein großgewachsener Partner war beharrlicher – oder nur dümmer.

»Es wird uns ein Vergnügen sein, Euch zum Polizeipräsidenten zu begleiten, Euer Exzellenz. Er heißt Euch sicher gern in unserer Stadt willkommen.«

Ich mußte mir dringend etwas einfallen lassen. Die unangenehme Szene dauerte schon viel zu lange und würde bald Aufsehen erregen. Mit dem Wagen zu fliehen war sinnlos, denn die Männer konnten das Nummernschild lesen und uns später identifizieren. Ich ließ also meine Gedanken kreisen und legte mir in Sekundenbruchteilen einen höchst zufriedenstellenden Plan zurecht; und schon hielt der Wagen neben mir.

»Ihre Offerte ist sehr nett«, sagte ich lächelnd, und die beiden atmeten auf und lächelten ebenfalls erleichtert. »Als Fremder kenne ich mich hier nicht aus. Sie werden mich also in meinem luxuriösen Gefährt begleiten und meinem Fahrer den Weg zeigen.«

»Vielen Dank! Vielen Dank!«

Beim Einsteigen war alles eitel Wonne und Sonnenschein; sicher hätten mir die beiden auch noch die Hand geküßt, hätte ich sie ihnen hingehalten. Bolivar drückte auf den entsprechenden Knopf, und die Klappsitze senkten sich herab. Die beiden drückten ihre breiten Ärsche vorsichtig in das handgegerbte Leder, wobei sie uns anschauten. Behutsam setzte sich der Wagen in Bewegung.

»Weisen Sie meinen Fahrer bitte ein«, sagte ich und wandte mich an Angelina. »Diese netten Beamten geleiten uns zu ihrem Präsidenten, der uns begrüßen möchte.«

»Charmant«, sagte sie und hob anmutig eine Augenbraue.

»Geradeaus, an der dritten Kreuzung rechts«, sagte Pujol.

»Na, dann sind wir ja alle gut Freund«, sagte ich und lächelte sie an. Sie lächelten erfreut zurück. »Oder wie der große Poet schrieb: ›*Kiam me kalkulos al tri, vi endormigos vian malbonulon kaj mi endormigos mian.*‹ Und jeder Esperantokenner weiß, daß das bedeutet: ›Wenn ich bis drei zähle, schläferst du deinen Gauner ein, und ich kümmere mich um meinen.‹«

»Ich kenne mich in der Poesie nicht gut aus, Euer Exzellenz«, sagte Pujol.

»Dann will ich Sie ein bißchen darin unterweisen. Das ist so leicht wie das Eins, Zwei, Drei ...«

Ich beugte mich vor, packte Pujol am Hals und drückte zu. Seine Augen quollen hervor, er öffnete den Mund, zuckte ein wenig und sank zusammen. Angelina, die Polizisten grundsätzlich nicht ausstehen kann, war noch dramatischer vorgegangen. Sie hatte ein wohlgeformtes Bein ausgestreckt und dem großen Burschen einen Tritt in den Magen versetzt. Als er nach vorn klappte, war die Tat mit einem schnellen Handkantenschlag auf den bloßliegenden Nacken vollendet worden. Nun lag er vor ihr auf dem Boden.

»Saubere Arbeit, Mama und Papa«, bemerkte Bolivar nach einem Blick in den Rückspiegel. »Draußen auf der Straße hat niemand etwas bemerkt. Und ich bin schon an der dritten Kreuzung vorbei.«

»Gut. Fahr einfach weiter an der Küste entlang, während wir uns überlegen, was wir mit ihnen machen.«

»Kehlen durchschneiden, Felsbrocken an die Füße, dann ins Meer mit ihnen«, sagte Angelina fröhlich lächelnd.

»Nein, Liebling«, gab ich zurück und tätschelte ihr die zarte Hand. »Du hast mir Besserung versprochen. Keine Verstümmelungen oder Schlächtereien mehr ...«

»Das gilt doch nicht für Polizisten!«

»O doch, mein Schatz, auch für die Polizei.« Sie murmelte

unverständliche Worte vor sich hin, während ich ihr mein Vorhaben auseinandersetzte. »Als ich eben sagte, wir müßten uns überlegen, was wir mit ihnen machen, meinte ich nur die Frage, wo wir sie aussetzen, nachdem wir sie mit einer Injektion Amnesial behandelt haben, damit sie vergessen, was sie in den letzten vierundzwanzig Stunden vor der Injektion erlebt haben.«

»Strychnin wirkt schneller.«

»In der Tat, mein Kleines, aber auch wesentlich dauerhafter.«

»Schau mal, Paps, da vorn kommt eine Abzweigung. Der Weg scheint zum Dschungel zu führen.«

»Ausgezeichnet. Bieg ab! Ich injiziere das Mittel.«

Da Gewaltanwendung nicht in Frage kam, wollte Angelina mit den Arrangements nichts zu tun haben. Ich griff nach dem Medkasten und kümmerte mich persönlich um alles. Bolivar fand einen ungepflasterten Waldweg und fuhr rückwärts ein Stück hinein. Wir legten die schlafenden Dummköpfe zwischen den Bäumen ab und fuhren auf demselben Weg zurück. In der Nähe des Restaurants erwartete uns James und setzte sich wieder auf den Beifahrersitz.

»Habt Ihr 'nen Ausflug gemacht?« fragte er.

»Wir mußten zwei neugierige Bullen loswerden«, antwortete ich. »Was ist mit Jorge?«

»Ich folgte ihm in eine Bar und saß ganz in seiner Nähe, als er seinen Freunden erzählte, er habe sich bei einer Touristenparty die Nacht um die Ohren geschlagen und wolle gleich ins Bett.«

»Wo ist er jetzt – du weißt doch, wo er steckt?«

»Richtig geraten, Paps. Ich könnte mir denken, daß du seinen Schönheitsschlaf stören möchtest. Ich kann dich hinführen.«

Ich machte den Besuch allein. Die Wohnungstür knackte ich mit einer einzigen geschickten Fingerbewegung. Ich hatte das in meinem Leben schon so oft getan, daß ich ein Gähnen unterdrücken mußte. Du bist ein echter Profi, Jim, sagte ich mir, während ich auf Zehenspitzen durch den abgedunkelten Raum schlich. Aber Hochmut kommt vor den Fall. Entweder hatte Jorge Ohren wie eine Katze, oder hatte einen unglaublich leichten Schlaf – oder die Eingangstür hatte einen stummen Alarm ausgelöst. Die Ursache war mir auch rechtschaffen gleichgültig. Ganz im Gegensatz zu dem Ergebnis.

Ich hatte das Zimmer eben halb durchquert, als das Licht anging. In der Schlafzimmertür stand Jorge und hielt eine große, unangenehm aussehende Waffe auf mich gerichtet.

»Sag dein Abschiedsgebet, Spion«, sagte er kalt, »denn ich bringe dich jetzt um.«

ACHT

»Nicht schießen, Jorge, ich bin Ihr Freund ...«

»Der sich wie ein Dieb bei Nacht hereinschleicht?«

»Wir haben Tag, draußen ist es hell. Und ich komme heimlich, weil ich nicht gesehen werden möchte. Ich gehöre zu den Guten, wie Sie und wie Flavia ...«

Das kostete mich beinahe das Leben. »Was wissen Sie von Flavia?« brüllte er, und ich könnte schwören, daß sich der Finger am Abzug weiß verkrampfte. Ich gab der Szene einen dramatischen Anstrich, indem ich auf die Knie sank und unterwürfig die Arme ausbreitete.

»Hör mich an, mutiger Jorge! Ich komme von den anderen Planeten, die Ihre Botschaft erhalten haben. Die Nachricht, die Sie dem Touristenehepaar zuspielten, ehe die beiden von dieser schönen Welt verstoßen wurden.«

»Woher wissen Sie davon?« Der Pistolenlauf senkte sich ein wenig. Ich stand auf, klopfte mir die Knie ab und setzte mich auf seine Couch.

»Ich weiß es, weil ich dieser Tourist bin. Ein wenig verkleidet, innerlich aber derselbe Mann.«

»Ich glaube Ihnen nicht. Sie könnten Polizeispitzel sein.«

»Stimmt. Ich könnte alles sein. Aber ich bin es nicht und kann es beweisen. Ich weiß Dinge, in die sonst niemand eingeweiht sein kann. Zum Beispiel, daß es meine Frau war, die sich mit Flavia am Strand traf und von ihr eine fünf Seiten lange Botschaft erhielt, die sie im Handumdrehen auswendig lernte. Den Text sagte sie mir später auf, und ich merkte ihn mir ebenfalls. Ich werde ihn jetzt vortragen.«

Und das tat ich – die ganzen fünf Seiten. Und während ich monoton dahinredete, sank die Waffe immer tiefer, bis er sie schließlich wegsteckte, als ich fertig war.

»Ich glaube Ihnen«, stellte er fest. »Denn der Text stammte von mir, und nur Flavia hatte ihn gesehen.« Mit blitzenden Augen stürmte er vor, zerrte mich hoch, umarmte mich und küßte mich feucht auf beide Wangen. Er hätte sich mal rasieren müssen.

»Nun ja, ich bin wirklich froh, daß wir uns endlich einig sind«, sagte ich und löste mich behutsam aus seinem Griff. »Man ist ja stets gern zu Diensten.«

»Ich kann es kaum fassen!« japste er. »Bisher ist es uns immer wieder mißlungen, Hilfe von außen zu holen. Vor einigen Monaten konnten wir eines unserer Mitglieder an Bord eines Touristenschiffes hinausschmuggeln, aber wir haben seither nichts von ihm gehört.«

»War er klein und dunkelhaarig und hatte eine krumme Nase?«

»Ja. Aber woher wissen Sie ...?«

»Es ist meine traurige Pflicht, Sie darüber zu informieren, daß er tot ist. Zweifellos wurde er von Polizeiagenten ermordet.«

»Armer Hektor, er war ein mutiger Mann. Er war sicher, er würde sich mit der legendären Ratte-aus-Stahl in Verbindung setzen können, die sich vielleicht dazu herablassen würde, uns zu helfen ...«

Jorge verstummte wie ein defekter Plattenspieler und riß auf interessante Art die Augen auf. Bescheiden betrachtete ich meine Fingernägel und rieb sie am Jackenaufschlag blank. Er begann zu gurgeln.

»Sie sind doch nicht ... Sie können doch nicht ...«

»O doch – zu Ihrem Vorteil! Überall auf den Welten kennt man mich unter vielen Namen. *De rat van roestvrij staal, The Stainless Steel Rat, El Escurridizo,* sogar als *Ciminale al nichelcromo. Die Edelstahlratte* – zu Ihren Diensten. Jetzt beschreiben Sie mir mal Ihre Organisation und Ihre Pläne.«

»Auf die einfachste und deprimierendste Formel gebracht: Wir haben keine Pläne und sind hoffnungslos unorganisiert. Die Geheimpolizei ist viel zu tüchtig. Widerstandsorganisationen werden unterwandert und zerstört, während sie sich noch bilden. Wir sind auch erst neu, trotzdem ist Flavia schon bekannt und hat sich im Untergrund versteckt. Da ich mit vielen Touristen in Berührung komme, kam sie auf die Idee, Hilfe von auswärts zu rufen. Es beschämt mich, daß wir so schwach sind.«

»O nein, das ist eine gute Nachricht. Auf diese Weise habe ich freie Hand. Wissen Sie, ob andere Leute ähnlich denken?«

»Die Bauern würden Präsident Zapilote und seine Armee von Geheimpolizisten – Ultimados genannt – am liebsten umbringen. Aber sie sind machtlos. Die Macht liegt in den Händen der Reichen und der Mittelschicht – und diese Kräfte unterstützen natürlich Zapilote rückhaltlos. Unbeliebt ist er dann auch bei einem Großteil des alten Adels, der entmachtet wurde, als er die Regierungsgeschäfte übernahm, aber diese Leute sind in keiner Weise organisiert.«

Mir kam eine vage Idee. »Adel! – Erzählen Sie mir mehr davon!«

»Da gibt es wenig zu erzählen. Aus den Reihen des Adels, ich muß es zu meiner Schande gestehen, komme auch ich. Ich habe einen unbedeutenden Titel. Und wegen dieses Titels hat man mir den direkten Kontakt mit Touristen anvertraut. Die gesellschaftliche Position bringt doch noch einige kleine Privilegien. Ehe das Schwein Zapilote auf der Bildfläche erschien, hatten wir auf diesem Planeten eine friedliche Monarchie. Zugegeben – viel bewegte sich nicht, und das Ganze funktionierte auch nicht besonders gut, aber die Menschen hatten genug zu essen, und es gab keine Morde oder Folterungen. Die Unzufriedenheit reichte aber eben aus, um die Leute zuhören zu lassen, als Zapilote Freiheit und Gleichheit für alle zu predigen begann. Sein Programm hörte sich gut an – aber er meinte das alles nicht so ernst. Für ihn waren es nur Worte. Doch faßten genügend Menschen Vertrauen zu ihm, so daß sich die demokratische Bewegung ausbreitete, bis sogar der Adel zu glauben begann, daß der Wechsel der Regierungsform eine gute Idee wäre. Die erste Wahl fand statt, und Zapilote wurde Präsident. Als er zur Wiederwahl anstand, hatte er alle korrupten Generäle auf seiner Seite wie auch die Geheimpolizei. Mit der Hilfe des Militärs und seiner Ultimados wurde die Wahl verfälscht – und so geschah es seither alle vier Jahre. Obwohl er in Kürze wieder zur Wahl ansteht, ist er im Grunde General-Präsident auf Lebenszeit.«

Die Idee, die sich in meinem Unterbewußtsein bemerkbar gemacht hatte, brach endlich durch, und ich stieß einen Freudenschrei aus.

»O nein, das ist er nicht! Auf diesem Planeten wird eine Wahl stattfinden, wie er sie noch nicht erlebt hat!«

»Was meinen Sie?«

»Wir werden bei den Adeligen einen Mann suchen, der vertrauenswürdig und so hoffnungslos ehrlich ist, daß er das Amt übernehmen will. Dann machen wir ihn zum Kandidaten.«

»Aber es sind doch nur Scheinwahlen! Die Ergebnisse werden gefälscht!«

»Darauf können Sie wetten. Gefälscht von mir! Ich werde diesen hinterwäldlerischen Wahlkämpfern eine gehörige Lektion in korrupter Politik erteilen. Ha! Wir werden mit riesiger Übermacht gewinnen.«

»Ist das wirklich möglich?«

»Passen Sie nur auf! Aber es liegt an Ihnen, einen ordentlichen Kandidaten aufzutreiben.«

Er rieb sich das Kinn und runzelte die Stirn. »Da muß ich nachdenken.«

»Warum schmieren wir die Gedankengänge nicht mit ein bißchen *ron*?«

»Großartige Idee! Ich habe alten *ron*, der für die Touristen zu gut ist, wenn Sie mir die Bemerkung verzeihen. Sie haben bestimmt Freude daran.«

Das war wahr gesprochen. Ich schmatzte mit den Lippen und süffelte und gab wohlige Laute von mir, und wir prosteten uns und dem neuen Tag zu und machten uns schließlich wieder an die Arbeit.

»Am geeignetsten scheinen mir Leute zu sein, die möglichst weit außerhalb der Städte wohnen«, sagte Jorge, dessen Gehirn durch Alkohol und *ron* auf Hochtouren gebracht wurde. »Tief im Landesinnern liegen die großen Besitzungen, auf denen Kaffee, Weizen und Bizcocho-Beeren angebaut werden. Die Bauern, die dort arbeiten, sind zufrieden, die Aufseher freundlich, die Adeligen fair. Solange sie den Städten Nahrung liefern und sich der Politik fernhalten, läßt Zapilote sie in Ruhe.«

»Kennen Sie jemanden aus diesem Kreis?«

»Ich kenne natürlich alle. Wir sind doch verwandt.«

»Fällt Ihnen jemand ein, der uns aus der Patsche helfen könnte?«

»Nur einer. Gonzales de Torres, der Marquez de la Rosa. Er ist gerecht, ehrlich, fair, aufrecht, gutaussehend, mutig und haßt Zapilote.«

»Dann kann er kein übler Bursche sein. Wie gut kennen Sie ihn?«

»Er ist ein Cousin dritten Grades in der Familie meiner Mutter. Ich sehe ihn bei Beerdigungen und Hochzeiten und dergleichen. Aber ich kenne ihn durch und durch. In der Aristokratie gibt es keine Geheimnisse.«

»Ich habe so das Gefühl, als wäre er unser Mann. Wie setzen wir uns mit ihm in Verbindung?«

»Wir beschaffen uns einen Wagen ...«

»Schon geschehen. Kommen Sie mit?«

»Ich wage es nicht, meinen Posten zu verlassen. Das wäre wirklich zu verdächtig. Aber Flavia könnte Ihnen den Weg zeigen. Ich verständige sie. Außerhalb der Stadt ist es ohnehin sicherer für sie.«

Ich kippte einen letzten Schluck *ron* und stellte das Glas widerstrebend wieder auf den Tisch. »Dann ist alles geklärt. Ich mache mit meiner Horde einen kleinen Ausflug aufs Land und veranstalte dort ein Picknick mit Siesta. Wenn wir damit fertig sind, ist es dunkel, und Sie sagen mir, wo und wann wir Flavia an Bord nehmen.«

»Es wird Zeit kosten, sie anzusprechen – und ich muß heute noch arbeiten. Aber wenn Sie um Mitternacht vor das

Haus kommen, warte ich draußen. Ich bringe Sie dann zu ihr.«

»Schon so gut wie erledigt.«

Ich wollte aufbrechen, drehte mich dann aber noch einmal um und deutete auf die verstaubte Flasche mit altem *ron*. »Wenn so ein edler Tropfen erst einmal geöffnet ist, verdirbt er schnell. Sie hätten hoffentlich nichts dagegen, daß ich mich ein bißchen darum kümmere?«

»Greifen Sie zu, ich bitte Sie!« drängte er mir die Flasche auf. »Ich habe noch mehr davon. Zu unserem Treffen heute nacht bringe ich mehr davon mit!«

»Dieser Planet hat wahrlich wonnige Seiten, die in keiner Touristenbroschüre stehen. Alter *ron* und getürkte Wahlen. Also, wirklich ein Paradies!«

NEUN

»Der Plan hört sich großartig an, Paps«, sagten die Zwillinge begeistert im Chor.

»Er wäre weitaus großartiger«, warf Angelina pikiert ein, »wenn diese flotte Flavia nicht mitmachen müßte.«

Ich trank einen winzigen Schluck alten *ron* und schwenkte lässig-abwehrend die Hand. »Liebste Frau, die Tage meiner Wanderschaft sind längst vorbei – auch wenn es sie nur in deinem entzückend mißtrauischen Köpfchen gegeben hat. Ich habe Augen für keine andere! Auch nicht für die hübsche Flavia!«

Angelina hob vielsagend die Augenbrauen, entweder ungläubig oder anerkennend, und ich erkundigte mich vorsorglich nicht, wie ihre Reaktion aufzufassen war. Das Leben war im Augenblick sehr geruhsam, und ich gedachte jede Sekunde auszukosten. Denn schon in naher Zukunft verhieß es wieder sehr aufregend zu werden. Wir erlebten die Ruhe vor dem Sturm, das Gürten der Waffen vor dem Konflikt. Wir saßen auf einer Waldlichtung in den Hügeln oberhalb der Küste und waren nach einem rustikalen Picknick angenehm gesättigt. Ringsum lag schmutziges Geschirr, die Sonne sank, und das gleiche ließ sich von dem Pegel in der *ron*-Flasche sagen. James döste vor sich hin, Bolivar fummelte am Wagen herum, ich hatte Angelina den Kopf in den Schoß gelegt und war mit der Welt im reinen.

»Das ist das wahre Leben«, seufzte ich. »Vielleicht sollte ich mich auf einem stillen Planeten wie diesem zur Ruhe setzen, wo wir den Rest unserer Jahre im Sonnenlicht vertrödeln können ...«

»Unsinn!« widersprach Angelina in höchst nüchternem Tonfall. »In weniger als einem Tag wärst du gereizt vor

Langeweile. Daß du jetzt Spaß daran hast, liegt einzig und allein daran, daß du weißt, es geht bald wieder los – außerdem bist du ziemlich hinüber von dem uralten *ron*, dem du schon den ganzen Tag zusprichst!«

»Du redest abfällig! Ich bin so nüchtern wie ein achtzigjähriger Antialkoholiker! Ich kann dir den Wert Pi bis auf zwanzig Stellen hinter dem Komma aufsagen.«

»Sag lieber mal Fischers Fritze fängt frische Fische ...«

»Frischers Fitze frängt fische ...«

»Großartig!« Sie stand abrupt auf, und mein Kopf plumpste dröhnend zu Boden. »Es wird Zeit, daß wir aufbrechen. James, trag deinen Vater zum Wagen, wenn er nicht mehr laufen kann.«

James öffnete ein verschwörerisches Auge und blinzelte mir zu. Ich erwiderte die Geste und rollte mich herum. Und machte fünfzig schnelle Liegestütze, um das Blut wieder in Wallung zu bringen. Und bedauerte den Entschluß sofort, denn die angeregte Zirkulation löste im Kopf ein bösartiges Hämmern aus. Dieser *ron* hatte es wirklich in sich! Ich ließ die letzten Tropfen aus der Flasche rinnen und warf sie fort – und schwor mir, das Zeug nie wieder anzurühren. Oder jedenfalls nicht bis morgen.

Innerhalb weniger Minuten waren wir abfahrbereit. James hatte die Abfälle beseitigt, und Angelina schob das schmutzige Geschirr wieder in den Picknickkorb – durch den Säuberungsschlitz im Deckel, der mit Ultraschall sämtliche Speisereste verschwinden ließ.

Von der Rückfahrt weiß ich nicht mehr viel, da ich den größten Teil des Weges schlafend zurücklegte. Um meine Kräfte zu sammeln, nicht um einen Rausch auszuschlafen, wie Angelina amüsanterweise unterstellte. Schließlich wurde ich von ihrem niedlichen Ellbogen geweckt, der mich in die Rippen traf. Wir hatten Jorges Wohnung erreicht. Er wartete bereits im Schatten, eilte sofort herbei und sprang zu uns in den Wagen.

»Weiterfahren! Schnell!« keuchte er, und Bolivar kam der Aufforderung sofort nach. »Es hat eine Tragödie gegeben!

Wir sind verloren! Flavia ist von den Ultimados gefangen worden!«

»Wann ist das geschehen?«

»Vor wenigen Minuten. Ich erhielt den Anruf, als ich gerade gehen wollte. Eine ganze Wagenladung Soldaten hat den Bauernhof angegriffen, auf dem sie sich versteckt hatte.«

»Liegt dieser Hof weit weg?«

»Nicht sehr weit – mit dem Wagen ist es etwa eine halbe Stunde.«

»Dann könnten wir den Ultimados den Rückweg ins Hauptquartier versperren?«

»Ja – das ginge!« Verzweiflung wich Begeisterung. »Fahren Sie hier gleich links! Es gibt nur die eine Straße. Aber ich muß Sie warnen. Die Männer sind schwer bewaffnet und gefährlich.«

Jorge blickte zwischen uns hin und her, als wären wir verrückt geworden, denn wie auf ein Stichwort begannen wir schallend zu lachen. Und wurden in die Sitze gepreßt, als Bolivar den Motor aufheulen und den Wagen lospreschen ließ. Bewaffnet und gefährlich, hoho!

Wir brauchten keine fünf Minuten, um die Straße zu erreichen, die vom Plateau herabführte. Wenn wir Glück hatten, waren wir vor den Bullen zur Stelle. Ich stellte mich im Rücksitz auf und musterte sekundenlang die Szene, während ich mir einen Plan zurechtlegte.

»Schön«, sagte ich und deutete auf James. »Nimm dir einen vollgroßen Bindlöser und etliche Nadelstrahler. Alle Mann aus dem Wagen. Bolivar, du fährst das gute Stück dort hinten außer Sichtweite. Angelina, du wirst in unserer Falle der Köder sein.«

»Wie rücksichtsvoll!«

Aufjaulend fuhr der Wagen davon, und ich richtete die Taschenlampe auf einen großen Baum, dessen Äste über die Straße ragten. »Mit dem Bindlöser läßt du den Baum quer über die Straße fallen ...« Ich neigte den Kopf, denn aus der Ferne war Motorengeräusch zu hören. »Und schnell, denn ich höre sie schon!«

Wir sahen die näherkommenden Scheinwerfer, während wir zu beiden Seiten der Straße in Deckung gingen. Angelina lag neben dem Baum, die Beine unter den Stamm geschoben, als säße sie fest. Die Scheinwerfer wurden heller und schickten zuckende Strahlen zwischen die Bäume, dann dröhnte der Wagen um die Biegung und hatte den gefällten Baum unmittelbar vor sich. Bremsen kreischten, und einen entsetzlichen Augenblick lang dachte ich, Angelina würde angefahren werden. Aber dann bremste das Fahrzeug schleudernd vor ihr, und sie hob schwach den Arm und rief um Hilfe.

Und das war bereits alles. Der Fahrer stieg aus, und während die Tür offenstand, gab es ein schwaches Knistern von Nadelstrahlern. Starke elektromagnetische Felder schleuderten die winzigen Stahlsplitter aus, die in ein schnellwirkendes Schlafmittel getaucht waren. Der Fahrer legte sich sauber auf die Straße, und ich sprang vor, in einer Hand die Taschenlampe, in der anderen die Waffe.

Meine Vorsicht war unangebracht. Der Wagen war mit den schnarchenden, unförmigen Gestalten der Geheimpolizisten gefüllt. Und eine erschrockene und hellwache Flavia saß mitten zwischen ihnen – und gab Zeugnis ab von unserer Zielgenauigkeit!

»Sie sind gerettet«, sagte ich, nahm sie bei der Hand und half ihr aus dem Wagen – und ließ sofort die Hand los, als meine Frau erschien, die sich gerade den Staub vom Rock bürstete und dabei das Feuer in ihren Augen entzündete. Jorge riß übergangslos meine Rolle an sich: er nahm nicht nur die im Stich gelassene Hand, sondern küßte sie auch leidenschaftlich. Ein großer Küsser, unser Jorge.

»Abgesehen davon, daß die Kerle mich beinahe überrollt hätten, war es eine befriedigende Aktion«, stellte Angelina fest. »Jetzt brauchen wir nur noch den Fahrer wieder hinter das Steuer zu setzen und ihm eine Thermitladung in den Schoß zu legen.«

Ich seufzte und widmete mich küssend ihrer Hand, *à la Jorge,* weil es mir im Augenblick angebracht zu sein schien.

»Ich bin tausend Tode gestorben, während die uralten Bremsen des Vehikels zu greifen versuchten. Beim nächstenmal lege ich mich unter den Baum, und du erlegst die Ultimados. James, Bolivar, hättet ihr die Güte, die schlafenden Ungeheuer außer Sicht im Wald zu deponieren. Nehmt euch aus ihren Taschen, was ihr braucht. Jorge – schon gut, lassen Sie ihre Hand erst mal trocken werden –, können Sie den Wagen fahren?«

»Natürlich! Glauben Sie vielleicht etwa, ich wär' ein Bauer?«

»O nein! Tut mir leid. Fällt Ihnen ein Ort ein, wo wir den Wagen abstellen könnten und wo er nicht sofort gefunden wird?«

»Natürlich! Wir müssen das Ding von einer hübsch hohen Küstenklippe ins Meer rollen lassen. Dort ruht er dann in alle Ewigkeit.«

»Ich glaube, das wäre lange genug. Also los, das übernehmen Sie! Ja, schon gut, noch ein paar schnelle Küsse auf Flavias Händchen, dann können Sie abfahren.«

Wir winkten dem davonrasenden Polizeifahrzeug nach. Flavia wandte sich zu uns um, und ich bemerkte zum erstenmal, daß ein Auge zugeschwollen war und ihr Gesicht blaue Flecken aufwies.

»Ich hole den Medkasten«, sagte Angelina. »Und hätte ich gewußt, daß die Kerle sich an Ihnen vergriffen haben, träten die Ultimados jetzt einen viel längeren Schlaf an.«

»Ich weiß gar nicht, wie ich Ihnen danken soll«, sagte Flavia inbrünstig. »Nicht nur, weil Sie mich gerettet haben, sondern auch wegen Ihrer sonstigen Pläne. Jorge hat mir alles erzählt. Können Sie wirklich erreichen, was Sie sich vorgenommen haben?«

»Er kann alles«, erwiderte Angelina und trug antiseptische Salbe auf. »Mit gewissen konkreten Einschränkungen, wenn ich dabei bin.«

»Fertig, Paps«, meldete Bolivar, der mit einem Armvoll Kleidung aus dem Wald kam. Hinter ihm tauchte James auf, beladen mit Schuhen. »Wir haben gesehen, was die Kerle der jungen Dame angetan haben, da hielten wir es für angebracht, sie nackt und barfuß in die Stadt zurücklaufen zu lassen.«

»Sehr rücksichtsvoll. Flavia, das sind unsere Söhne James und Bolivar.«

Die beiden gaben dem Mädchen begeistert die Hand, während Angelina mir lächelnd den Arm tätschelte. »Liebe auf den ersten Blick. Sieht man gleich daran, wie sie die Augen zusammenkneifen. Müssen wir nicht weiter?«

Wir mußten. Und fuhren. Dabei folgten wir der Straße auf das Plateau und bogen dort auf die Hauptverkehrsstraße ein; Flavia wies uns den Weg.

»Sobald wir im Landesinneren sind, dürfte uns nichts mehr geschehen, denn die Ultimados wagen sich nur in bewaffneten Konvois so weit hinaus. Es wird aber sehr schwierig sein, die Barriere zu überwinden.«

»Was ist denn das?« fragte ich.

»Die führt quer durch den Kontinent und läßt sich nur an bewachten Toren passieren. Stacheldraht, jede Menge, elektrifizierter Maschendraht mit Giftstacheln ganz oben, Betonmauern, Selbstschußanlagen, Minen, Ortungsgeräte aller Art. Absolut unüberwindlich.«

»Scheint mir keine große Sache zu sein«, bemerkte Angelina. »Jim, mach doch noch eine Flasche von dem spritzigen Champagner auf, damit wir ein wenig unsere Nerven stärken können, während du einen Plan erarbeitest.«

Flavia saß auf dem Klappsitz und kostete vorsichtig von ihrem Glas. Ich trank wenig; für heute hatte ich schon genug gepichelt.

»Beschreiben Sie mir die Wachstationen«, bat ich.

»Es handelt sich um kleine Forts, die die Straße überspannen. Doppelte Stahltore versperren den Weg. In den Forts sind zahlreiche Soldaten stationiert, die schwere Waffen aller Art haben. Wenn man hindurch will, braucht man gültige Ausweise. Und alles wird durchsucht. Wir schaffen das niemals.«

»Niemals«, gab Angelina entschlossen bekannt, »ist ein

Wort, das unsere Familie nicht kennt. Was meinst du, Jim? Barriere oder Wachstation?«

»Natürlich die Station. Es ist einfacher, mit Leuten umzuspringen als sich durch all den Beton und Stahl sprengen zu wollen. Wie weit noch?«

Flavia blickte auf den nächsten Wegweiser, der im Licht unserer Scheinwerfer aufblitzte. »Zweihundert Kilometer, vielleicht ein bißchen mehr.«

»Hast du das gehört, James?«

»Begriffen.«

»Dann gib die Werte so ein, daß etwa vierzig Kilometer davor das Radar anspringt. Müßte ein gutes Bild ergeben. Anhalten zehn Kilometer vor dem Ziel, dann bemannen wir die Kampfstationen.«

Flavias Gesichtsausdruck ließ erkennen, daß sie uns für wahnsinnig hielt. Reiche Touristen in einem alten Wagen wollten die Spitzenkräfte der Armee angreifen! Flavia – und die Soldaten – mußten sich auf Überraschungen gefaßt machen. Ich griff noch einmal nach dem Champagnerglas, während ich die Einzelheiten des Plans nochmals überdachte.

»Da ist es«, meldete James einige Zeit später, während Bolivar den Wagen am Straßenrand halten ließ. »Man kann sich auch ohne Radarschirm orientieren.«

Damit hatte er recht. Die funkelnden Lichter der Barriere erstreckten sich zu beiden Seiten bis zum Horizont, während vor uns der in Flutlicht gehüllte Klotz der Wachstation aufragte. Unheildrohend, uneinnehmbar, das war der erste Eindruck. Ich sah Flavia erschaudern und fragte mich, ob ich nicht mithalten sollte. Niemals! Ich brauchte nur zuzugreifen, um diese Welt zu erobern. Zapilote war am Ende. Wir durften nicht gleich vor der ersten Herausforderung zurückschrecken.

»Hört zu!« befahl ich und holte eine Kiste unter dem Sitz hervor. »Diese Nasenpfropfen halten euch wach, während die Leute ringsum mit Gas in den Schlaf geschickt werden. Angelina, bitte erklär unserem Gast den Gebrauch, ehe wir weiter vorrücken! Bolivar, mach das Dach zu! James, Gasdüsen aktivieren!«

Mit sattem Surren schloß sich das gepanzerte Stahldach des Wagens. Ich nickte anerkennend. »Wir machen eine Probe mit den Fenstern. James, du machst sie zu, wenn ich *jetzt!* rufe! – *Jetzt!*« Die sich innerhalb von Sekundenbruchteilen schließenden Fenster dröhnten. »Gut. Jetzt schalte mich auf Kontrolle für die Laserkanone! Die rückschlagfreie Kanone muß auch scharf sein, für den Fall, daß die Barriere für den Laser zu dick ist.«

Aus der Armlehne neben mir stieg ein kleines Kontrollbord auf; ich berührte die Knöpfe und überprüfte die Anzeigen.

»Das wär's dann. Noch Fragen?«

»Eine Frage«, erwiderte James. »Wann essen wir?«

»Wenn wir durch sind. Sonst noch Fragen? Vielleicht etwas bedeutsamere als die erste? Gut. Dann wollen wir loslegen!«

Der Motor grollte kraftvoll, und der Angriff rollte.

ZEHN

Natürlich war es ein sehr langsamer Angriff. Denn je länger die Gegenseite brauchte, um hinter unsere bösen Absichten zu kommen, desto günstiger waren unsere Erfolgschancen. So rollten wir geradezu majestätisch dahin, und ich holte eine weitere Flasche Champagner hervor und mühte mich mit dem Korken. Die anstrengende Tat war noch immer nicht vollbracht, als wir vor dem nietenbesetzten Stahltor abbremsten und hielten. Flutlicht strahlte grell, Gewehrmündungen ragten aus Mauerschlitzen.

»Aufmachen, he, aufmachen!« brüllte ich und beugte mich aus dem Fenster. »Ihr unwürdigen Schafsköttel, was bildet ihr euch eigentlich ein, mich hier warten zu lassen? Fahrer, hupen Sie! Diese Idioten sollen aufwachen!«

Die Hupe erklang – die eigentlich gar keine Hupe war, sondern die Aufzeichnung einer mit voller Lautstärke spielenden Zirkusorgel. Die Ohren taten mir weh, doch ich schwenkte siegessicher die Champagnerflasche, denn das Portal begann sich langsam zu heben. Wir rollten in die Festung und hielten vor dem zweiten geschlossenen Tor. Ich versuchte über die Tatsache hinwegzusehen, daß sich der erste Durchgang hinter uns geschlossen hatte, und konzentrierte mich weiter auf den Korken. Mit lautem Knall flog das Ding endlich heraus, und Angelina jubelte und hielt mir ihr Glas hin. Die beiden Jungen reichten ebenfalls ihre Gläser nach hinten, und in trauter Gemeinsamkeit ignorierten wir die bewaffneten Soldaten, die aus dem Wachraum strömten. Aus dem Augenwinkel sah ich, wie Angelina Flavia mit einem Rippenstoß anregte, bei unserer kleinen Show mitzumachen. Ich füllte ihr Glas und reichte es ihr.

»Die Ausweise, bißchen dalli!« befahl ein Offizier und

schob sich durch die Horde der Wächter, die unsere aristokratischen Exzesse bestaunten.

»In Gegenwart deiner Meister solltest du schweigen, Knappe!« brüllte ich, schwenkte das Glas und verschüttete dabei einen Schwall Champagner. »Öffnen Sie endlich das Tor, damit wir durchkönnen!«

»Ihren Ausweis bitte«, wiederholte er, und seine Worte fielen in der Gegenwart so hochgestellter Persönlichkeiten nun doch schon ein wenig unterwürfiger aus. Er stand am offenen Fenster und schaute herein, und ich sah, wie er die Augen aufriß, als sein Blick auf Flavia fiel. Er hatte sie erkannt! Er wollte schon den Mund öffnen und einen Befehl brüllen, da schleuderte ich ihm meinen Champagner in den Rachen.

»Fenster! Gas!« befahl ich.

Während die Fenster zuknallten, strömte ein gewaltiger Gasschwall aus den Düsen am Wagen. Der Offizier ging zu Boden, und stumm sanken ringsum seine Soldaten von den Füßen. Als der letzte zu Boden gegangen war, löste ich die Laserkanone aus.

Der rubinrote Strahl schwenkte spektakulär, Funken flogen in alle Richtungen, und die Stahltür erglühte in einem entzückenden Kirschrot.

»Nicht sonderlich wirksam«, stellte Angelina fest.

»Das Metall ist zu dick. James, die Kanone! Du mußt das Tor oben treffen.«

Die lange Motorhaube des Wagens öffnete sich, und eine häßliche graue Kanonenmündung ging in Stellung. Die dröhnenden Schüsse der rückschlagfreien 105-mm-Kanone klangen in der engen Umfriedung ohrenbetäubend. Obwohl wir im abgeschirmten Wageninnern saßen, hielten wir uns die Ohren zu, als die panzerbrechenden Granaten durch den Stahl schlugen. Es war, als befänden wir uns in einer riesigen Glocke und unsere Köpfe wären die Klöppel. Die Tür vor uns bebte und wellte sich – dann löste sie sich aus den Halterungen und fiel krachend nach außen auf die Straße.

MG-Geschosse zerkratzten das Fenster neben meinem Gesicht und prallten wie tödlicher Hagel von dem gepanzerten Dach ab. Immer mehr Soldaten strömten aus der Tür. Sie feuerten im Laufen – und brachen zusammen, sobald die Ausläufer der Schlafgaswolke sie einhüllten.

»Raus hier!« brüllte ich und vermochte kaum meine eigene Stimme zu hören, so sehr dröhnten mir die Ohren. *»Halt!«*

Einer der Soldaten war nach vorn getaumelt und schießend auf unsere Motorhaube gefallen. Sein schlaff ausgebreiteter Körper glitt langsam hinab und verschwand aus unserem Blickfeld. Wenn wir losfuhren, mußten wir ihn überrollen.

Noch während ich das Wort brüllte, öffnete ich die Tür, warf mich hinaus und stolperte über die Horden der schlafenden Gegner. Einer hatte im Fallen den Arm unter den Wagen geschoben; ich kickte ihn zur Seite. Und schon hatte ich den Soldaten vor dem Kühler an den Stiefeln gepackt und aus dem Weg gezogen.

Zur Tür zurückeilend, bemerkte ich plötzlich einen Uniformierten mit Gasmaske, der die Waffe hob. Er schoß, und Schmerz zuckte durch meine Schulter; der Einschlag wirbelte mich herum und riß mich zu Boden.

Plötzlich liefen die Dinge wie hinter einem Schleier ab. Ich versuchte aufzustehen, strampelte aber lediglich herum und kam nicht vom Fleck. Wie im Nebel sah ich James über mir stehen und seine Nadelwaffe abschießen, die er im nächsten Moment fallen ließ, um mich zu packen und mit dem Kopf voran in den Wagen zu werfen. Ich interessierte mich zwar brennend dafür, was da draußen vorging, aber aus irgendeinem Grunde waren meine Augen geschlossen. Der Wagen ruckte an, es waren weitere laute Explosionen zu hören, und wir wurden auf das Schlimmste durchgeschüttelt, als wir über die Reste des Tors rollten. Danach ... – die Wohltat der Bewußtlosigkeit.

Als ich die Augen aufschlug, erblickte ich als erstes Angelinas hübsches Gesicht. Das stets reizend anzuschauen ist, mir in diesem Moment aber besonders willkommen war. Ich setzte zum Sprechen an, wurde aber von einem Hustenreiz übermannt. Sie hielt mir ein Glas Wasser an die Lippen, und ich trank gierig. Als Angelina das Glas fortstellte, neigte sie sich zur Seite, und ich sah den blauen Himmel über mir. Das war nun wirklich eine große Erleichterung. Weitaus besser als eine düstere Gefängniszelle. Das Wasser hatte meine Sprachhemmung fortgespült, und es ging beim zweiten Versuch deutlich besser.

»Darf ich fragen, wie es gelaufen ist?«

»Sehr gut – trotz deines törichten Heldenmuts.« Die harten Worte wurden durch ein Lächeln abgemildert, und in ihren Augenwinkeln stand – war es wirklich wahr? – eine winzige Träne. Ich merkte, daß ihre freie Hand in der meinen ruhte, und drückte zu, so gut ich es vermochte, woraufhin sich ihr Lächeln vertiefte.

»Der Widerstand ließ nach, je mehr sich das Gas im Gebäude ausbreitete. Einige Soldaten konnten noch die Gasmasken aufsetzen, wurden aber von den Nadeln erwischt. Wir sind dann durch das Tor gebrochen und die Straße entlanggerast – nur gut, daß der Wagen gepanzert ist. Am Heck kannst du einige hübsche Dellen bewundern. Eine Zeitlang wurden wir von mehreren Fahrzeugen verfolgt, aber dann verließen wir die Hauptstraße und sprengten eine Brücke, womit dieses Problem aus der Welt war. Seither haben wir die Kerle nicht mehr gesehen oder gehört. Im weiteren Verlauf beschränkten wir uns auf Nebenstraßen in den Hügeln, fanden schließlich diese Lichtung und machten Rast. Wie du siehst, sind Wagen und Zelte unter Bäumen getarnt, und alles steht bestens. Mit Ausnahme deines Arms, der am Bizeps eine saubere Eintrittswunde zeigt und am Trizeps eine böse Austrittswunde. Der Oberarmknochen scheint angekratzt zu sein.«

»Ich spüre überhaupt nichts.«

»Kein Wunder – du bist bis oben vollgepumpt mit schmerzstillenden Mitteln.«

Ich wand mich ein wenig, und sie half mir beim Aufsitzen

und knuffte die Kissen in meinem Rücken zurecht. Ich lag auf einem der Schlafsäcke, die man in einer Reihe unter den hohen Pinien ausgebreitet hatte. Die Zwillinge und Flavia schliefen fest. Es war eine unglaublich friedliche Szene, und die einzigen Geräusche gingen von den Bäumen aus, deren Äste im schwachen Wind raschelten. Ich blickte hangabwärts über eine grasbestandene Lichtung, hinter der sich andere Hügel und Berge erhoben.

»Hast du überhaupt schon geschlafen?« fragte ich.

»Jemand mußte ja Wache stehen.«

»Das ist jetzt meine Aufgabe. Leg dich hin!«

Am liebsten hätte sie mir widersprochen, aber schließlich war sie doch Soldat genug. Es gab für sie keinen Grund, wach zu bleiben. Sie beugte sich vor, küßte mich liebevoll, rückte den Wasserkrug und Arzneien auf dem Klapptisch neben mir zurecht und kroch in ihren Schlafsack.

Von den Mitteln war mir die Zunge pelzig geworden, und ich stürzte hastig das Wasser herunter. Die Stille war so absolut, daß ich weit unten am Hang Vogelrufe hören konnte. Ich stand auf. Zwar fühlte ich mich ein bißchen wacklig in den Knien, aber ansonsten war alles in Ordnung. Als ich an Bolivar vorbeikam, öffnete er die Augen und blickte zu mir auf. Ich legte Daumen und Zeigefinger zusammen zum Zeichen, daß alles in Ordnung sei, und hielt schließlich einen Finger an die Lippen. Er nickte und schloß wieder die Augen. Der Wagen stand tief zwischen den Bäumen. Ich schaute hinein und stellte fest, daß Sicherheitsalarm und Radar in Betrieb waren. Wenn sich etwas in unsere Richtung verirrte, das größer war als ein Vogel, würde der Alarm erklingen; zweifellos hatte einer der Jungen einen Verstärker bei sich. Es erfüllte mich mit einem angenehmen Gefühl der Wärme zu wissen, daß meine Leute unter allen Umständen gut auf sich selbst aufpassen konnten.

Im Eisfach stand ein Behälter mit Wasser, auch fand ich etliche Flaschen Bier. Viel besser! Ich entfernte mühselig den Verschluß einer perlig-feuchten Flasche und gurgelte das Zeug gierig hinunter. Und packte den Flaschenhals als primitive Waffe, als ich draußen vor dem Wagen Schritte hörte. Ich erkannte Flavia, entspannte mich und trank noch einen Schluck.

»Sie sind der einzige Mensch, der das hätte schaffen können«, sagte sie. »Ich danke Ihnen von ganzem Herzen.«

»Keine Ursache. Manchmal mach' ich so etwas zweimal die Woche. Und vergessen Sie nicht, daß ich geschulte Helfer hatte.«

»Ich muß gestehen, ich hielt Ihren Plan für verrückt, als Jorge ihn mir erzählte. Ich hielt es nicht für möglich, eine Wahl gegen Zapilote zu gewinnen. Für diese Zweifel muß ich mich entschuldigen. Ich glaube nicht nur, daß Sie schaffen, was Sie sagen – ich möchte auch, daß Sie es wirklich tun. Wissen Sie, warum?«

»Tut mir leid. Meine Gedanken sind immer noch etwas durcheinander. Raten fällt mir schwer.«

Sie trat einen Schritt vor und stand nun keine Armeslänge mehr von mir entfernt. Und sie war wirklich von außergewöhnlicher Schönheit. In ihren Augen konnte man ertrinken. Die Lippen waren rot und voll … – ich seufzte, leerte die Flasche und lehnte mich auf dem Autositz zurück, um ihre Augen nicht zu nahe kommen zu lassen. Ganz ernsthaftig stand sie vor mir, die Hände vor der entzückenden Fülle ihres Busens verschränkt.

»Ich möchte, daß Sie Erfolg haben, weil Sie von Ehrgefühl durchdrungen sind. Daran glaube ich wahrhaftig.«

»Ich halte mich eher für einen Gauner, wenn ich Ihnen auch für die netten Worte danken möchte. Die Polizei von hundert Planeten würde vermutlich auch nicht Ihrer Meinung sein.«

»Ich verstehe Sie nicht – glaube aber an Sie. Sagen Sie mir eins. Warum haben Sie den sicheren Wagen verlassen und sich in Lebensgefahr begeben?«

»Ich konnte nicht anders. Der Soldat lag vor den Rädern. Er wäre getötet worden.«

»Aber wegen dieses Mannes haben Sie alles und uns alle

aufs Spiel gesetzt. Wie kann Ihnen das Leben eines Mannes so wichtig sein?«

»Sie haben es eben selbst gesagt. Es ist denn wichtiger als ein Menschenleben? Er hat nur eins. Es ist sein wichtigster Besitz. Und das gilt für uns alle. Ein einziger Versuch der Existenz, nichts vorher, nichts hinterher. Hinzunehmen wie besehen. Mehr ist nicht drin.«

Sie schüttelte den Kopf. »Meine Religion schildert ein Leben nach dem ...«

»Gut für Sie. Ich hoffe, Sie haben Freude an der Theologie. Ich blicke niemals auf die Überzeugungen eines anderen Menschen hinab und erwarte dafür, daß meine eigenen Ansichten respektiert werden. Einfach gesagt, sehe ich der Realität ins Auge und gestehe mir nicht nur ein, daß da oben niemand zu Hause ist, sondern auch, daß es dieses ›oben‹ gar nicht gibt. Ich habe nur ein Leben und gedenke das Beste daraus zu machen. Aus dieser Überzeugung ergibt sich folgerichtig, daß ich auch keinem anderen Menschen das Recht auf Existenz streitig machen kann. Nur schrecklich selbstsichere politische und religiöse Eiferer töten Menschen, um sie zu ›retten‹. Meine Devise lautet: Leben und leben lassen. Den Guten helfen, die Bösen vertreiben.«

»Wohl gesprochen, Paps«, brummte Bolivar, der hinter Flavia auftauchte. »Jetzt solltest du dich aber wieder hinlegen. Ich übernehme die Wache.«

»Danke. Ich finde auch, daß das kein schlechter Gedanke ist.« Er nickte zustimmend, doch sein glühender Blick war nicht auf mich, sondern auf Flavia gerichtet, die ihn ebenso glühend ansah. »Na, dann werde ich mal wieder verschwinden. Wenn Sie noch munter sind, Flavia, warum plaudern Sie dann nicht ein bißchen mit Bolivar? Sicher brennt ihm so manche Frage über diesen Planeten auf der Zunge.«

Der Vorschlag wurde auf beiden Seiten mit begeistertem Nicken aufgenommen, und ich ging ab. Wobei ich ebenfalls vor mich hin nickte. Denn ich fühlte mich plötzlich ... nun ja, nicht gerade alt oder überholt, doch konnte ich mich des

Eindrucks nicht mehr verschließen, daß meine Generation nun doch allmählich ersetzt wurde. Das lag sicher an den bedrückenden Nachwirkungen der Schmerzmittel oder an meinem kleinen theologischen Exkurs.

»Nimm dich zusammen, Jim, mach dir stärkende Gedanken!« brummte ich vor mich hin, während ich mich dankbar in den Schlafsack gleiten ließ. »Du bist der Planetenretter, und man wird dir Denkmäler errichten!«

Was kein übler Gedanke war, und ich hatte beim Einschlafen tatsächlich ein Lächeln auf den Lippen.

ELF

Am Spätnachmittag waren alle Angehörigen der Truppe wach und hatten knurrende Mägen. Mein Arm schmerzte höllisch. Ich wog die Erleichterung der Schmerzmittel gegen den Vorteil eines klaren Kopfes ab und entschied mich für einen klaren Kopf. Es galt Pläne zu schmieden – schon boten sich etliche Handlungsvarianten zur näheren Überprüfung an. Ich schaufelte wiederaufgebaute Pulvereier, vermengt mit rehydriertem dehydriertem Speck und spülte das scheußliche Zeug hastig mit Koffeinkondensat außer Sicht. Und nahm mir vor, vor dem nächsten Einsatz dieser Art mehr Sorgfalt auf die Zusammenstellung der Verpflegung zu verwenden. Als die Teller gesäubert waren, standen meine Entschlüsse fest.

»Bolivar, an die Arbeit!« rief ich hochherrschaftlich. Geschah es mit Widerstreben, daß er sich aus der zweifellos charmanten Gesellschaft Flavias löste? Ah, die Jugend, die Jugend! »Bitte sei doch so nett und hol aus dem Gepäckraum den großen Kasten mit der Aufschrift ›Streng geheim‹!«

»Hurra! Wird langsam Zeit, daß wir herausfinden, was du in dem Ding versteckt hast.«

Die anderen umringten ihn, als er den schweren grauen Behälter neben mir absetzte. Ich besah mir die Kratzer am Schloß. »Aha, wie ich sehe, konnte da jemand nicht geduldig abwarten. Du hast dich am Schloß zu schaffen gemacht.«

»Ich nicht«, sagte Bolivar. »Das war James. Von mir stammen die Schweißspuren hier am Falz.«

»Und du bist auch nicht hineingekommen. Der Kasten enthält nicht nur die neueste Erfindung des großen Professors Coypu und des Spezialkorps-Labors, sondern ist selbst darüber hinaus total einbruchsicher. Sobald ich dem Ding aber meinen Daumenabdruck zeige und die richtige Nummer eingebe ...«

Der obere Teil des Behälters glitt zur Seite, und die Umstehenden beugten sich vor. Ich griff hinein und nahm einen schwarzen Metallkasten heraus. Das Gebilde, das ich in die Höhe hob, hatte oben ein Loch und an der Seite einen Schalter.

»Nicht gerade eindrucksvoll«, bemerkte Angelina herablassend.

»Kommt darauf an, wie man es sieht, mein Schatz. Du wirst schnell feststellen, daß das Ding geradezu wundersame Dinge vollbringen kann. Es handelt sich um einen molekularen Extraktor und Restaurator, die Akronymsüchtigen würden ihn bestimmt MER nennen. Wenn du den Apparat in Aktion erlebst, werden dir vor Ehrfurcht die Knie weich werden.« Ich wühlte im Behälter herum und holte einen winzigen Gegenstand heraus. »James, sag mir deine Meinung: was ist das?«

Er legte sich das Gebilde auf die ausgestreckte Handfläche, drehte es mehrmals herum, betrachtete es mit zusammengekniffenen Augen und reichte es zurück.

»Das sehr detailgetreue Modell eines schweren Mörsers.«

»Stimmt, aber nicht ganz. Es handelt sich in Wahrheit um einen Mörser richtiger Größe, dem neunundneunzig Prozent seiner Moleküle genommen worden sind. Wir brauchen nun nichts anderes zu tun, als die fehlenden Moleküle wieder an Ort und Stelle zu bringen – und schon ist die Waffe in den alten Zustand zurückverwandelt.«

»Bist du sicher, daß du nicht in Pflege mußt?« fragte Angelina. »Vielleicht fieberst du von der Wunde.«

»Spottet nur – ihr werdet ausgiebig Gelegenheit haben, eure Skepsis zu bereuen!«

Ich setzte den MER auf den Boden und zog aus seiner Flanke ein Kabel, das ich am Mini-Mörser anklemmte. Im Behälter befand sich ein ausziehbarer Plastiktrichter, den ich auf volle Größe brachte und oben auf der Maschine in die Öffnung schraubte.

»Jetzt fehlt nur noch eine Rohstoffquelle. Sand, Steine, Schutt jeder Art – schaufelt das Zeug in den Trichter, Jungs! Der muß stets gefüllt sein. So ist's recht. Sagt Bescheid, wenn ihr soweit seid. Schön – also los!«

Ich hob die Hand und legte den Hebel auf der Seite um. Der Apparat begann mürrisch zu jaulen. Sonst passierte nichts. Ich bemerkte die skeptischen Blicke.

»Geduld!« mahnte ich. »Es dauert ein bißchen, bis die Moleküle auf ihre Komponentenpartikel gebracht sind – ah, da geht es los.«

Es war, als sehe man zu, wie ein Luftballon aufgeblasen wurde, obwohl in diesem Fall der Mörser mit Stahl vollgepumpt wurde. In dem Maße, wie der Pegel des Rohmaterials im Trichter sank, schwoll der Mörser an und wurde vor unseren Augen größer und immer größer, als blickten wir durch eine dreidimensionale Zoom-Linse. Innerhalb einer Minute war die volle Größe erreicht. Eine Glocke schlug an, und das Jaulen verstummte.

»Na, hat noch jemand Zweifel?« fragte ich und klopfte gegen den Lauf des Mörsers. Der satte Ton verhieß reinen Stahl.

»Toll, Paps!« sagte Bolivar und verstellte die Reichweitenräder, während James durch das Visier spähte. »Ich meine, da können wir doch jede Menge schwere Ausrüstung mitnehmen, indem wir die gesamte überflüssige Masse wegdrücken. Sag mal ...«

»Du hast doch sicher noch weitere interessante Apparate in deinem Kasten«, beendete James den Satz.

»In der Tat – und einen davon werden wir jetzt einsetzen. Aber zuerst wollen wir den Mörser wieder schrumpfen lassen.«

Ich bewegte den Hebel in die entgegengesetzte Richtung, und der Mörser begann kleiner zu werden, während das Jaulen sich verstärkte. Aus einer Öffnung in der Seite von MER wurde feiner Staub geblasen.

»Stahlmoleküle«, stellte ich fest. »Neunundneunzig von hundert werden ihm jetzt entzogen.«

Als der Vorgang beendet war, verstaute ich den Miniaturmörser wieder an Ort und Stelle und nahm eine komplizierte Maschine heraus, die wie eine Feder in meiner offenen Hand ruhte.

Ein Geweberegenerator und Heiler, wie er nur in den großen Krankenhäusern zu finden ist. »Vierundzwanzig Stunden in dieser Maschine – und mein Arm wird wieder so gut wie neu sein. Ihr seid bestimmt meiner Meinung, daß ich bestens in Form sein muß, ehe wir die Wahlkampagne anzetteln.«

Die beiden Jungen schaufelten den molekularen Stahl wieder in den Trichter, und der große medizinische Apparat wuchs vor unseren Augen an. Als er seine volle Größe erreicht hatte, war es nur noch eine Sache von Sekunden, die elektrischen Zuleitungen auszurollen und mit dem Atomgenerator des Tourenwagens zu verbinden. Vorsichtig entfernte Angelina die Bandagen von meinem Arm – der wirklich übel aussah –, und ich vertraute mich der wohltätigen Umarmung der Maschine an. Die summte therapeutisch und geschäftig, und ich fühlte mich sofort besser.

Am nächsten Tag tat es mir beinahe leid, unsere waldige Lichtung wieder verlassen zu müssen. Der Aufenthalt hatte unsere Moral ebenso wieder instandgesetzt wie das Gewebe an meinem Arm. Das Wetter war vollkommen, die Luft klar, ein äußerer Druck nicht vorhanden. Angelina und ich unterhielten uns leise, während sie strickte; sie benutzte eine Monomolekularfaser, die eine kugelsichere Weste ergeben würde. Die Jungen machten Flavia den Hof, die ihre Aufmerksamkeiten genoß und vorübergehend vergaß, welche schlimmen Stunden sie durchgemacht hatte. Doch kaum war der Arm verheilt, da machte sich in mir der alte Aktionswille bemerkbar. Als sie mich die Nadelpistolen ölen sah, wußte Angelina, daß das Picknick im Paradies zu Ende war.

»Beginnt mit dem Packen, Jungs!« sagte sie. »Wir brechen bald auf.«

Danach brauchten wir nur noch zu fahren. Flavias Vater war Landwirtschaftsinspektor gewesen und hatte sie als Kind überallhin mitgenommen. So kannte sie sich im Landesinneren gut aus und vermochte uns über Umwege durch die Berge und durch abgelegene Täler zu leiten, was es uns ermöglichte, Bauernhöfe und Städte weitgehend zu meiden. Hier und dort passierten wir natürlich Einzelgehöfte und Waldarbeitergruppen, aber das war schon alles. Als wir schließlich auf das zentrale Plateau zurückkehrten, befanden wir uns bereits in Sichtweite unseres Ziels.

»Dort«, verkündete Flavia, »das Land des Marquez de la Rosa.«

»Wo?« erkundigte ich mich und blickte über die zum Horizont reichende Weite aus Weiden und Feldern, Hügeln und Wäldern.

»Überall. Alles gehört ihm. Viele hunderttausend Hektar. Die Adeligen sind wahre Feudalherren auf Paraiso-Aqui, und darin liegt der eigentliche Grund, warum Zapilote mit seiner demokratischen Revolution Erfolg hatte. Zahlreiche Angehörige der Erb-Aristokratie behandeln ihre Bauern ungemein grausam: der Marquez aber ist eine der wenigen Ausnahmen. Deshalb ist es ja so wichtig, ihn auf unsere Seite zu ziehen.«

»Davon können Sie schon ausgehen«, erwiderte ich. »Ich bin der letzte der großen Anwerber. Bolivar, bitte halte noch vor dem Eingang an!«

Mächtige Steinquader ragten links und rechts der Straße empor und Säulen, die von einem verzierten Torbogen gekrönt waren, in denen ein eingemeißelter heraldischer Schild prangte, angefüllt mit Einzelbildern: einem Zeichen der Illegitimität, das auf ausschweifende Vorfahren hindeutete, außerdem jede Menge Greifvögel, Löwen und anderes heraldisches Viehzeug. Ich griff tief in das Kühlfach und nahm den Eiskrug heraus. Unter dem falschen Boden befanden sich Eisbrocken ganz besonderer Art.

»Für dich, mein Juwel«, sagte ich zu Angelina und schob ihr einen 400-karätigen Diamantring auf den Finger. Sie begann begeistert nach Luft zu schnappen, was sich noch verstärkte, als ich ein passendes Halsband hervorholte. »Ein paar Kleinigkeiten, die ich für den passenden Anlaß aufgehoben habe.«

»Prächtig!«

»Gleiches zu gleichem. Dazu noch ein paar Prunksteine für mich, um unseren Gastgeber zu beeindrucken.« Beispielsweise einen Ring mit einem Rubin von der Größe eines Vogeleis, dazu ein passendes rubinbesetztes Band für meinen Hut. Die Zwillinge applaudierten beifällig, und Flavia brachte in ihrem Schock kein Wort heraus. Ich hoffe, der Marquez würde sich ebenfalls sprachlos zeigen.

»Weiter unserem Geschick entgegen!« befahl ich, und wir rollten elegant durch das Tor.

Die glatte Straße führte durch grüne Wiesen, die allmählich in einen riesigen Ziergarten übergingen. Hinter einer Barriere blumenbehängter Bäume öffnete sich ein brunnendurchsetztes Parkpanorama, und nach einer letzten Kurve endete die Auffahrt vor dem Haus. Besitz, Palast, Schloß – wie auch immer. Sehr eindrucksvoll, wenn auch ein bißchen zu spektakulär. Dachtürmchen, Säulen, Mauervorsprünge, Ecktürme, Fenster ohne Zahl und reihenweise Zinnen. Am offenen Haupteingang erschien eine prächtig gewandete Gestalt und erwartete würdevoll unsere Ankunft.

»Der Marquez?« fragte ich beeindruckt.

»Sein Butler«, erwiderte Flavia. »Nennen Sie ihm Namen und Titel – wenn Sie einen haben.«

Und ob ich einen hatte! Sogar Dutzende oder mehr, so viele wie meiner fruchtbaren Phantasie nur einfallen wollten. Ich dachte hastig nach, während James die Wagentür öffnete, und stelzte dann dem Butler entgegen, der die Vortreppe herabgekommen war.

»Dies ist vermutlich die Residenz seiner Exzellenz Gonzales de Torres, des Marquez de la Rosa?«

»In der Tat ...«

»Gut. Ich wußte nicht, ob ich die richtige Adresse hatte. Ein Schloß sieht immerhin aus wie das andere. Bitte übermitteln Sie Ihrem Herrn doch die gute Nachricht, der Herzog diGriz sei mit Gefolge eingetroffen.«

»Vielen Dank, vielen Dank. Wenn Sie mir bitte folgen wollen.« Während er uns ins Haus führte, flüsterte er einem anderen Diener etwas zu, der sich eilig entfernte. Gemessen schritten wir durch kühle Korridore, und unsere Füße versanken förmlich in den aufeinandergeschichteten wertvollen Teppichen. Schließlich erreichten wir eine riesige hölzerne Doppeltür, die er schwungvoll öffnete. Gleichzeitig verkündete er mit Stentorstimme meine Ankunft. Mit erhobenem Kopf segelte ich an ihm vorbei.

Der Marquez kam mir mit ausgestreckten Händen entgegen. Ein gutaussehender Mann mit noch wenig Grau an den edlen Schläfen, schlank und kraftvoll, mit dem Gang eines Athleten. Ich ergriff die dargebotene Hand und verneigte mich leicht.

»Willkommen, Herzog, willkommen«, sagte er, und sein Tonfall ließ nichts zu wünschen übrig.

»Nennen Sie mich Jim, ich bitte Sie! Auf meiner Welt gehen wir nicht so förmlich miteinander um.«

»Natürlich, sehr weise. Dann kommen Sie nicht von diesem Planeten? Darf ich Sie zur perfekten Beherrschung unserer Sprache beglückwünschen? Ihr Titel kam mir gleich so unbekannt vor.«

»Der Ihre dagegen ist in der ganzen zivilisierten Galaxis bekannt. Ich wäre nicht so einfach bei Ihnen hereingeschneit, hätte ich nicht Ermutigung erfahren durch einen Ihrer Verwandten, der mir diesen Einführungsbrief mitgegeben hat.«

Ich überreichte Jorges Brief, der den Durchbruch vollkommen machte. Alle Anwesenden wurden vorgestellt, einschließlich der Marqueza, die ebenfalls in Erscheinung trat; zu meinem Entzücken war ihr Schmuck nicht halb so schön wie der Angelinas. Als die anderen den Saal wieder verließen, setzten sich de Torres – wie ich ihn nennen mußte – zu einer Flasche ausgezeichneten Weins zusammen. Ich kam sofort zur Sache.

»Vermutlich ist Ihnen bekannt, daß Ihr Cousin dritten Grades der Widerstandsbewegung angehört?«

»Bekannt war es mir nicht – aber es freut mich zu erfahren, daß Jorge gegen das Ungeheuer Zapilote arbeitet, dieses madige Stück Kot, diesen degenerierten ...«

In diesem Stil ließ er sich noch längere Zeit vernehmen, und ich merkte mir einige der faszinierenderen Metaphern.

»Ich darf Ihren Worten entnehmen, daß Sie mit dem Generalpräsidenten nicht gerade auf bestem Fuße stehen.«

Ich nippte an meinem Wein, während er die Litanei grollend ein zweitesmal herunterbetete. Ich nickte mitfühlend zu seinen temperamentvollen Worten und wußte, daß ich hier einen wertvollen Verbündeten gefunden hatte.

»Ihre Worte müssen der Wahrheit entsprechen, denn Gerüchte von den Verbrechen dieses Ungeheuers sind sogar bis auf meine Heimatwelt Solysombra gedrungen, die viele Lichtjahre entfernt liegt. Was uns am meisten beunruhigt, ist der Umstand, daß diese schamlosen Verbrechen im Namen der Demokratie begangen werden – eines politischen Systems, das bei uns in hohem Ansehen steht. Ich weiß, trinken Sie einen Schluck, ja so ... wir müssen an Ihren Blutdruck denken. Wie Sie hatten auch die Angehörigen unserer Oberklasse gewisse Vorbehalte, als die Erbtitel von Wahlen abgelöst wurden. Langfristig wendete sich jedoch alles zum Guten. Besonders wenn Leute von vornehmer Herkunft und anständiger Erziehung sich zur Wahl stellten. Und gewählt wurden.«

Der Marquez hob eine aristokratische Augenbraue, war aber zu wohlerzogen, um an meinen Worten laut zu zweifeln.

»Und es stimmt ja auch, de Torres, wenn Sie genau darüber nachdenken. Die Tatsache, daß die Aristokratie vor den Wahlen herrscht, muß nicht automatisch bedeuten, daß sie hinterher die Macht abgibt. Es bedeutet doch nur, daß Leute von Charakter und Intelligenz eine bessere Wahlchance haben als charakterlose Spitzköpfe. Ich weiß nicht, wie das hier ist, aber auf unserer Welt gibt es etliche sogenannte vornehme Herren, von denen ich mir nicht einmal meinen Schweinestall ausmisten lassen würde.«

Er nickte lebhaft. »Dieses Problem gibt es bei uns auch. Wir haben hier Leute mit guten Verbindungen, die ich nicht nur nicht empfangen würde, ich will auch nicht die Luft dieses Zimmers besudeln, indem ich ihre Namen ausspreche.«

»Dann sind wir ja gleichen Geistes!« Ich hob wie er das Glas, und wir tranken aus. Erfreut schaute ich zu, wie er nachschenkte. »Aus diesem Grunde stelle ich Ihnen und Ihrem Volk meine politischen Erfahrungen zur Verfügung. Bei der bevorstehenden Präsidentschaftswahl wird es zwei Kandidaten geben – und ich werde meine erheblichen Spezialkenntnisse für eine faire Wahl einsetzen und dafür, daß der bessere Mann gewinnt.«

»Können Sie denn das?«

»Garantiert.«

»Dann sind Sie der Retter von Paraiso-Aqui!«

»Nicht ich. Diese Rettung wird die Aufgabe des neuen Präsidenten sein.«

»Und wer wäre das?«

»Liegt doch auf der Hand. Kein anderer als Sie selbst.«

Die Worte lähmten ihn förmlich, und er saß sekundenlang mit gesenktem Kopf vor mir. Als er sich schließlich rührte, stand Trauer in seinem Blick.

»Das kann nicht sein«, sagte er. »Ein anderer Mann muß diese Aufgabe erfüllen. Es tut mir leid, aber ich kann nicht Präsident werden.«

ZWÖLF

Ich hatte gerade den Mund voll Wein, als de Torres diese schicksalhaften Worte äußerte. Ich hustete und würgte und nahm mich schließlich zusammen. »Sie wollen nicht Präsident werden?« brachte ich schließlich keuchend hervor. »Das verstehe ich nicht.«

»Meine Gründe sind einfach. Ich habe keine Erfahrung mit einer planetenweiten Verwaltung und wüßte nicht, wie man das anpackt. Außerdem könnte ich meine Besitzungen nicht der Leitung anderer anvertrauen. Mein ganzes Leben habe ich ihrem Gedeihen gewidmet. Dies alles sind sehr reale Gründe, die jedoch hinter dem wichtigsten von allen zurückstehen. Es gibt einen Mann, der weitaus bessere Qualifikationen aufweist. Obwohl ich nicht abstreiten kann, daß mich das Angebot lockt, wie auch die Gelegenheit, den üblen Zapilote zu stürzen, diesen ... so muß ich doch zugunsten dessen verzichten, der dafür wesentlich besser geeignet ist.«

»Kenne ich diesen vorzüglichen Mann?«

»In der Tat. Sie selbst sind gemeint.«

Jetzt lag es an mir nachzudenken – und mit der Versuchung fertigzuwerden. Die Aufgabe lockte mich wirklich! Es war eine geeignete Herausforderung für einen Mann meines Zuschnitts. Allerdings gab es Hindernisse.

»Ich bin aber kein Bürger dieses Planeten!« wandte ich ein.

»Macht das einen Unterschied?«

»In der Regel schon. Aber ...«

Ich geriet ins Stocken und kam über das *Aber* nicht hinaus, denn urplötzlich kam mir eine großartige Idee. Übergangslos hatte ich den Plan vor Augen, in allen leuchtenden Einzelheiten, dargeboten mit freundlicher Empfehlung meines Unterbewußtseins. Das sicher schon einige Zeit an diesem Meisterwerk gearbeitet hatte. Gewisse Details mußten aber noch ausgeforscht werden.

»Darf ich Ihnen einige Fragen stellen, ehe ich Ihnen eine Antwort gebe?«

»Wenn es sein muß ...«

»Haben Sie zufällig ein oder zwei rüstige Verwandte, von gutem Stande, aber von Natur aus scheu, die lieber zu Hause bleiben und ihre eigene Gesellschaft genießen, als den Kontakt zur Außenwelt zu suchen?«

»Bemerkenswert!« Der Marquez schüttelte staunend den Kopf, während er erneut unsere Gläser füllte. »Sie haben da eben auf das Genaueste meinen Großneffen Hektor Harapo beschrieben. Natürlich ist er Sir Hektor, ein Ritter der Beeday, eines kleineren Ordens. Sein kleiner Besitz grenzt an den meinen – doch ist es bestimmt zehn Jahre her, seit ich ihn zum letztenmal gesehen habe. Er tut nichts anderes, als wissenschaftliche Bücher zu lesen, mit dem Ziel, neue Gattungen Bizcocho-Beeren zu züchten. In Wahrheit kennt er sich in der Welt überhaupt nicht aus, und ohne meine Unterstützung wäre er schon vor Jahren bankrott gewesen.«

»Für unsere Zwecke scheint er der ideale Mann zu sein. Wie alt ist er?«

»Etwa so alt wie Sie. Auch ähnlich gebaut, wenn er auch einen riesigen schwarzen Bart hat.«

»Der Bart ist sicher das geringste Problem. Nun bitte noch eine Frage. Wären Sie bereit, als Vizepräsident zu wirken, wenn ich Sir Hektor als Präsidentschaftskandidaten aufbauen würde? Er würde die ganze Arbeit tun, Sie aber würden seinem Wahlkampf die nötige Autorität verleihen.«

»Ja, damit wäre ich einverstanden. Ich muß Sie aber warnen. Hektor ist zwar ein ordentlicher Mann, aber zum Präsidenten eignet er sich wahrhaftig nicht.«

»Das wäre kein Argument. Ich habe schon Präsidentschaftswahlen erlebt, durch die greise Schauspieler und überführte Gauner ins Amt kamen –, aber das ist hier nicht der entscheidende Punkt. Wenn Sie einverstanden sind, müssen wir im Namen des gesunden Menschenverstandes etwas tun, das bei manchen vielleicht als Verbrechen gelten würde. Aber das stelle ich Ihrem eigenen Urteil anheim. Meine Absicht geht dahin, dem Wähler ein wenig Sand in die Augen zu streuen. Eine Kleinigkeit im Vergleich zu den Wahlverstößen Zapilotes. Ich halte es für möglich, anstelle Hektors einen anderen Mann zur Wahl antreten zu lassen. Einen Mann von vornehmer Geburt, klug, erfahren, hart, entschlossen ...«

Während diese Worte fielen, öffneten sich de Torres' Augen immer weiter, sein Lächeln wurde immer breiter, bis er sich nicht mehr beherrschen konnte und mich mit einem Ruf unterbrach.

»Sie selbst!«

»Kein anderer«, sagte ich bescheiden.

»Ideal! Ich wüßte niemanden, der besser geeignet wäre.«

»Natürlich wird es Probleme geben. Wir müssen uns über unsere politischen Grundideen einig sein, ehe wir ein Bündnis eingehen. Durchaus möglich, daß Ihnen einige der Reformen nicht gefallen, die ich im Falle meiner Wahl durchführen will.«

Der Marquez tat die Möglichkeit solcher Meinungsverschiedenheiten mit einer abschätzigen Bewegung seiner edlen Hand ab. »Unsinn! Männer von Ehre und Position sind sich in diesen Dingen einig. Ich ersehe an Ihrem Titel, daß wir keine Probleme haben werden.«

»Ich glaube nicht, daß es *ganz* so einfach ist. Was wäre zum Beispiel, wenn ich mich dafür ausspräche, die großen Güter zu Gunsten der Kleinbauern aufzuteilen?«

»Ich würde Sie auf der Stelle erschießen«, sagte er in kühler Schlichtheit.

»Nur gut, daß ich solchen Überzeugungen nicht anhänge!« Was nicht ganz stimmte. Aber mir war klar, daß eine Landreform, daß jede Art von Reform auf diesem Planeten ein langwieriger Prozeß sein würde. Da mußte man mit Grundsätzlichem beginnen; selbst die längste Reise beginnt mit einem einzelnen Schritt, wie der Schuhverkäufer zu sagen pflegt. »Natürlich keine Landreform. Ich wollte damit nur mal eine der politischen Fragen anschneiden, die zur Sprache kämen, wenn wir eine absolut freie Wahl abhielten. Es gibt da aber eine oder zwei kleine Reformen, die wir ankündigen müssen, um beim Volk eine breite Wirkung zu erzielen. Es sind Dinge, die uns theoretisch nicht besonders liegen, aber wir müssen Konzessionen machen, um Wirkung zu erzielen.«

»Zum Beispiel?« fragte de Torres höchst mißtrauisch; ihm geisterte noch der Gedanke an die aufgeteilten Güter im Kopf herum.

»Nun ja, zum Beispiel müssen wir gleiches Recht für alle schaffen – ein Mensch, eine Stimme, und das muß die Frauen einschließen ...«

»Frauen! Die können doch nicht dieselben Rechte haben wie die Männer!«

»Würden Sie das mal meiner Frau sagen?«

»Nein.« In düstere Gedanken versunken, rieb er sich das Kinn. »Und auch nicht meiner Frau. Das sind gefährliche und revolutionäre Gedanken, aber wir müssen sie wohl näher in Augenschein nehmen.«

»Wenn wir das nicht tun, wird uns die andere Seite zuvorkommen. Wenn wir siegen wollen, müssen wir das *Habeas Corpus* fördern, die Folter und die Geheimpolizei abschaffen, uns für ein öffentliches Gesundheitswesen aussprechen, Kleinkindern Milch zukommen lassen und Scheidungen genehmigen für alle Paare, die sich nichts mehr zu sagen haben. Die Würde des Menschen – auch die der Frau – muß festgeschrieben werden – in Gesetzen, die schützend eingreifen können.«

Nach einiger Zeit nickte er. »Vermutlich haben Sie recht. Alle meine Arbeiter genießen diese Vorteile – da läßt sich wohl dafür eintreten, daß sie auf dem ganzen Planeten eingeführt werden. Diese Politik kann aber sehr kompliziert sein.«

»Darauf können Sie Ihren hübschen Titel wetten! Machen

wir uns also an die Arbeit und verfassen wir ein parteipolitisches Manifest!«

»Was für ein Fest wollen wir vorbereiten?«

»Ein Manifest ist eine zusammenfassende Darstellung der Dinge, die wir angeblich erreichen wollen, wenn wir gewählt worden sind. Und das vollzieht sich im Rahmen einer Parteiorganisation, die wir gründen werden und die uns zum Sieg verhelfen soll.«

»Klingt vernünftig. Und wie heißt Ihre Partei?«

Noch während er die Frage stellte, fiel mir die Antwort ein.

»Wir nennen sie die ABAP, die Adeligen-Bauern-und-Arbeiter-Partei.«

»App-app – klingt irgendwie gut. Einverstanden.«

So begann ein bemerkenswerter Abend. Eine weitere Flasche wurde geöffnet, und wir steckten die Köpfe zusammen wie die Verschwörer, die wir ja auch waren, und legten unsere Pläne im Detail fest. Der Marquez machte sich keine Illusionen über das Leben auf Paraiso-Aqui und kannte darüber hinaus jeden, den zu kennen sich lohnte. Als wir hungrig wurden, ließ er eine Mahlzeit kommen, und die Sitzung dauerte bis weit in den frühen Morgen. Dabei wurden wir dicke Freunde. Sämtliche Einzelheiten standen fest, und wir trennten uns in der angenehmen Gewißheit, gute Arbeit geleistet zu haben.

Während des königlichen Frühstücks schilderte ich Angelina das Erreichte. De Torres aber war kein Langschläfer wie ich. Als ich mich wieder in der Öffentlichkeit blicken ließ, hatte er die Rädchen bereits in Bewegung gesetzt. Im Morgengrauen hatte er seinen Gutsverwalter losgeschickt, um die Leitung von Sir Hektors Besitzungen zu übernehmen, und ließ mit demselben Wagen den verwirrten Ritter zu uns bringen. Eine solche Energie war wirklich bewundernswert. Längst war mir klargeworden, daß de Torres bei dieser Wahl von unschätzbarem Wert sein würde. Ich lernte Hektor kennen, der gar nicht mitbekam, was hier passierte, und vor sich hin brummend seinen dichten schwarzen Bart kratzte.

Ein hübscher Bart, der sich nach Photos gut kopieren ließ. Hoffentlich wußte er die guten Werke zu schätzen, die ich in seinem Namen tun würde.

Schon in dieser Phase kam es zum ersten großen Alarm. Ich beschäftigte mich gerade in Gedanken mit einem ersten Morgen-Drink, der meinen Hunger auf das Mittagessen beflügeln sollte, als de Torres aus seinem Arbeitszimmer stapfte.

»Irgend etwas ist im Schwange!« rief er. »Eine dringende Meldung kommt. Begleiten Sie mich!«

Ich eilte hinter ihm her zum Fahrstuhl, wo ich zum erstenmal mit einem der mechanischen Artefakte dieses Planeten konfrontiert wurde, die ich mit der Zeit schätzen lernen sollte. Der Fahrstuhlführer schloß das bronzene Tor hinter uns und wandte sich seinen Ventilen zu.

Ventile? Ich mußte das Wort laut ausgesprochen haben, denn de Torres lächelte und deutete stolz darauf, während die verzierte Liftkabine leicht erbebte und ruckfrei anfuhr.

»Wie ich sehe, sind Sie beeindruckt – das kann ich Ihnen auch nicht verdenken. In den Städten sehen Sie nur schäbige Elektronik und schwache kleine Motoren. Auf dem Land aber wissen wir die Dinge besser zu bauen. Die Wälder liefern uns den Treibstoff, das Dampfkraftwerk liefert die freie Energie zum Wasserpumpen. Hydraulische Systeme sind unzerstörbar. Spüren Sie, wie glatt wir auf dem Kolben emporsteigen, der diese Kabine trägt?«

»Ein Wunder!« sagte ich und meinte es auch so. Der Zylinder mußte tief im Fundament vergraben sein, der Kolben mindestens hundert Meter lang. Ich konnte nur hoffen, daß die metallurgischen Kenntnisse dieser Leute den Anforderungen entsprachen. Ich sah zu, wie aus Reihen von Ventilen immer wieder Wasser tropfte, und seufzte erleichtert, als sich die Tür endlich öffnete.

Weitere mechanische Freuden erwarteten mich. Vor uns lag kein einfacher Funk- oder Telefonraum. Statt dessen mußten wir eine endlose Wendeltreppe ersteigen. Unser Ziel war ein Turmzimmer, das sich hoch über den Rest des

Schlosses erhob. Ein halbes Dutzend Männer schuftete hier, umgeben von heißem Metallgeruch und dem Fauchen entweichenden Dampfes. Dicke Röhren stiegen durch den Fußboden herauf und endeten in einer kompakten schwarzen Maschine, die übersät war mit Rädern, Hebeln und Manometern. Diese Maschine schwieg im Augenblick, aber die gesamte Aufmerksamkeit konzentrierte sich auf einen Mann über uns, der durch ein riesiges Fernrohr blickte und Nummern herabbrüllte.

»Sieben ... zwei ... neun ... vier ... unklar ... Ende Zeile. Fordern Sie eine Wiederholung des letzten Satzes an.«

Augenblicklich machte sich der Chefmaschinist an seinen Griffen zu schaffen. Der Apparat ächzte, zischte und klapperte, und lange Kolben schoben schimmernde Stahlstangen auf und nieder. Ich blickte nach oben durch ein schmiedeeisern gerahmtes Glasdach, über dem das Gestänge auf einer hohen Spitze riesige Metallarme auf und ab zucken ließ.

»Wie ich sehe, sind Sie von unserem Semaphoren beeindruckt«, sagte de Torres stolz.

»Beeindruckt ist ein viel zu schwaches Wort«, antwortete ich wahrheitsgemäß. »Wie weit ist der Weg, den die Nachricht schon zurückgelegt hat?«

»Sie kommt von der Küste und wird von einer Station zur nächsten weitergegeben. Es handelt sich um eine private Einrichtung der wichtigeren Grundbesitzer. Wir stehen auf diese Weise ständig miteinander in Verbindung. Der Kode, den wir benutzen, ist geheim. Nur eine Handvoll Leute kennt ihn. Diese Botschaft begann mit einem seltenen Dringlichkeitssignal in Klarschrift, weshalb ich Sie mitgebracht habe. Ich spüre in den Knochen, daß es um unsere Angelegenheiten geht. Aha, da hätten wir es ja!«

Die fehlerhafte Zeile war noch einmal gesendet und niedergeschrieben und dem Marquez die komplette Botschaft ausgehändigt worden. Stirnrunzelnd betrachtete er die Reihe der Zahlen und bedeutete mir, ihm zu einer in die Mauer eingelassenen Kammer zu folgen. Ein hohes Fenster erleuchtete einen geschnitzten Tisch, auf dem er die Nachricht ausbreitete. Aus der Brieftasche nahm er ein Koderad, stellte es auf eine Zahl ein und drehte die Deckscheibe.

»Es wird schneller gehen«, sagte er, »wenn Sie mitschreiben, was ich Ihnen sage.«

Ich schrieb den Text nieder, wie er ihn mir angab, und in dem Maße, wie sich die Reihe der Buchstaben verlängerte, vergrößerte sich der Knoten in meinem Magen. Als er fertig war, beugte er sich über mich und las stumm über meine Schulter:

> WAHLGESETZE HEIMLICH GEÄNDERT. PRÄSIDENTSCHAFTSKANDIDATEN MÜSSEN SICH SPÄTESTENS HEUTE UM SECHS UHR IN PRIMOROSO EINTRAGEN – JORGE

»Der Ärger geht bereits los«, stellte ich fest. »Zapilote muß von unserem Vorhaben erfahren haben und will uns aus dem Rennen drängen, ehe wir überhaupt gestartet sind. Was ist Primoroso?«

»Unsere Hauptstadt – und Zapilotes Festung. Der Mann ist eben nicht zu schlagen. Wenn wir uns ins Wahlregister einzuschreiben versuchen, verhaftet man uns, und wenn wir uns nicht blicken lassen, gewinnt er die Wahl, weil es keinen Gegenkandidaten gibt.«

»Man sollte die Auseinandersetzung nicht aufgeben, bevor sie begonnen hat, de Torres. Können wir rechtzeitig nach Primoroso gelangen?«

»Mühelos. Mein Düsenhubschrauber bringt uns in weniger als drei Stunden hin.«

»Wie viele Passagiere haben darin Platz?«

»Fünf, den Piloten mitgerechnet.«

»Genau die richtige Zahl. Sie und ich, Bolivar und James.«

»Aber Ihre Söhne sind noch so jung. Ich habe bewaffnete Männer ...«

»Jung an Jahren, aber alt an Erfahrung. Sie werden selbst

erleben, wozu sie fähig sind. Wenn Sie jetzt bitte den Hubschrauber startbereit machen lassen würden. Ich hole die Jungen und treffe andere Vorbereitungen.«

Ich wühlte gerade im tiefen Gepäckabteil unseres Wagens, als Angelina mir auf die Schulter klopfte.

»Du willst mich doch nicht zurücklassen, während du in der Gegend herumrast!«

»O nein«, antwortete ich, ließ eine Armladung Gerätschaften fallen und umarmte sie. »Du hast die wichtigste Aufgabe von allen, denn du mußt hierbleiben und unsere Flanke schützen. Sobald wir fort sind, wirst du die Verteidigung organisieren. Und eine Ortungsanlage installieren. Wenn wir eilig zurückkehren müssen, brauchen wir eine einwandfrei verteidigte Stellung. Ich kenne mich mit den Anlagen des Schlosses nicht aus – dafür aber um so besser mit unseren Hilfsmitteln. Ich weiß, daß ich mich auf sie verlassen kann – und auf dich.«

Sie neigte auf höchst anziehende Weise den Kopf und blickte mich fragend an. »Du erfindest das alles doch nicht in dieser Sekunde, um mich aus dem Weg zu haben, di-Griz?«

»O nein!« protestierte ich lautstark und wagte nicht zuzugeben, daß sie die Wahrheit sofort erkannt hatte. »Bei dieser Aktion kommt es auf höchste Eile an, und wir brauchen dich zur Unterstützung bei unserer Rückkehr. Wir alle werden noch mehr als genug Arbeit haben, ehe diese getürkte Wahl ihr krummes Ende nimmt. Und jetzt hilf mir bitte bei der Suche nach dem Make-up-Kasten! Ich brauche einen gebrauchsfertigen großen schwarzen Bart.«

Sie dachte nach und nickte widerstrebend. »Na schön. Aber wehe, du hast mich angelogen. Wenn du dir bei der Aktion die Finger verbrennst, bringe ich dich um!« Was ein typisches Beispiel für die weibliche Logik war, aber natürlich war ich klug genug, nicht noch auch darauf hinzuweisen.

Dreißig Minuten später verabschiedete ich mich von ihr mit einem Kuß, der durch den falschen Bart gedämpft wurde, und gab mir große Mühe, meine Freude nicht offenkundig werden zu lassen. Es standen interessante Dinge auf dem Programm! Die erste Runde des großen Wahlkampfes sollte beginnen.

DREIZEHN

Wir stiegen zusammen aus. Die Zwillinge trugen die langweilige Schloßlivree, die die Pracht, in der der Marquez und meine Wenigkeit auftraten, noch deutlicher hervortreten ließ. Wir boten wirklich einen atemberaubenden Anblick; man konnte von einer modischen Symphonie aus gefiederten Hüten, Spitzenjabots, breiten Schärpen, bestickten Gehröcken, wehenden Mänteln und schenkelhohen Stiefeln sprechen – so wie sich der einfache Mann eine Persönlichkeit hohen Adels nun mal vorstellt. In dieser Aufmachung mochten wir bei den Bürokraten Eindruck schinden können – darüber hinaus ließ sich in dem Kostüm so etliches an Waffen verbergen.

Der Hubschrauber war neu und gut erhalten – hier gab es keine tropfenden hydraulischen Ventile zu bestaunen! So stolz de Torres auf die alte Technik auch war, er hatte nichts dagegen, die schäbige Elektronik samt ihren schwachen kleinen Motoren einzusetzen, wenn es ihm in den Kram paßte. In Wahrheit waren die Düsentriebwerke des Hubschraubers alles andere als schwach. Wir schwangen uns in die Reisehöhe empor und rasten der Ostküste entgegen. Grimmigen Gesichts äußerte der Marquez seine Pläne.

»Wenn wir zum Flughafen fliegen, werden wir enorme Schwierigkeiten haben, an den Stadttoren durchgelassen zu werden und zum Presidio zu gelangen, wo die Registrierung stattfindet.«

»Was ist das Presidio?«

»Ein uraltes Fort, der traditionelle Regierungssitz der Könige von Paraiso-Aqui. Leider nun vom Usurpator mit Beschlag belegt.«

»Können wir dort landen?«

»Es ist verboten. Allerdings fliegt Zapilote ständig mit

dem Hubschrauber dorthin; er landet auf dem Freiheitsplatz unmittelbar vor dem Haupteingang.«

»Wenn er sich damit zufrieden gibt, soll es uns auch recht sein. Schlimmstenfalls kann man uns eine Verwarnung wegen Falschparkens geben.«

»Schlimmstenfalls wird man uns erschießen«, entgegnete de Torres düster.

»Kopf hoch!« sagte ich munter und deutete auf den kleinen Kasten, den ich bei mir trug. »Neben den nötigen Dokumenten gibt es hier etliche Dinge, die uns eine Gegenwehr erleichtern. Und die Zwillinge sind ebenfalls nicht völlig unbewaffnet.«

»O nein«, sagte Bolivar, drehte sich in seinem Sitz herum und klopfte sich auf Achselhöhle und Hüfte.

»Jede Menge Feuerkraft«, fiel James in die Äußerung seines Bruders ein und beklopfte sich ebenfalls. »Essen wir vor oder nach dem Tohuwabohu?«

»Vorher«, sagte ich und reichte eine Tüte Sandwiches herum, die ich in der Schloßküche hatte mitgehen lassen. »Ich kenne doch euren Appetit. Paßt auf, wo ihr die Reste hinwerft!«

»Ja«, sagte de Torres, der in Gedanken immer noch bei den wichtigeren Dingen war. »Wir landen auf dem Platz. Damit rechnet bestimmt niemand.«

»Aber rechnet man überhaupt mit uns?«

»Zweifellos. Bestimmt hat man uns lange vor der Ankunft im Radar.«

»Dann wollen wir es unseren Gegnern nicht zu einfach machen. Eine kleine Irreführung ist angebracht. Wenn wir am Hubschrauber-Landeplatz niedergehen würden, wie kämen wir zum Presidio?«

»Ich würde vorher per Funk Wagen und Fahrer bestellen, der sich bereithalten soll.«

»Dann tun Sie das – auf der Stelle! Der Wagen fährt zum Landeplatz, ebenso die Truppen – und wir landen auf dem Freiheitsplatz. Der Pilot lädt uns aus, startet sofort wieder und landet am Flughafen, wo man ihn erwartet. Unterdessen wird der Druck von dort wieder abgezogen sein, und er kann ungehindert landen und den Wagen zum Presidio schicken, um uns für den Rückweg abzuholen.«

Forsch griff er nach dem Funkmikrofon. »Ein ausgezeichneter Plan, Jim, den ich auf der Stelle in die Tat umsetzen will.«

Danach mußten wir nur noch warten. Ich döste in meinem Sitz, weniger um Nonchalance vor dem Kampf zu beweisen, als um den in der letzten Nacht versäumten Schlaf nachzuholen. Ich brauchte keinen Futurologiecomputer, um zu wissen, daß es ein lebhafter Tag werden würde.

»Landung in etwa einer Minute, Paps. Das interessiert dich sicher.«

»Wie recht du hast, James!« sagte ich, ließ die Lider hochklappen und gähnte. Ich machte einige Muskelübungen, während wir die Vororte einer ziemlich großen Stadt überflogen und uns den weißen Landebahnen eines Flughafens näherten. Dicht dahinter erhob sich eine alte Stadtmauer, durchbrochen von modernen Straßen. Die Szene wirkte ruhig. Vielleicht zu ruhig.

»Volle Kraft voraus – *jetzt*!« rief de Torres, und der Pilot gab Gas.

Wir hüpften förmlich über die Mauer, huschten dicht über den Dächern dahin und sausten in engem Bogen um eine mächtige, düster aussehende Festung. Offensichtlich unser Ziel. Die wenigen Fußgänger auf dem Freiheitsplatz flohen in panischem Entsetzen vor den Düsenstrahlen unseres Hubschraubers. Wir landeten abprallend, und meine Jungs hüpften links und rechts hinaus. Sie halfen den älteren Leutchen hinab, knallten die Türen zu – und schon war die Maschine wieder in der Luft, und die Passanten ringsum hatten kaum Zeit zu registrieren, daß wir überhaupt dagewesen waren. Angeführt von dem Marquez, eilten wir über den Platz auf den Eingang des Presidio zu.

Unser erstes Problem war so klein, daß wir es kaum bemerkten. Ein litzenbehängter Jungoffizier erschien zwischen den Torflügeln und stellte sich uns in den Weg.

»Es ist verboten, auf dem Platz zu landen. Ist Ihnen klar ...«

»Mir ist klar, daß ich Sie aus dem Weg haben will, Sie Winzling«, sagte de Torres in denkbar abweisendem Ton, und in jedem Wort lagen viele hundert Generationen vornehmer Herkunft. Der Offizier japste, erbleichte und schmolz praktisch zur Seite. Wir marschierten weiter. Die Treppe hinauf und in das große Foyer. Der Beamte hinter dem Tisch sprang bei unserer Annäherung auf.

»Wo findet die Registrierung für die Präsidentschaftswahl statt?« fragte de Torres.

»Keine Ahnung, Euer Exzellenz!« japste der Mann.

»Dann stellen Sie es fest!« forderte de Torres, hob den Telefonhörer ab und reichte ihn dem Mann. Er hatte keine andere Wahl, als zu gehorchen. Unter dem lodernden Blick des Marquez brachte er sogar die richtige Auskunft in Erfahrung.

»Im dritten Stock, Euer Exzellenz. Der Fahrstuhl ist dort ...«

»Die Treppe ist hier« unterbrach ich und zeigte mit dem Finger. »Es könnte einen Unfall geben, vielleicht eine Stromunterbrechung.«

»Möglich.« Der Marquez nickte, und wir setzten uns in Bewegung.

Wir waren tatsächlich in das richtige Büro vorgedrungen und hatten schon die richtigen Formulare erhalten, als die Opposition endlich aufmarschierte. Ich stellte bereits den Antrag aus, als die Tür sich knallend öffnete und eine ganze Horde unangenehmer Typen hereinstürmte. Schwarze Uniformen, dunkle Mützen, Sonnenbrillen. Die dicken Finger lagen über den Griffen der langen schwarzen Pistolen. Ich zweifelte nicht, daß ich mich endlich den gefürchteten Ultimados gegenübersah, Angehörigen der persönlichen Mordschwadron des Diktators. Ihre Reihen öffneten sich und ließen einen schwerbäuchigen Offizier in malerischer Phantasieuniform durch. Sein gerunzeltes Gesicht war rot vor Zorn, seine alten, gelblichen Finger fuhren über die im

Halfter steckende Pistole. Unsere Gegner waren aufmarschiert.

»Machen Sie sofort Schluß mit diesem Treiben!« befahl er.

Der Marquez drehte sich langsam und gemessen um, und seine Lippen waren spöttisch verzogen. »Wer sind Sie?« fragte er in einer beleidigenden Mischung aus Langeweile und Hochmut.

»Sie wissen, wer ich bin, de Torres!« kreischte Zapilote, und sein Froschgesicht verzog sich zu einer ärgerlichen Grimasse. »Was hat dieser bärtige Idiot vor?«

»Dieser Edelmann ist mein Großneffe Sir Hektor Harapo, Ritter der Beeday, und er schreibt sich gerade als Kandidat auf die Präsidentschaft dieser Republik ein. Gibt es einen Grund, warum er das nicht tun sollte?«

General-Präsident Julio Zapilote hatte diesen Planeten nicht umsonst schon so viele Jahre in seiner Gewalt. Ich beobachtete, wie er den Mund aufriß – und wieder schloß, während er sich beherrschte. Die Farbe wich aus seinen Wangen, und in seinen Blick trat eine viel gefährlichere kühle Berechnung.

»Jede Menge Gründe«, antwortete er, und stand de Torres in Beherrschtheit nun nicht mehr nach. »Die Registrierung beginnt erst morgen. Er kann dann wiederkommen.«

»Ach, wirklich?« In de Torres' Lächeln lag keine Wärme. »Dann sollten Sie genauer auf die Dekrete des Kongresses achten! Dort wurde das Gesetz heute früh dahingehend geändert, daß die Registrierung heute nicht nur begann – sondern heute auch noch endet. Möchten Sie eine Kopie des Gesetzestextes sehen?« Er bewegte die Hand in Richtung Brusttasche. Ein reiner Bluff – meisterhaft vorgetragen. Zapilote schüttelte energisch den Kopf.

»Sollte ich das Wort eines Mannes von Ihrem Rang bezweifeln? Aber Sir Hektor kann sich nicht einschreiben ohne Geburtsurkunde, ärztliches Attest, Meldebescheinigung ...«

»Alles hier«, sagte ich, hob den Kasten und lächelte.

Die Gedanken, die sich in dem bösen Gehirn bildeten,

zeichneten sich förmlich auf seiner Stirn ab. Das Schweigen dehnte sich. Der erste legale Versuch des Diktators, unseren Vorstoß abzufangen, war fehlgeschlagen, die Registrierung fand statt. Damit blieb ihm nur noch die Gewalt. Sein schlangengleicher Blick überzeugte mich, daß er diese Möglichkeit ernsthaft erwog. Wäre es ihm möglich gewesen, uns alle auszuschalten, ohne daß die Tat in der Öffentlichkeit bekannt würde, hätte er es bestimmt getan. Aber unsere Ankunft war von zu vielen Zeugen beobachtet worden; der Marquez war zu bekannt, als daß er damit durchkommen konnte. Nur Unbekannte verschwinden in einem Polizeistaat. Die Stille dauerte immer länger – dann schwenkte er lässig die Hand.

»Schließen Sie die Registrierung ab!« befahl er mir und wandte sich an de Torres. »Und was für ein Interesse haben Sie an der Sache, Gonzales? Muß man Ihrem Großneffen das Händchen halten und das Näschen putzen?«

Der Marquez ging nicht auf die Kränkung ein, die in der Benutzung seines Vornamens zum Ausdruck kam. Er war ebenso gelassen wie der Diktator. »Weder Händchenhalten, noch Näschenwischen, Julito«, antwortete er und versetzte dem anderen mit der Koseform seines Vornamens gewissermaßen eine Ohrfeige. »Ich komme als sein Partner. Ich bewerbe mich um das Amt des Vizepräsidenten. Zu gegebener Zeit werden wir beide gewählt werden, woraufhin wir dann dafür sorgen, daß Ihre unerträgliche Verwaltung endlich durchgeforstet wird.«

»Niemand spricht so zu mir!« Die künstliche Ruhe war verflogen, Zapilote bebte vor Zorn, und die Finger krampften sich um den Pistolengriff.

»Ich spreche so zu Ihnen, weil ich gekommen bin, um Ihre Vernichtung zu betreiben, kleiner Mann!«

Obwohl die Worte denkbar ruhig ausgesprochen wurden, war der Marquez nicht weniger wütend als Zapilote. Keiner der beiden würde mehr nachgeben können, soviel war klar. Tod und Vernichtung lagen in der Luft.

»Vielleicht können Sie mir mal mit dem Formular helfen«,

sagte ich, trat zwischen die Männer und fummelte Zapilote mit einigen Papieren vor dem Gesicht herum. »Da Sie Präsident sind, müßten Sie es doch wissen, wie ...«

»Zur Seite, Idiot!« kreischte er und zerrte an meinem Arm, der sich allerdings nicht so gut zerren ließ. Wir schwankten und stolperten, und die Formulare wirbelten durch die Luft. Tobend versetzte er mir einen Faustschlag ins Gesicht.

Der natürlich ohne Wirkung blieb. Ich bewegte mich mit dem schwächlichen Schlag rückwärts, und so zeigte er keinerlei Wirkung. Verwundert starrte ich auf den anderen nieder, zuckte die Achseln und bückte mich, um die Papiere aufzuheben.

»Also, wenn Sie es nicht wissen, muß ich eben jemand anders fragen«, sagte ich und schlurfte fort.

Meine kleine Einlage entspannte die Atmosphäre. Zapilote war abgelenkt worden, während de Torres so klug war zu erkennen, was ich da getan hatte. Er drehte sich um und kehrte mit mir zum Tresen zurück.

»Das werde ich Ihnen nicht vergessen, Jim«, sagte er so leise, daß nur ich ihn verstehen konnte. »Sie haben mich vor mir selbst gerettet.« Laut fuhr er fort: »Sir Hektor, ich will Ihnen helfen. Diese Formulare können einen wirklich manchmal zur Verzweiflung treiben.«

Es wäre Zapilote zuzutrauen gewesen, uns in den Rücken zu schießen. Aber ich verließ mich auf meine Söhne, die in einer bedrohlichen Situation augenblicklich eingegriffen hätten. Aber der Diktator versuchte es nicht. Statt dessen hörten wir ihn leise Befehle geben und sahen über die Schulter, daß die Konfrontation beendet war: er zog sich zurück. Als die Tür hinter dem letzten Ultimado zufiel, ließ ich den Atem aus – und ich hatte gar nicht gewußt, daß ich ihn angehalten hatte.

»Sie haben recht«, stellte de Torres fest. »Die Politik hat faszinierende Züge. Aber jetzt wollen wir diese langweiligen Formulare abschließen und von hier verschwinden.«

Es gab keine weiteren Störungen. Wir kritzelten die Anträge voll, ließen sie stempeln und indossieren und nahmen sicherheitshalber unsere Kopien mit. Der erste Schritt war getan. Langsam gingen wir durch den Korridor und die Treppe hinab; die Zwillinge bildeten die Nachhut.

»Das war erst der Anfang«, stellte de Torres fest. »Wir haben jetzt einen wütenden Gegner, der uns nicht nur besiegen, sondern auch umbringen will.«

»Stimmt. Ich glaube, er wird eine Verzweiflungstat begehen, und das sehr bald schon. Er wird uns nie wieder so wehrlos vor sich haben.«

»Das wagt er nicht!«

»O doch, Marquez. Sie befinden sich hier nicht auf eigenem Grund und Boden. Es ist ein Kinderspiel, uns zu töten, ehe wir die Stadt verlassen. Die Schuld ließe sich einer aufgebrachten Menschenmenge zuschieben, oder einem heimtückischen Mörder, den man später hinrichten könnte. Anschließend würde sich Zapilote angemessen mitfühlend äußern – und hätte uns ein für allemal aus dem Weg. Ich garantiere Ihnen, daß er sich eben eine ausgezeichnete Geschichte einfallen läßt.«

»Was sollten wir also tun?«

»Was wir vorhatten. Mit dem Wagen zum Flughafen fahren. So einfach läßt sich der kleine Mob nun auch nicht zusammentrommeln. Aber wir müssen uns beeilen und ihm für seine üblen Pläne möglichst wenig Zeit lassen.«

Ich sagte de Torres nicht, daß die Transportmöglichkeit meine größte Sorge war. Aber zu meiner Erleichterung wartete eine große Luxuslimousine vor dem Haupteingang. Das bedeutete allerdings noch lange nicht, daß uns Zapilote nicht schon einen Schritt voraus war. Der Fahrer grüßte und öffnete die hintere Tür.

»Bolivar«, sagte ich, »geh doch mit dem Mann nach hinten und gib ihm einen größeren Geldbetrag! Du wirst fahren!«

Während der verwunderte Fahrer eine harte Hand am Arm spürte und zur Seite geführt wurde, zog ich ein kleines Gerät aus einem Beutel und reichte es James. »Geh mal um den Wagen! Damit läßt sich Sprengstoff jeder Art aufspüren, egal, wie gut er abgeschirmt ist.«

Er glitt wie eine Schlange unter das Fahrzeug und kam gleich darauf am anderen Ende wieder zum Vorschein. »Absolut sauber«, meldete er. »Mal sehen, was sich unter der Motorhaube befindet.« Er fuhr mit dem Ding an der Metallfuge entlang – und erstarrte. Rührte sich nicht mehr. Schließlich bückte er sich, betrachtete die Verschlüsse und öffnete sie langsam. Wenige Sekunden später richtete er sich auf und hob einen Plastikbehälter.

»Primitiv«, kommentierte er. »Mit dem Bremspedal verbunden. Beim ersten Bremsversuch – *peng!* Aber man hat das Ding in keiner Weise versteckt oder sonstwie mit raffinierten Fallen oder Sicherungen versehen.«

»Man hatte es eben eilig. Dieser Fehler wird sich nicht wiederholen. Fahren wir!«

»Mann!« sagte Bolivar vom Fahrersitz, als er den Fahrhebel umlegte. »Dieses Ding ist dampfgetrieben. Ich brauche Anweisungen. Fahren wir wie vorgesehen zum Flughafen?«

»Es sei denn, es gibt einen anderen Weg aus der Stadt«, erwiderte ich. Der Marquez schüttelte den Kopf.

»Hier sind wir nun alles andere als sicher. Bestimmt sind alle Straßen gesperrt, und in der Stadt finden wir garantiert keine Hilfe.«

»Also zum Hubschrauber. Auf dem kürzesten Wege, wenn Sie nichts dagegen haben!«

Mit lauter Stimme brüllte der Marquez seine Richtungsanweisungen, und Bolivar fuhr wie ein Teufel. Die Fußgänger schossen vor uns zur Seite. Mit kreischenden Reifen kamen wir um die letzte Biegung und sahen die Stadtmauer vor uns. Eine Barriere versperrte das Tor, links und rechts hatten sich Wächter mit schußbereiten Waffen aufgestellt.

»Für Gespräche haben wir keine Zeit«, sagte ich. »Bolivar, du fährst langsamer, damit es so aussieht, als wollten wir anhalten. James und ich setzen Schlafgasbomben ein.« Ich schaufelte eine Handvoll aus der Tasche. »Keine Zeit für

Nasenpfropfen – ihr müßt eben den Atem anhalten. Wenn die Bomben abgehen – gehen auch wir ab! Fertig!«

Der Wagen verlangsamte vor dem Hindernis die Fahrt – und schoß los, als die Gasbomben explodierten und dichte Rauchwolken verbreiteten. Es gab ein Krachen und Knallen, und die Splitter der Barriere wirbelten in alle Richtungen. Dann waren wir durch und wurden wieder schneller. Wenn überhaupt Schüsse abgegeben wurden, merkten wir nichts davon. Auf zwei Rädern fegten wir um die Ecke und hatten vor uns den Flughafen. Und unseren Hubschrauber ...

... der in hellen Flammen stand. Der Pilot hing tot in der offenen Tür.

VIERZEHN

»Das hätten sie nicht tun dürfen!« rief de Torres in unbeschreiblichem Zorn. »Einen Unschuldigen zu töten. Nicht das!«

Ich wußte, wie ihm zumute war – hatte aber keine Zeit, mich mit ihm zu beschäftigen. Der Fluchtweg war uns abgeschnitten worden. Jetzt mußte ich einen anderen finden. Und zwar schnell.

»Weiter!« rief ich Bolivar zu, denn ein Wagen voller Soldaten jagte hinter uns um die Ecke. Konnten wir einen anderen Hubschrauber erreichen? Es sah nicht so aus, die einzigen Maschinen in Sichtweite waren abgeschaltet und angekettet. Die Soldaten hätten uns überwältigt, ehe wir starten konnten.

»Was liegt vor uns, jenseits des Flughafens?«

»Wohnviertel, Fabriken, die Vororte«, antwortete de Torres. Und dahinter die Schnellstraße nach Norden. Die ist natürlich abgesperrt, da kommen wir nie durch.«

»Mag sein. Geradeaus weiter, Fahrer!« Gesprochen in ruhigem Ton, um die Moral der Truppe zu stärken. Dabei war mir ziemlich mies zumute. Einer Falle waren wir entwischt und fuhren nun geradewegs in die nächste hinein. In ein Nest von Vorortstraßen, die nur eine Mündung hatten. Unsere Freiheit war reine Illusion. Man würde uns einkesseln und die Ausfallstraßen besetzen. Eine Flucht war unmöglich. Und im gleichen Moment sprach eine Lautsprecherstimme dieselben Worte.

»Flucht ist unmöglich!«

Die Stimme fegte auf uns nieder wie der Zorn der Götter. Die Straße hinter uns war – noch – leer, und vor uns lagen nur die ruhigen Vororthäuser. Woher kam die Warnung also? Um der geheimnisvollen Stimme zu entgehen, riß Bolivar den schweren Wagen herum und raste damit in eine Nebenstraße.

»Sie können nicht fliehen. Halten Sie sofort, sonst schießen wir von oben!«

Von oben? Ich steckte den Kopf aus dem Fenster und entdeckte dicht über uns einen zweisitzigen Polizeischweber. Das Gebilde trieb dahin, leicht wie ein Schmetterling, von einem Schwerkraftgenerator getragen, wie sie auch in Schwerkraftliften verwendet werden. Eine unangenehm aussehende Waffe mit breiter Mündung war direkt auf mich gerichtet. Ich zog den Kopf ein und hatte eben noch Zeit, de Torres am Handgelenk festzuhalten. Er hatte eine tödlich aussehende Maschinenpistole aus seinem Mantel gezogen und wollte damit losballern.

»Loslassen! Ich hole diese Schweine vom Himmel!«

»Nicht! Ich habe einen besseren Plan. Bolivar – halt an!«

Es gelang mir, dem Marquez die Waffe zu entreißen. Abgesehen von der Tatsache, daß ich ungern töte, auch wenn es sich um Zapilotes Gefolgsleute handelte, hatte ich wirklich einen Plan.

»Du fährst langsamer und hältst dann an! Wir steigen alle aus und winken mit leeren Händen. Wenn die Kerle uns abschießen wollten, hätten sie das längst getan. Ich bin sicher, sie haben etwas noch Unangenehmeres mit uns vor ...«

Dem Marquez stockte der Atem. »Sie meinen, wir sollen uns diesem Ungeziefer ergeben – kampflos?«

»Ganz und gar nicht«, beruhigte ich ihn. »Wir gebrauchen nur keine Waffen. Ich möchte den Schweber intakt in unsere Gewalt bringen – denn nur so kommen wir hier heraus. Jetzt müssen wir aber handeln, ehe von hinten Verfolger aufschließen.«

Als wir ausstiegen, verharrte der Schweber dicht über unseren Köpfen, und die Waffe war auf uns gerichtet. Ich versuchte nicht darauf zu starren und hoffte dringend, meine Theorie möchte sich als zutreffend erweisen. Sonst waren wir nämlich tot.

»*Weg von dem Wagen!*« befahl die Lautsprecherstimme, und wir gehorchten. Erst jetzt landete das Ding.

Der Pilot trug die grüne Uniform der Polizei. Der Mann neben ihm, der die großkalibrige Waffe schwenkte, war von Kopf bis Fuß in schwarze Kleidung gehüllt und hatte eine verspiegelte Sonnenbrille auf. Er fuchtelte mit der Waffe.

»Bleiben Sie ruhig!« sagte er. »Ich will Sie nicht erschießen, glauben Sie mir!« Dann lachte er. »Das würde uns nicht ins Konzept passen. Keine Einschüsse. Sie alle werden verbrennen, denn Ihr defekter Hubschrauber ist beim Start abgestürzt. Ist das nicht hübsch? Aber ich warne Sie! Wenn ich muß, schieße ich. Mir entkommen Sie nicht ...«

»Ich ertrag' es nicht! Mein Herz ...«, keuchte James, griff sich an die Brust und ging zu Boden.

»Er hat eine Herzobiskation!« jammerte Bolivar. »Ich muß ihm seine Medizin geben!« Er beugte sich über den schlaffen Körper seines Bruders.

»Wegbleiben – nicht anfassen!« befahl der Ultimado und schwenkte drohend seinen Ballermann.

Dadurch war er von de Torres abgelenkt, der das natürlich sofort merkte und damit einen erprobten Plan störte, der garantiert glatt abgelaufen wäre. Wutschnaubend wollte sich der Marquez auf den Geheimpolizisten stürzen.

Aber der Weg war zu weit. Das MG dröhnte, und de Torres wurde herumgerissen und stürzte – während Bolivar im gleichen Moment zur Seite trat, um James das Schußfeld freizugeben. James hatte seine Nadelwaffe gezogen, als sein Bruder sich zwischen ihn und den Ultimado schob. Die Waffe spuckte eine ganze Wolke von Nadeln aus, die den Uniformierten spickte, dann wurde sie angehoben und schickte weitere Nadeln durch die offene Tür des Schwebers, schaltete den Piloten aus, ehe er auch nur zur Waffe greifen konnte.

Im Nu war alles vorbei. Ich eilte an die Seite des Marquez und riß seinen Umhang zur Seite.

»Verdammt! Bolivar – schnell, den Medkasten aus dem Schweber!«

Überall Blut. Mit dem Dolch schnitt ich die befleckte Kleidung fort. Ein Loch im Bein, keine große Sache, ein Einschuß am Unterleib. Schlimm. Mit erster Hilfe kamen wir hier nicht weiter. Ich sprühte ein Antibiotikum auf, schloß die Wunden mit Druckverbänden. Drehte ihn ein wenig und behandelte eine Austrittswunde an der Hüfte ebenso. Dann versuchte ich mir meine anatomischen Kenntnisse ins Gedächtnis zurückzurufen. Er war in den Darm getroffen, soviel war klar, doch auf den ersten Blick schienen keine lebenswichtigen Organe verletzt zu sein. Das Anzeigegerät wies seine Lebenssignale als gut aus. Was nun?

»Bolivar – kannst du dieses Ding fliegen?«

»Ich fliege alles, Paps.«

»Gut. Dann zieh den Piloten heraus und nimm seinen Platz ein! James, du faßt den Marquez an den Beinen! Vorsicht, in den Sitz hinein!«

»Soll ich ihn in ein Krankenhaus fliegen?« fragte Bolivar.

»Nein, das käme einem Mord an ihm gleich. Die Ultimados würden dafür sorgen, daß er nicht wieder herauskäme. Seine einzige Chance liegt in der Rückkehr zum Schloß. Steig hinter den beiden ein, James! Notfalls tragen die Zweisitzer auch drei ...«

»Aber Paps! Du ...«

»Vier sind zuviel. Gib eine Salzlösung als Infusion, beobachte seine Lebensfunktionen, du weißt schon – und jetzt los! Macht euch um euren alten Paps keine Gedanken. Der hat schon öfter in der Klemme gesteckt. *Starten!*«

Und sie gehorchten. Es waren brave Jungs. Während der Schweber in die Luft emporschoß, zerrte ich den Piloten über die Straße und warf ihn in den Wagen. Der Ultimado folgte; mit ihm ging ich nicht ganz so sanft um. Jemand schaute aus einem nahegelegenen Haus und verschwand schnell hinter der Gardine. Ich mußte schleunigst aus der Gegend verschwinden – ein wichtiger erster Schritt bei jedem Überlebensplan, der mir einfallen mochte. Schon hörte ich Sirenen näherkommen.

Als ich hinter das Steuer sprang, fiel mir ein, daß ich bei

Bolivar Fahrunterricht hätte nehmen müssen. Ich teile seine Begeisterung für antike Maschinen nicht. So konnte ich im ersten Moment nichts anderes tun, als die Hunderte blinkender Ventile, Griffe, Knöpfe und Anzeigegeräte anzustarren. Aber das brachte mich nicht weiter! Ich griff nach dem größten Hebel und zog daran.

Ein gewaltiges Brausen ertönte, und eine ungeheure schwarzweiße Wolke hüllte den Wagen ein. Hastig schob ich den Hebel wieder zurück. Ich hatte Dampf abgelassen. Nun ging ich vorsichtiger zu Werke, und es dauerte nicht mehr lange – ich schaltete Scheibenwischer, Lampen, Radio und Musikgerät ein –, bis es mir gelang, der Maschine Dampf zuzuführen und sie langsam die Straße entlangrollen zu lassen.

Ganz willkürlich bog ich an der ersten Ecke ab, dann wieder. Die Straße führte den ersten Vorbergen entgegen, und die Abstände zwischen den Häusern vergrößerten sich. Da ich keine Sirenen mehr hörte, fuhr ich langsamer, um nicht aufzufallen. Aber wohin sollte ich fahren? Vor der Beobachtung aus der Luft gab es keinen Schutz. Man konnte mich jederzeit erspähen. Hinter einer Kurve entdeckte ich ein großes Haus mit angebauter Garage. Gerade war ein Wagen rückwärts herausgefahren und auf die Straße eingebogen.

Ich stieg auf die Bremse, wendete das Steuer, fuhr hüpfend über den Straßenrand und den Rasen und bremste kreischend in der eben leergewordenen Garage ab. Mit lautem Knall prallte ich gegen die Rückwand.

Da das Steuer mich an der Stirn erwischt hatte, fühlte ich mich einigermaßen wacklig auf den Beinen, als ich endlich ausstieg und ins Freie torkelte. Ich hatte eigentlich wenig Lust auf ein Gespräch mit dem großgewachsenen zornigen Mann, der sich vor mir aufbaute.

»Sind Sie verrückt geworden? Was denken Sie sich eigentlich dabei, wie ein Wilder in meine Garage zu fahren und sie kaputtzumachen?«

»Urrggel!« sagte ich – oder etwas Ähnliches. Ich wackelte ein wenig mit dem Kinn, um es zu lockern.

»Was für Spielchen sind denn das?« In seinem Zorn gingen ihm die Worte aus; er wurde gewalttätig. Eine harte Faust näherte sich meinem bereits lädierten Kinn.

Nun ja, ich mochte wohl angeschlagen sein, aber das war eine Sprache, die ich ohne weiteres verstand. Ich wich dem ungeschickten Schlag aus und lieferte ihm einen weitaus besseren in den Bauch. Ihm blieb nichts anderes übrig, als zusammenzuklappen und sich hinzulegen, was er auch unverzüglich tat. Eine Sirene heulte, als ich über ihn trat und nach dem Griff des Rolltors langte. Während ich zuzog, erhaschte ich einen kurzen Blick auf einen vorbeirasenden Polizeiwagen. Ich schluckte laut und wartete auf das Kreischen der Bremsen, auf das Umkehren des Wagens ...

Der Lärm entfernte sich und erstarb. Die Beamten hatten mich nicht gesehen.

Zum erstenmal seit anderthalb Jahrhunderten entspannte ich mich ein wenig. Und schaute auf die Uhr. Natürlich war die Zeit ein wenig übertrieben. Genau genommen waren weniger als zwei Stunden vergangen, seit wir durch den Haupteingang des Presidios geschritten waren. Soviel zum Thema subjektive und objektive Zeit.

Zunächst war der Einsatz vorbei. Da stellte ich gleich eine weitere dringende Frage. War der Besitzer von Haus und Garage allein? Ein kleines Fenster in der Garagentür ließ ein wenig Licht durch. Ich spähte hinaus und sah den Wagen des Hausbesitzers geduldig an der Einfahrt stehen. Leer. Mir blieb nichts anderes übrig, als das Fahrzeug dort stehenzulassen. Wenn sich nicht jemand im Haus befand, der den Wagen sah und nachschauen kam ... nun, über diese Brücke konnte ich gehen, wenn sie vor mir auftauchte.

Nächster Schritt. Der Plan. Der Haus- und Wagenbesitzer begann sich zu bewegen und zu stöhnen. Ich erlöste ihn mit einem Schuß aus der Nadelpistole von seinem Kummer. Dann betrachtete ich seine bewußtlose Gestalt und hatte schon wieder einen Plan. Ein Identitätswechsel war angebracht, denn meine schreiend bunte aristokratische Aufmachung war zu auffällig. Eine Uniform? Eine Möglichkeit, schließlich aber auch ein Risiko. Aber wie war es mit einem vornehm geschnittenen weißen Sommeranzug, mit einem breitkrempigen weißen Hut samt Schlangenhautband? Ein hübsches Exemplar dieser Art lag vor mir auf dem Garagenboden und brauchte nur ein wenig abgestaubt zu werden. Und der Eigentümer des Anzugs hatte draußen einen Wagen stehen. Dieses nicht gar so unschuldige Opfer meiner Umtriebe tat mir nicht allzu leid. Ein Mann, dem es unter dem korrupten Zapilote-Regime so gut ging, konnte selbst nicht allzu nett sein, sagte ich mir, während ich den Mann entkleidete. Wobei ich zu übersehen versuchte, daß sein Unterzeug aus spitzenbesetztem Goldlamé bestand und mit roten Herzen besetzt war. Dies ließ an Situationen denken, mit denen ich mich lieber nicht beschäftigen wollte.

Als erstes mußte ich mich meines Bartes entledigen. Ich hatte ein Lösungsmittel in der Tasche, das den Klebstoff aufweichte, so daß ich das Haar in größeren Büscheln entfernen konnte. Ich stopfte den Bart sicherheitshalber in meine Tasche, denn je länger die Kräfte des Bösen annehmen mußten, er hinge noch in meinem Gesicht, desto glücklicher würde ich sein.

Der Anzug paßte wirklich gut, wie auch erstaunlicherweise die Schuhe. Wir waren wie Zwillinge, abgesehen natürlich von seinem Unterwäschetick. Und ich war noch immer auf freiem Fuß. Zärtlich verstaute ich meinen Wohltäter auf dem Rücksitz, wobei ich seine Füße auf den Rücken des bewußtlosen Ultimados stellte, griff mir meine Tasche und verließ die Garage. Die Sonne schien angenehm warm, obwohl sie schon ziemlich dicht über dem Horizont stand, im Nachbarhaus rührte sich nichts – und mein Wagen wartete am Straßenrand. Als ich darauf zuging, dröhnte ein großes schwarzes Polizeifahrzeug den Weg zurück, den es gekommen war. Ohne sich im geringsten um mich zu kümmern. Mein Wagen war hellrot lackiert und hatte sportliche Formen und – sehr rücksichtsvoll – der Motor lief noch. Die Kontrollen waren wesentlich einfacher als die im Dampfwagen, so daß ich schon eine Minute später majestätisch die Straße entlangrollte.

Wohin? Die Antwort lag auf der Hand. Zurück in die Stadt. Inzwischen waren sicher alle Ausgangsstraßen Primorosos blockiert. Und fängt die Polizei erst einmal an, sich von den Leuten Ausweise zeigen zu lassen, läßt sie sich leicht hinreißen. Und schon wird jeder angehalten, und alle Wagen werden durchsucht. Wir hatten zwar den gleichen Körperbau, doch konnte mich der Ausweis des Wageninhabers durch keine Straßensperre bringen. Nein, da war es schon ratsamer, mich vom Ort des Geschehens zu entfernen und die Sicherheit der großen Stadt zu suchen. Dort fand ich sicher Muße, mir über den nächsten Schritt Gedanken zu machen. Eine Ratte ist in den Labyrinthen der Stadt am sichersten aufgehoben, das galt auch für eine Edelstahlratte.

Ich arbeitete mich durch die Hebel und schaffte es nach nur wenigen Fehlern – Dach auf und zu, ein anhaltendes Hupen –, den Musikapparat in Gang zu setzen. Und so rollte ich gemütlich nach Primoroso zurück und pfiff eine schmissige Synkopenmelodie mit, die von einem starken Schlagzeug begleitet wurde.

FÜNFZEHN

Wie viele Stunden Freiheit standen mir zu Gebote? Die Antwort lag auf der Hand. Nicht viele. Sobald man entdeckte, daß der Fluchtwagen wie auch der Polizeischweber verschwunden waren, würde die Suche erst richtig losgehen. Man hatte mich gesehen, wie ich den Schauplatz des Geschehens verließ. Sobald dies ermittelt war, würde sich die Suche von dem Ausgangspunkt kreisförmig immer weiter ausdehnen. Man würde Fragen stellen und Häuser durchsuchen. Und Garagen öffnen. Dabei würde man den Wagen und die bewußtlosen Männer finden. Und schon stand fest, daß ich diesen Wagen fuhr ... ich steigerte mein Tempo ein wenig. Die Stadtmauern lagen dicht vor mir, und der Verkehr strömte noch ungehindert hindurch. Ich strömte mit, sah vor mir die Mauern des Presidio aufragen und wandte mich in die entgegengesetzte Richtung. Auf diesem Wege kam ich in einen sehr hübschen Stadtteil. Die Straßen waren von hohen Bäumen gesäumt, und diskrete kleine Läden versteckten sich unter gestreiften Markisen. Außerdem gab es Bars mit Tischen draußen im Freien, daran saßen Leute und genossen bunte Drinks. Zweifellos gab es hier auch etwas zu essen.

Kaum war dieser Gedanke vollendet, verbreitete sich die Neuigkeit im Nu durch das Nervensystem in alle Winkel meines Körpers. Speichel sprühte mir in den Mund, und mein Magen begann wie ein aktiver Vulkan zu grollen. Seit dem Frühstück war kein Bissen mehr über meine Lippen gekommen. Das mußte sich ändern. Der logische nächste Schritt bestand also darin, Körper und Seele mit Essen und Trinken zu trösten, während ich die unmittelbare Zukunft plante.

Die Bäume verschwanden, die Straßen wurden enger, die

vornehmen Bars wichen miesen Kaschemmen. Deprimiert aussehende Männer stützten die Hausmauern mit hängenden Schultern, und ich lachte erfreut auf.

»Bestens, Jim, allerbestens! Da bietet sich eine gute Gelegenheit, die du sofort ergreifen solltest!«

Ich bog an der nächsten Ecke ab und blieb stehen. Die Gegend eignete sich ausgezeichnet für meine Absichten. Ich stieg aus und ließ vergeßlicherweise das Fenster des Wagens offen und die Tür unverriegelt – außerdem baumelten die Zündschlüssel lockend am Armaturenbrett. Wenn diese Maschine nicht innerhalb weniger Minuten gestohlen wurde, mußte es mit dem Teufel zugehen. Auf diese Weise hatte ich meine Spuren zunächst verwischt und schlenderte gelassen den hellen Lichtern entgegen, die in der Dämmerung aufzublitzen begannen.

Eins läßt sich wirklich zu Gunsten von Paraiso-Aqui sagen: es gibt hier eine Küche, die es verdient hätte, in der ganzen Galaxis bekannt zu werden. Mit kühlem Wein spülte ich in einem schlichten, aber absolut unglaublichen Eßlokal mehrere Gänge hinunter. Zuerst eine scharfe Suppe mit *albondigas*, kleinen Fleischklößen. Es folgten *empanadas*, ein fleischgefülltes Nudelgericht, dann eine Salatmischung mit dem Namen *quacamole*, und so weiter, und so weiter. Das Restaurant hieß *Das ausgestopfte Schwein*, und mit der Zeit fühlte ich mich entsprechend. Das Essen war so gut, daß mir meine brenzlige Lage erst wieder einfiel, als ich Kaffee, Brandy und Zigarre erhalten hatte. Seufzend und paffend vermochte ich meine Gedanken endlich von der Völlerei abzubringen und auf die Notwendigkeit des Überlebens zu konzentrieren. Aber mir war alles egal! Ich hätte diese lukullische Köstlichkeit nicht herabwürdigen dürfen, indem ich mich gleichzeitig um andere Dinge kümmerte. Nun aber war das Essen vorbei – und wenn ich nicht bald etwas unternahm, würde es mit mir auch vorbei sein. Seufzend ließ ich die Rechnung kommen.

Ich mußte davon ausgehen, daß unser Fluchtwagen, angefüllt mit schlummernden Männern, längst gefunden worden war. Und das hieß, daß nun meine Beschreibung überall verbreitet wurde. Zum Glück war etwa die Hälfte der männlichen Bevölkerung dieser Stadtteile so gekleidet wie ich. Sicher suchte man noch nach dem Mann mit dem schwarzen Bart. Alle diese Faktoren mußten den Verfolgern Sand ins Getriebe streuen – ohne die Maschine aber ganz zum Halten zu bringen. Ich bezahlte, gab ein großzügiges Trinkgeld und wurde von unterwürfig buckelnden Kellnern in die brutale Realität des Lebens hinausbegleitet.

Ich hatte wirklich vorausgedacht. Ganz Paraiso-Aqui legte sich in der Mittagshitze schlafen, nachdem es sich den Wanst vollgeschlagen hatte. Das Leben kam erst wieder in Fahrt, wenn die Sonne tiefstand. Und das hieß, daß die Läden noch geöffnet hatten und ich mir die benötigten Dinge mühelos beschaffen konnte.

Eins nach dem anderen. Ein neuer Hut hier, eine Jacke dort, ein Hemd in einem dritten Laden. Als ich alles zusammen hatte, gönnte ich mir zum Lohn für die Mühen einen kühlen Drink. Überrascht es Sie zu erfahren, daß nach einem Toilettenbesuch in diesem Lokal ein völlig verändertes Individuum zum Vorschein kam? Sicher nicht! Die alte Kleidung verschwand in einer dunklen Gasse, und nun blieb nur noch die Aufgabe, mich in Sicherheit zu bringen.

Ja, das war alles. Allein bei Dunkelheit und in einer fremden Stadt, nach dem Verklingen der Euphorie des Tages, geplagt von beginnender Müdigkeit, dringend einer Rasur bedürftig, geschlagen von einem neuen Stimmungstief, suchte ich Zuflucht in einer kaum erleuchteten Bar. Alles hatte sich gegen mich verschworen.

»Einsam siehst du aus, hübscher Fremder.«

Ah, die Verschwörung schien sich nicht auf Frauen zu erstrecken! Sie war aufregend und offen heraus, und das tief ausgeschnittene Kleid zeigte ihre Vorzüge überdeutlich. Trost und ein Versteck für die Nacht?

Ich schüttelte den Kopf, und sie rauschte weiter. Es lag nicht nur an Angelina, die mich gehäutet und mit Salz eingerieben hätte, wäre ihr auch nur der Verdacht einer solchen Liaison gekommen – nein, realistischerweise mußte ich davon ausgehen, daß diese Mädchen von der Polizei beobachtet wurden und auch ihre Zuhälter Spitzeldienste verrichteten. Da war ein weitaus besserer Plan vonnöten.

Während ich mir noch einen auszudenken versuchte, wurde mir die Lösung plötzlich auf dem silbernen Tablett serviert. Die beiden Männer, die neben mir an der Bar standen, unterhielten sich so laut, daß ich mithören mußte.

»... ach, er hat sich nicht blicken lassen?«

»Nein. Vermutlich ist ihm etwas dazwischengekommen.«

»Uns im Stich lassen, soso? Wenn ein Spieler fehlt, ist die Luft raus aus Poker.«

Ich drehte mich langsam um, lächelte breit – und tippte dem neben mir Stehenden vorsichtig auf den Arm.

»Entschuldigen Sie – es ging nicht anders, aber ich habe das eben mitbekommen. Ich bin fremd in der Stadt. Ganz allein. Und ich spiele gern eine Freundschaftsrunde Karten. Bin nicht besonders talentiert, aber – nun ja – ist ja nur ein Zeitvertreib.«

Der Mann wandte sich langsam zu mir um, und was machte es schon, wenn mich sein Grinsen an den Gesichtsausdruck eines hungrigen Krokodils erinnerte? »Also, das ist ja toll! Wir sind selbst nur auf der Durchreise. Und wir haben auch Spaß an einem netten Spiel, an einer Zerstreuung. Warum schließen Sie sich uns nicht an?«

Die beiden waren so offensichtlich Falschspieler, daß sie das genausogut auf einem Schild hätten um den Hals tragen können. Und sie wollten einen Trickbetrüger hereinlegen! Nicht jeden Tag bekommt man eine so tolle Chance! Und sicher war eine Störung durch die Polizei das letzte, was sie sich wünschten. Wie das Lamm zur Schlachtbank, so wurde ich von der Bar zu einem Taxi und dann in ein Hotelzimmer geführt, wo eine höchst attraktive Frau uns erwartete. Der Abend versprach wirklich sehr unterhaltsam zu werden!

»Setzen Sie sich, trinken Sie einen!« sagte einer meiner Gastgeber, der kleinere der beiden. »Ich heiße Adolfo, und der große Bursche hier ist Santos, und meine Freundin heißt Renata, und wie hießen Sie doch gleich?«

»Jaime.«

»Großartig, Jaime. Wie wär's mit einem Glas *ron*, ehe wir loslegen?«

»Hab' ich noch nie nein gesagt.«

Ich strahlte vor Vergnügen und genoß jede Minute. Renata mixte und servierte die Drinks, während Adolfo einige Kartenspiele und die Chips auf dem Tisch zurechtlegte. Santos war groß und kräftig und machte einen etwas langsamen Eindruck, aber ich wußte, daß das täuschte. Er war der Schlägertyp, der tätig wurde, wenn es Ärger gab. Adolfo summte vor sich hin, während er das erste Kartenspiel öffnete und mischte. Dann sagte er »Hoppla!« und lächelte, als er danebengriff und die Karten auf den Tisch fallen ließ. Ha! Sah aus, als wäre er beinahe so gut wie ich beim Mischen und Kartenverschwindenlassen.

»Hochheben, wer gibt?« fragte er, und wir taten es. Mein König war die höchste Karte, und ich übernahm den Stapel. »Geber bestimmt?« Was beide mit einem begeisterten Nikken beantworteten. »Dann zu Anfang maximal drei Karten ziehen.« Ich mischte, Santos hob ab, und der Spaß begann.

Das Spiel lief problemlos, und Renata achtete darauf, daß unsere Gläser gefüllt blieben. Wenn sie nicht mit dieser wichtigen Aufgabe beschäftigt war, saß sie am Fenster neben dem leise gestellten Radio und hörte Musik. Während ich vorsichtig hinters Licht geführt wurde. Zuerst nicht gerade auffällig. Das Spiel lief einigermaßen fair bis auf die Tatsache, daß Adolfo beim Mischen hohe Karten nach unten manipulierte und dafür sorgte, daß ich sie von Zeit zu Zeit erhielt. Dies verschaffte mir eine bescheidene Gewinnsträhne. Ich lachte leise, als ich wieder mal die Chips zusammenraffte.

»Tut mir leid, euch das Geld abzunehmen, Jungs.«

»So geht das Spiel nun mal«, sagte Adolfo großzügig. Er teilte aus, und die Karten fielen vor mir nieder.

»Was halten Sie von der Wahl?« fragte ich, griff nach meinen Karten und öffnete sie langsam. Zwei Paare, Zehnen und Sechsen.

»Sie machen wohl Witze!« antwortete Adolfo. »Noch Karten?«

»Eine. Nein, ich will's wirklich wissen. Ich habe gehört, ein Unabhängiger hätte sich gegen Zapilote aufstellen lassen.« Ich legte ab und zog eine dritte Zehn. Ich öffnete die Augen einen Spalt breit und erhöhte meinen Einsatz. Adolfo hielt mit und erhöhte. Santos stieg aus. Renata brachte mir einen neuen Drink.

»Nie und nimmer – und das meine ich so ernst wie nur irgendwas«, sagte Adolfo. »Wer immer sich gegen den alten Bussard aufstellen läßt, ist in Gefahr, an einem Herzinfarkt zu sterben. Was haben Sie?«

»Full House.«

»Ich auch. Buben sind höher. Wird auch Zeit, daß ich mal was gewinne. Ich hatte schon Angst, Sie würden uns das Fell über die Ohren ziehen, Sie mit Ihrer Gewinnsträhne.«

Ich mit meiner Pechsträhne. Die Karten liefen nun mehr und mehr gegen mich, und es dauerte nicht mehr lange, da hatte ich alles verloren, was ich in der Brieftasche bei mir trug.

»Das reicht mir, Jungs«, sagte ich und legte die letzten Karten aus der Hand. »Ich bin blank. Es sei denn, ich greife mein Fahrkartengeld an.«

»Liegt an Ihnen, Jaime«, sagte Adolfo lässig. »Wir spielen ja nur unter Freunden. Sie sollten aber Gelegenheit haben, etwas zurückzugewinnen.«

»Was soll's? Sie haben recht. Ein Spiel unter Freunden.«

Ich begab mich an meinen Koffer, den ich ganz offen auf dem Tisch abgestellt hatte, und öffnete ihn. Als ich hineinlangte, rief Santos mich plötzlich mit barscher Stimme an.

»Moment, Jaime, stillhalten! Wenn es Ihnen recht ist, machen Sie bitte keine abrupte Bewegung!«

Ich hob den Kopf und sah, daß er eine große Pistole auf mich gerichtet hielt. Und daß der kleine Adolfo es ihm mit einer anderen Waffe gleichtat. Um die Szene abzurunden, hatte Renata von irgendwoher ein nicht minder bedrohliches Schießeisen hervorgezaubert, das ebenfalls in meine Richtung wies. Ich versuchte unschuldig zu lächeln, während ich langsam die Hände hob.

»Sagen Sie mal, was ist hier eigentlich los?« fragte ich.

Anstelle einer Antwort spannte Santos mit kühlem Klikken den Hahn seiner Pistole, und das kleine Geräusch hallte unangenehm laut durch die Stille.

SECHZEHN

»Was ist denn aus unserem netten Pokerspiel geworden?« fragte ich.

»Und was aus unserem liebenswürdigen Reisenden, der nur Poker spielen wollte?« gab Adolfo zurück.

»Was meinen Sie?«

»Ich meine, daß wir da unter der Tischplatte einen Röntgenschirm haben. Wir geben Ihnen zehn Sekunden Zeit zu erklären, warum in Ihrem Koffer drei Kanonen stecken, Herr Polizeispitzel!«

Ich lachte über diese Bemerkung, wurde aber sofort wieder ernst, als Adolfo ebenfalls seine Kanone spannte. »Nur ein Polizeispitzel würde mit Fremden über Politik reden«, sagte er grimmig. »Noch sieben Sekunden.«

»Hören Sie auf zu zählen!« sagte ich. »Na schön, ich will Ihnen die Wahrheit sagen. Ich bin Falschspieler. Ich wollte Sie reinlegen.«

»Was?« Adolfo schüttelte den Kopf, als versuche er eine Benommenheit loszuwerden. Mit dieser Antwort hatte er wirklich nicht gerechnet.

»Sie glauben mir nicht? Ich habe den ganzen Abend zugesehen, wie Sie die Kanten der hohen Karten mit dem Daumennagel markierten, damit Sie sie aus dem Stapel nehmen und von unten austeilen konnten. Ich habe mich zunächst auf die Verluste eingelassen, um an meine Reserven gehen zu können, bei hohem Einsatz zu verlieren und dann mit doppelt oder nichts mit einem Schlag alles zu gewinnen. Mit den Waffen wollte ich sicherstellen, daß ich mit meinem Gewinn hier rauskomme.«

»Sie lügen doch, um sich zu retten«, sagte Adolfo, aber er schien sich seiner Sache plötzlich nicht mehr ganz sicher zu sein. »Niemand könnte mir das vormachen.«

»Nein? Ich demonstriere Ihnen das gern. Sie haben doch eben das Spiel gemischt, das auf dem Tisch liegt, nicht wahr?« Er nickte. »Na schön. Ich werde jetzt zum Tisch gehen und es aufheben. Ich werde keine schnellen Bewegungen machen – also lassen Sie die Finger vom Abzug!«

Und ich tat, was ich angekündigt hatte. Ich bewegte mich langsam, setzte mich, zog den Stuhl heran, griff unter den Nasen der beiden nach dem Kartenspiel. Intensiv schauten sie zu, wie ich für drei Spieler austeilte. Dann lehnte ich mich zurück und verschränkte die Hände im Nacken, das Urbild der Gelassenheit, und deutete mit einer Kinnbewegung auf meine Karten.

»Da liegen sie, Adolfo, Sie alter Kartenhai! Nehmen Sie meine Karten, schauen Sie mal, was für ein Blatt mir das liebe Glück zugedacht hat.«

Die Waffe war gesenkt und vergessen, als er zugriff und meine Karten umdrehte.

Vier Asse und ein Bube starrten ihn an.

»Mit fünf Assen gewinnt man meistens«, sagte ich ruhig lächelnd, während die beiden Männer auf die Karten starrten. Renata beugte sich vor, um auch etwas zu sehen.

Auf sie schoß ich zuerst, dann auf Santos. Mit dem Nadelstrahler, den ich umsichtigerweise hinten am Kragen verstaut hatte. Adolfo zuckte überrascht zusammen, als seine Gefährten zu Boden polterten. Er wollte seine Waffe wieder heben, aber da wies die meine bereits auf die Stelle zwischen seinen Augen.

»Versuchen Sie's nicht!« knurrte ich so grimmig ich konnte. »Waffe weg, dann geschieht Ihnen nichts! Machen Sie sich wegen Ihrer Partner keine Sorgen, die schlafen nur.«

Zitternd trennte er sich von der Waffe. Ich nahm sie zusammen mit Santos' Pistole an mich und warf beide auf das Sofa. Renatas Waffe lag dicht neben ihrer schlaffen Hand auf dem Teppich, und ich kickte sie in eine Ecke. Erst jetzt atmete ich ein wenig auf, steckte meine Pistole weg und trank einen großen Schluck aus meinem Glas.

»Röntgen Sie immer das Gepäck Ihrer Opfer?« fragte ich.

Er nickte. Der Schock über die unvermutete Entwicklung saß ihm noch in den Knochen. »Wenn wir können«, brachte er schließlich heraus. »Um zu sehen, ob sie bewaffnet sind oder so. Renata macht das nach Beginn des Spiels und gibt uns dann Zeichen.«

»Ein guter Kode. Ich habe nichts davon gemerkt. Hören Sie, Sie versprechen mir, auf weitere Gewalttaten zu verzichten, wenn ich Ihre Freunde jetzt wecke. Und zum Zeichen meines guten Willens können Sie das gewonnene Geld behalten.«

»Wirklich? Wer sind Sie? Polizei ...?«

Ich nahm mir vor, ein gewisses Maß an Offenheit an den Tag zu legen, was natürlich riskant war.

»Sie sehen die Lage völlig falsch. Daß ich heute auf das Spiel eingegangen bin, liegt in erster Linie daran, daß jeder Bulle in der Stadt nach mir sucht. Ich dachte mir, daß man mich hier nicht erwarten würde.«

Er jaulte auf und trat einen Schritt zurück. »Sie sind der Kerl aus dem Radio! Der Massenmörder, der zweiundvierzig Leute umgebracht ...«

»Nein. Stimmt schon, ich bin der Kerl aus dem Radio, aber der Massenmord ist die Tarngeschichte der Gegenseite. Ich bin der Bursche, der für die Opposition arbeitet und Zapilote aus dem Amt vertreiben will.«

»Ach, wirklich?« Seine Angst war verflogen, und er reagierte aufgeregt. »Wenn Sie den Bussard verjagen wollen, bin ich sofort auf Ihrer Seite. Die Behörden haben die Unterwelt so total im Griff, daß das ehrliche Falschspiel ein hartes Brot geworden ist.«

»Das gehört wirklich zu den besten Argumenten für eine saubere Regierung, die ich je gehört habe!« Ich streckte dem Mann die Hand hin. »Greifen Sie zu, Adolfo! Sie sind soeben unserer politischen Partei beigetreten. Ich kann Ihnen garantieren, wenn unser Mann an die Macht kommt, wird der dümmste Bulle von allen Leiter der Falschspielabteilung.«

Begeistert schüttelten wir uns die Hand. Dann holte ich die Druckspraydose mit dem Gegenmittel heraus und gab seinen schnarchenden Kumpanen einen Schuß; vorher war ich aber so umsichtig, ihre Waffen in meinem Koffer einzuschließen.

»Sie werden in etwa fünf Minuten zu sich kommen«, sagte ich und setzte mich neben Adolfo auf das Sofa.

»Ich hätte da eine Frage«, sagte er. »Ich muß zugeben, Sie haben mich gelinkt. Ich *weiß*, daß ich das Spiel richtig gemischt hatte. Wie konnten Sie sich solche Karten geben?«

»Indem ich das Unerwartete tat«, antwortete ich und vermochte nicht ganz den Stolz aus meiner Stimme herauszuhalten. Was für eine Freude, einen Profi auf seinem angestammten Gebiet zu schlagen! »Schauen Sie sich die Karten an!«

Er fächerte das gesamte Spiel auf dem Tisch auseinander. Ein Blick genügte. »Die Asse sind ja noch da – und der Bube ...« Er blickte staunend zu mir auf und begann zu lachen. »Aus dem alten Spiel geklaut!«

»Genau. Ich nahm sie heimlich heraus, ehe wir das Spiel wegtaten. Sie waren viel zusehr damit beschäftigt, das neue Spiel zu markieren, da haben Sie nichts gemerkt.«

»Sie sind wirklich gut, Jaime.« Ah, was für wohltuende Worte! »Als Sie sich an den Tisch setzten, waren Ihre Hände leer. Natürlich – dann griffen Sie nach unten, um den Stuhl heranzuziehen. Dabei nahmen Sie die Extrakarten in die Handfläche und schoben sie unter den Stapel. Und gaben sich die Karten von unten – und das war's dann.«

Das Gespräch lief eine ganze Weile auf ähnlichen professionellen Bahnen. Ich zeigte ihm ein Zurückhalten und einen Paß, die diesen Planeten noch nicht erreicht hatten, und lernte dafür einen raffinierten Austausch. Als Santos sich zu regen begann und ächzend erwachte, waren Adolfo und ich die besten Freunde. Der große Mann brummte vor sich hin, fuhr sich mit der Zunge über die Lippen, öffnete die Augen und stürzte sich wutschnaubend auf mich. Adolfo streckte den Fuß aus und brachte ihn zu Fall.

»Er ist ein Freund von uns«, sagte Adolfo. »Laßt mich das erklären!«

Da der kleine Mann das Gehirn der Bande war, akzeptierten mich die anderen sofort. Um unsere Freundschaft zu besiegeln, öffnete ich meinen Koffer und gab jedem der drei einen Packen nagelneue Geldscheine.

»Damit ist der Vertrag geschlossen«, stellte ich fest. »Ihr steht in den Diensten der Partei. Mit meiner persönlichen Garantie, daß ihr am Zahltag dabei sein werdet. Der neue Präsident wird tun, was ich ihm sage.« Was die absolute Wahrheit war, wenn man bedachte, daß *ich* dieser Präsident werden sollte. »Als erstes könnt ihr mir dabei helfen, wieder mit meinen Leuten in Verbindung zu treten. Arbeitet ihr jemals mit den Touristen in Puerto Azul?«

»Das wäre Selbstmord!« japste Adolfo, während die anderen entsetzt nickten. »Die einzigen planetenfremden Währungen kommen von den Touristen. Die Ultimados würden uns abschlachten, wenn wir uns dort blicken ließen. Wir ziehen die Köpfe ein, begnügen uns mit einigen Landeiern, die in die große Stadt kommen, und geben der Polizei zum Schutz einen Schnitt ab. Dafür erfahren die Ultimados nichts von unserer Existenz.«

»Könntet ihr nach Puerto Azul fahren?«

»Warum nicht? Unsere Papiere sind völlig in Ordnung.«

»Das genügt. Ich habe dort einen Kontaktmann, der an den Marquez de la Rosa eine Nachricht durchgeben kann. Dieser Mann wird dafür sorgen, daß ich Hilfe bekomme.«

»Kennen Sie ihn?« fragte Renata in ehrfürchtigem Ton. Selbst Gauner sind beeindruckt von der Aristokratie.

»Ob ich ihn kenne? Wir haben heute früh zusammen gefrühstückt! Bleibt nur noch die Frage, wie die Nachricht aussehen soll.« Und da kam mir ein noch wichtigerer – und deprimierenderer – Gedanke: was war, wenn der Marquez nicht mehr lebte? Hatte die Gruppe den Rückflug zum Schloß geschafft, oder war sie unterwegs abgefangen worden? Ging es James und Bolivar gut? Oder hatte man sie …?

Ich schritt auf und ab und konnte keinen klaren Gedanken fassen. Nachdem ich nun selbst aus der unmittelbaren Gefahrenzone war, wurde ich verzehrt von Sorge. Ich konnte nichts planen, solange ich nicht wußte, wie die Situation aussah. Aber wie sollte ich mich mit dem Schloß in Verbindung setzen?

Wenn man die richtige Frage stellt, bekommt man die passende Antwort. »Adolfo.« Ich fuhr herum und deutete mit dem Finger auf ihn. »Sie wissen doch, was hier so los ist. Haben Sie schon einmal von dem Semaphorensystem gehört, das die Aristokraten benutzen?«

»Wer kennt das nicht? Jedesmal wenn man an einem Schloß vorbeikommt, sieht man die Arme auf- und niedergehen. Diese Leute leben noch im Mittelalter. Warum installieren sie keine Telefone …«

»Was soll das heißen – ›Jedesmal, wenn man an einem Schloß vorbeikommt?‹ Befinden die sich denn nicht auf der anderen Seite der Barriere?«

»O nein. Es gibt hier eins an der Straße, keine zwei Querstraßen entfernt.«

»Dann sind wir im Geschäft! Gibt's Probleme hineinzukommen?«

»Sicher nicht. Aber man muß an den beiden Polizisten vorbei, die am Tor stehen und sich jeden Ausweis zeigen lassen.«

»Das wird bei mir nichts. Aber wenn ich eine Botschaft hineinschmuggeln könnte …« Mein Blick richtete sich auf Renata. »Sind Ihre Papiere in Ordnung?«

Sie nickte. »Das müssen sie auch. Wir bezahlen der Polizei genug dafür.«

»Dann können Sie die Nachricht überbringen. Beschreiben Sie mir die äußere Anlage des Schloßeingangs, damit ich mir einen Plan zurechtlegen kann, mit dessen Hilfe ich selbst hineinkomme.« Ich holte Geld aus meinem Beutel und überreichte es; mit den Mitteln des Marquez ging ich großzügig um. »Dies müßte genügen für Spesen. Jetzt sprechen Sie!«

Ich gestaltete den Plan möglichst einfach, wie es bei guten Plänen der Fall sein soll; trotzdem war schon der neue Tag angebrochen, ehe ich alle Einzelheiten ausgearbeitet hatte. Wieder eine Nacht durchwacht; es wurde langsam zur Gewohnheit. Adolfo spielte Patience, Santos schlief auf der Couch, und ich nahm an, daß Renata im Schlafzimmer dasselbe tat. »Adolfo«, sagte ich. »Wann öffnen an diesem schönen Tag die Läden?«

Er blickte auf die Uhr. »In etwa zwei Stunden.«

»Das reicht gerade, um in Ruhe zu frühstücken und die Einzelheiten unserer kleinen Übung noch einmal durchzugehen. Ich rufe beim Zimmerservice an, während Sie die anderen wecken.«

Zwei Kannen Kaffee machten dem nächtlichen Schlaf ein Ende. Ich trank die letzte Tasse und schloß die Vorbereitungen für die Aktion ab. Während ich die Semaphorenmeldung für den Marquez niederschrieb, hatte ich mir einige Bogen seines Briefpapiers angeeignet. Einem Reflex folgend. Jedenfalls hatte ich es damals kaum gemerkt. Aber hier und jetzt kam mir diese Beute sehr zunutze. Ich schrieb meine Nachricht auf einem solchen Blatt, fälschte die Unterschrift des Marquez' mit einer Genauigkeit, die Adolfo zu beifälligem Gemurmel veranlaßte, verschloß den Brief in einem Umschlag und überreichte ihn Renata. »Sie wissen, was Sie tun müssen?« fragte ich.

Sie nickte. »Kein Problem. Ich gehe zur Putzmacherin und tätige einige Einkäufe. Nehme ein Taxi, mit der Bemerkung, ich müßte für den Laden etwas ausliefern. Die Bullen lassen mich durch. Ich sorge dafür, daß der Herzog den Brief bekommt. Dann verschwinde ich wieder, und Sie treten in Aktion.«

»Ausgezeichnet. Betonen Sie, wie dringend das alles ist, um sicherzugehen, daß er den zeitlichen Ablauf richtig hinbekommt! Wenn das nicht klappt, sehe ich sehr alt aus. Gehen wir!«

Kann man Gaunern trauen, auch wenn man sie fürstlich bestochen hat? Das war die deprimierende Frage, die ich mir im weiteren Verlauf des Vormittags stellte, während die Stunde Null näherrückte. Wenn alles klappte, mußten meine neuen Verbündeten bereits an Ort und Stelle sein – dann konnte das letzte Stadium des Unternehmens beginnen. Ich betastete den schwarzen Bart, den ich wieder angeklebt hatte, sobald die anderen das Hotelzimmer verlassen hatten, und beschaute mir unser Zielgebiet. Das Straßencafé lag günstig, kaum zweihundert Meter von der hohen Mauer entfernt, die das Penoso-Schloß umgab. Vier Stufen führten vom Bürgersteig zu einem eisengefaßten Tor empor. Zwei Polizisten standen unten an dieser Treppe. Ich hatte zugesehen, wie Renata sich den beiden näherte und befragt wurde, ehe man sie mit ihrem Bündel durchließ. Sie war ohne die Last wieder herausgekommen – und das hieß, daß sie die Botschaft losgeworden war. Ich blickte auf die Uhr. Es war Zeit, die letzte Etappe in Gang zu bringen. Ich nahm meine Tasche, warf Münzen auf den Tisch, stand auf und wanderte langsam die Straße entlang und auf den Eingang zu.

Die Beamten standen vor der untersten Treppenstufe und hatten die Hände auf die Waffen gelegt. Sie musterten die Passanten. Eine äußerst gut gebaute Frau schlängelte sich an mir vorbei und lenkte ihre Aufmerksamkeit auf sich. Sonst tat sich nichts.

Wo waren meine Soldaten? Kamen sie zu spät – oder überhaupt nicht? Ich bückte mich, um mir den Schnürsenkel zuzubinden. Es würde auffallen, wenn ich mich noch länger dicht an der Treppe aufhielt.

Plötzlich hörte ich durch den Verkehrslärm das Jaulen eines überdrehten Wagenmotors näherkommen. Langsam ging ich weiter.

Ich befand mich beinahe direkt vor dem Tor, als das Kreischen von Bremsen zu vernehmen war. Beide Polizisten starrten auf das Automobil, das Schlangenlinien fahrend die Straße entlangraste und auf der anderen Straßenseite krachend im Rinnstein landete. Ein Arm kippte aus dem Fenster der Fahrerseite und hing schlaff herab.

Als die Polizisten über die Straße eilten, sprang ich die vier Stufen hinauf und drückte energisch gegen die Tür.

Sie war verschlossen.

SIEBZEHN

Nichts beflügelt die Gedanken so sehr wie ein Anflug von Panik. Adrenalin wurde in meine Adern gepumpt, und die Müdigkeit fiel von mir ab. Was war los? Die Tür hätte offen sein müssen. Man hatte meine Nachricht erhalten. Wieder drückte ich zu – mit demselben negativen Ergebnis.

Über die Schulter blickend, sah ich, daß die Polizisten den Wagen erreicht hatten. Aber schon verschwand der schlaffe Arm wieder im Inneren, und das Fahrzeug erwachte zum Leben, fuhr energisch an und verschwand. Ein Polizist schüttelte in ohnmächtigem Zorn die Hand, während der andere, der ein wenig intelligenter zu sein schien, die Zulassungsnummer notierte. Allerdings war diese Aktion auch nicht nützlicher als das Fäusteschütteln: der Wagen war gestohlen.

Es konnte nur noch Sekunden dauern, bis die Beamten sich umdrehten und mich am Eingang erblickten. Noch ein Stoß gegen die Tür, dann mußte ich weiter. Und mir einen anderen Plan ausdenken.

Ich ließ die Schulter wütend gegen die Tür prallen – die sich im gleichen Moment öffnete. Aus dem Gleichgewicht gerissen, stürzte ich ins Innere und hörte sie hinter mir zuknallen.

»Willkommen im Penoso-Schloß, Sir Hektor«, sagte eine zittrige Stimme. »Willkommen.«

Ich rappelte mich auf und staubte meine Knie ab. Der Eigentümer der Stimme stand dicht vor mir. Ein gespenstisch wirkender grauer Mann mit grauem Haar, das ausgezeichnet zur Farbe seiner Kleidung paßte. Ich nahm die bebende Hand entgegen und drückte leicht die alten Finger, wobei ich mich gleichzeitig vorbeugte. Und mich zu erinnern versuchte, wie man einen Herzog anredete. Euer Ehren? Euer

Hochwohlgeboren? Euer Herzogheit? Mein Verstand war leer. Ich würde mich irgendwie durchschmuggeln müssen.

»Welche Freundlichkeit! Wie kann ich Ihnen nur jemals danken! Heute schaute mir der Tod in die Augen, und nur Ihr rechtzeitiges Eingreifen hat mich gerettet!«

»Ich habe doch nichts weiter getan, als die Tür zu öffnen, Sir Hektor«, antwortete er und tat den mutigen Akt als Bagatelle ab. Blinzelnd schauten mich seine tränenden Augen an. »Aber, Sir, ich bitte Sie, nehmt einen Tropfen Brandy. Und erzählt mir alles. Ich hatte nur eine kurze Nachricht vom Marquez, der mich bat, Sie einzulassen. Er kündigte an, Sie würden alles erklären.«

Und das tat ich, während ich dem ausgezeichneten Brandy zusprach. Natürlich stellte ich die Geschichte ein wenig vereinfacht dar, doch ließ ich kaum eines der Ereignisse des gestrigen Tages aus. Der Herzog riß immer mehr die Augen auf, und er zitterte und keuchte so sehr, daß ich mir Sorgen um ihn zu machen begann. Aber er hielt bis zum Schluß durch, und die Geschichte beeindruckte ihn dermaßen, daß er sich ebenfalls einen Brandy einschenkte.

»Schrecklich! Schrecklich! Zapilote muß ein für allemal beseitigt werden. Aber wie geht es meinem lieben Cousin vierter Ordnung?« Nun war es an mir, mit dem Kopf zu wackeln, bis mir aufging, daß er damit wohl den Marquez meinte. Ich fragte mich, wie diese Leute ihre Familienbeziehungen im Kopf behielten.

»Ich weiß es eben nicht. In diesem Punkt müssen Sie mir helfen. Wenn ich die Nachricht niederschreibe, werden Sie sie über Semaphor aussenden?«

»O ja, natürlich sofort. Ich rufe meinen Bediensteten.«

Während er sein Glöckchen läutete und Befehle gab, legte ich eine präzise Anfrage nieder.

BIN IM PENOSO-SCHLOSS IN SICHERHEIT. WIE STEHT ES UM MARQUEZ, JAMES UND BOLIVAR?
SIR HEKTOR HARAPO

Der Herzog hielt nickend den Kopf über das Blatt Papier und reichte es seinem zuständigen Maschinenmeister, der damit forteilte; das Treppensteigen war nichts mehr für den Herzog. Nun blieb uns nichts anderes übrig, als zu warten. Dabei bediente ich mich ausgiebig aus der Brandykaraffe. Als die Antwort schließlich eintraf, riß ich sie dem Überbringer förmlich aus den Fingern und knirschte mit den Zähnen, als ich erkennen mußte, daß sie noch verschlüsselt war.

Brummelnd wanderte ich auf und ab, während der Herzog seine Rädchen klicken ließ und rätselhafte Dinge vor sich hin murmelte. Als er sich endlich mit dem entschlüsselten Text zu mir umwandte, stand ich schon dicht hinter ihm, bereit, über seine Schulter zu schauen, so unhöflich das auch sein mochte. Hatten sie es zum Schloß geschafft oder nicht?

Und während ich lies, fiel die Angst von mir ab.

> MARQUEZ REAGIERT GUT AUF BEHANDLUNG. BOLIVAR UND JAMES UNVERLETZT. BITTE GIB BEFEHLE.
>
> LADY HARAPO

Es war alles in Ordnung! Die Jungs hatten ihre Aufgabe erfüllt und de Torres nach Hause gebracht. Ich kannte die ärztlichen Einrichtungen des Schlosses und wußte, daß er durchkommen würde, sobald die Ärzte und Maschinen ihn erst einmal in ihre Obhut nahmen. Und Angelina hatte während meiner Abwesenheit das Kommando übernommen. Nun konnte ich es mir leisten aufzuatmen, und das tat ich. Indem ich mir einen weiteren Brandy eingoß.

»Das ist wirklich eine gute Nachricht«, stellte die zitternde Stimme des Herzogs fest. »Was ist nun Ihr nächster Schritt?«

»Vor allem ein sehr vorsichtiger. Wir hatten Glück, lebendig aus der Höhle des Löwen herauszukommen. Noch einmal geben wir uns nicht so preis. Der Wahlkampf muß Schritt für Schritt geplant und wie ein militärischer Einsatz verwirklicht werden. Wo immer ich und der Marquez in der Öffentlichkeit erscheinen, wird man uns bewachen wie einen Kronschatz.«

»Ja, der Kronschatz. Welche Tragödie! Ich weiß noch, als wäre es gestern, wie Zapilote ins Amt gekommen ist.« Gestern? Das lag gute hundertfünfundsiebzig Jahre zurück! Der General-Präsident war offenbar nicht der einzige, der geriatrische Mittel nahm. »Er versprach uns eine Herrschaft des Gesetzes, und wir haben ihm geglaubt, wie die Idioten. ›Ich werde den Kronschatz hüten‹, sagte er. Den hat seither keiner mehr gesehen. Muß das Zeug verkauft haben. Ich kenne doch den Typ …«

So ging das eine ganze Zeit weiter, und ich stellte den Ton ab. Wie sah mein nächster Schritt wirklich aus? Ein Anfang war es sicher, aus Primorosa zu verschwinden und in die Sicherheit des Schlosses zurückzukehren. Aber wie? Einfallen wollte mir nichts, mein Gehirn war leer, Arme und Beine fühlten sich schlaff an. Außerdem war ich ziemlich beduselt von dem Brandy, der ebenfalls mit dem Mangel an Inspiration zu tun haben konnte. Allerdings schien es eine ganz besondere Schicksalskonstellation zu geben, die sich um Edelstahlratten und andere Mißgeburten kümmert. Denn in eben dem Moment, da ich und der Herzog im Brandydunst vor uns hin murmelten, war die Rettung bereits unterwegs. In der Gestalt eines schüchternen Klopflautes an der Tür, der wiederholt wurde, als keine Antwort kam.

»Äh … was?« fragte der Herzog und erwachte aus seiner senilalkoholischen Träumerei. »Herein, herein!«

Zitternd öffnete sich die Tür zum Arbeitszimmer, und der Butler stakste herein. Dem Alter nach hätte er der Vater des Herzogs sein können.

»Ich möchte Euer Ehren ja nicht stören«, tremolierte er in einer guten Imitation seines Herrn, »aber heute ist Donnerstag.«

»Gibt es einen besonderen Grund, warum Sie mir diese Tatsache zur Kenntnis bringen?« fragte der Herzog mit staunend wackelndem Kopf.

»Ja, Euer Ehren. Ihr gabt Befehl, Euch jeden Donnerstag mindestens eine halbe Stunde vor ihrer Ankunft zu informieren.«

»Merda!« fluchte seine Hoheit recht hoheitsvoll und entblößte in der Zornesaufwallung eine hübsche Reihe strahlend weißer Jacketkronen. »Sie kommen bald.«

»Sie?« Ich schüttelte den Kopf und hatte das Gefühl, etwas Wichtiges verpaßt zu haben.

»Jeden Donnerstag. Komme nicht darum herum. Anordnung der Regierung. Die Einkünfte werden gegen Steuern aufgerechnet. Tour der vornehmen Häuser. Fünfzig Touristen von außerhalb des Planeten trampeln durch diese ehrwürdigen Säle, die geheiligt sind durch Generationen von Penosos ...«

So ähnlich ging es noch eine Weile weiter – aber ich hörte schon nicht mehr zu. Touristen! Hier! Müdigkeit und die meisten Auswirkungen des Alkohols verflogen augenblicklich. Auf einem goldenen Tablett war mir da eine Fluchtmöglichkeit geboten worden. Die Silberglocke stand auf dem Tisch, und ich ließ sie laut erklingen, was sowohl den Herzog, als auch den Butler auf mich aufmerksam werden ließ.

»Habe ich richtig verstanden, es wird bald eine Herde dämlicher Touristen von fremden Welten durch dieses Schloß traben?«

»In der Tat, Sir Hektor. Wir leben wirklich in einer schlimmen Zeit.«

»O ja. Wie viele werden es sein?«

»In der Regel eine ganze Busladung aus Puerto Azul. Zwischen vierzig und fünfzig.«

»Eine Invasion von Proletariern!« rief der Herzog.

»Welche Vorsichtsmaßnahmen treffen Sie, um zu verhindern, daß die Leute nicht das herzogliche Silber stehlen und die Gemälde befummeln?«

»Die Gruppe wird von mehreren Dienern begleitet.«

»Das paßt ja bestens«, sagte ich lachend und rieb mir die Hände, während ich mich dem Herzog zuwandte. »Könnte ich mich der Hilfe Ihres Personals versichern, von hier aus dem schönen Palast zu entkommen, ohne daß die Polizei etwas merkt?«

»Natürlich, für den nächsten Präsidenten von Paraiso-Aqui tue ich alles.« Der alte Mann erhob sich schwankend und legte sich eine Hand aufs Herz, dann nickte er dem Butler zu, der ihm die Geste nachmachte.

»Auf den nächsten Präsidenten von Paraiso-Aqui!« intonierten sie inbrünstig, und ich nahm diese Ehrenbezeigung mit geneigtem Kopf entgegen. Nachdem die kleine Zeremonie vorüber war, zeigten sich die beiden mehr als willig, mir zu helfen.

»Zunächst eine Frage.« Die grauen Köpfe nickten eifrig. »Gibt es einen Geheimgang, der aus dem Schloß führt?«

»Aus *jedem* Schloß führt ein Geheimgang!« rief der Herzog und zeigte sich erstaunt ob meiner Ahnungslosigkeit. »Der unsere endet in einem Gebäude auf der anderen Straßenseite. Gegraben wurde er vom dritten Herzog. Da drüben war mal ein Freudenhaus.« Er lächelte ein wenig: vielleicht versuchte er sich zu erinnern, wie das mit Mädchen so war.

»Ausgezeichnet. Hier ist mein Plan. Man wird mir eine Dienstbotenuniform beschaffen, und ich ziehe sie an. Dann begleite ich die Touristen und suche mir einen aus, den ich ersetze. Es dürfte dann für mich eine Kleinigkeit sein, das Haus mit den anderen Touristen zu verlassen, deren Gegenwart meine Sicherheit garantiert.«

»Aber Ihre Sachen ...«, wandte der Herzog ein.

»Ich nehme die Kleidung des Touristen.«

»Und der Bart?«

»Wird abrasiert.«

Langsam begriff der Herzog, worum es ging, und begann freudig zu kichern. »Wie raffiniert Sie doch planen, Hektor! Als Kind waren Sie so blöd, daß ich mir gar nicht vorstellen konnte, Sie würden je mit Sabbern aufhören. Und der Geheimgang – den benutzen wir natürlich, um die Leiche des Touristen in eine Abfalltonne zu schaffen.«

»Keine Leiche!« widersprach ich energisch. »Wenn der Tourist ums Leben kommt, werden die Ermittlungen bestimmt ergeben, daß er hier verschwunden ist. Und einen Verdacht darf es nicht geben. Ich werde dem Mann eine Injektion geben, die seine Erinnerung beeinträchtigt. Wenn die Polizei ihn aufgreift, wenn er hilflos herumwandert und stark nach Rum riecht – wofür Sie bestimmt sorgen können –, wird er sich an die Ereignisse dieses Tages nicht mehr erinnern. Sie werden den Mann nicht nur mit billigem Schnaps vollaufen lassen, sondern ihm auch diesen Packen Geld in die Tasche schieben, damit ein Verdacht auf Raub gar nicht erst aufkommt. Die Behörden werden lachen und ihn in den Ferienort zurückschaffen – damit wäre die Sache dann erledigt.«

»Ich wünschte, ich könnte jemanden umbringen!« schmollte der Herzog.

»Später. Nach der Wahl. Jetzt muß ich aber in die Uniform steigen.«

Kurz nachdem ich den Bart ein weiteres Mal entfernt hatte – er wurde langsam ein bißchen unansehnlich – und in Dienerlivree samt Kniebundhose gestiegen war, kamen die Touristen. Ich hörte sie wie verrückt gewordene Eichhörnchen keckern, während ich zwischen den Dienern untertauchte. Das Personal wußte über den Plan Bescheid und erwies sich als ausgezeichnet geschult. Kein Blick wandte sich in meine Richtung, während wir stumm der kurzbehosten, bunt gekleideten, kamerabehängten Touristenbrigade folgten.

»*... trebonegan eksemplon de la pentroj de la ekskrementepoko de pasinta jarcento ...*« rasselte der Führer herunter und deutete auf die schlecht gemalten und noch schlechter aufgehängten Bildnisse, die die Wände füllten. Die Touristen betrachteten ehrfürchtig die Gemälde, und ich sah mir die Leute an und kreiste mein Opfer ein. Die meisten Außenweltler kamen in gut achtzig Jahre alten Paaren, die ich natürlich sofort ausschied. Es gab auch einige einzelne Frauen, die ebenfalls übergangen werden konnten, da ich auf einen sofortigen Geschlechterwechsel nicht eingerichtet war. Dann sah ich ihn. Allein, männlich, beinahe meine Größe, trug er purpurne Shorts, ein Hemd mit Goldspitze und ein gelangweiltes Stirnrunzeln. Er hatte eine Kamera vor dem Bauch hängen und einen Strohbeutel am Arm mit der Aufschrift: ICH WAR IN PUERTO AZUL UND HAB' NICHTS GEFUNDEN ALS DIESE MIESE TASCHE. Der Kerl würde hinhauen – o ja! Ich baute mich dicht hinter ihm auf, und als die Horde sich umwandte, um ein weiteres mieses Gemälde in Augenschein zu nehmen, klopfte ich ihm leicht auf die Schulter. Er fuhr herum, und das Stirnrunzeln verstärkte sich. Ich beugte mich vor und flüsterte ihm ins Ohr.

»Bitte sagen Sie den anderen nichts, aber auf Sie wartet eine Flasche Rum. Geschenk vom Herzog. Ein Tourist aus jeder Gruppe. Sie sind heute der Erwählte. Bitte folgen Sie mir!«

Und das tat der Depp tatsächlich. Und gab sich größte Mühe, damit die anderen ihn nicht verschwinden sahen. O Gier, welche Verbrechen werden doch in deinem Namen begangen!

»Hier herein, Sir!«

Ich öffnete die Tür des Arbeitszimmers, und vor uns stand der Butler mit einem Tablett, darauf die Rumflasche. Der Tourist schnalzte begeistert mit der Zunge und streckte den Arm aus. Ich schlug mit einem Kontaktinjektor zu und schloß die Tür, während er auf den Teppich sank. Der Herzog schaute fröhlich zu und sah in diesem kleinen Triumph zweifellos Vorboten eines besseren Zeitalters. Wer weiß, vielleicht hatte er sogar recht.

Ich mischte mich kurzbehost unter die Menge, und in der allgemeinen Hektik, im Bus Plätze zu finden, achtete niemand auf mich. Ein gelangweilter Polizist zählte die Köpfe seiner Lieben, als wir aus dem Schloß kamen, machte einen Haken in sein Buch und gab dem Fahrer ein Zeichen. Die Bustüren gingen zu, die Klimaanlage ging an, Musik vom Band ging los, und wir rollten die Straße entlang.

Die Frau neben mir starrte mich mißtrauisch an. »Sie hab' ich aber noch nie gesehen«, erklärte sie.

ACHTZEHN

War ich bereits entdeckt? Wenn ich sie zum Schweigen brachte, würde die Bewußtlose garantiert für Aufsehen sorgen. Was sollte ich tun? Während mir diese Fragen durch den Kopf schossen, stürzte ich mich in ein kleines Rückzugsgefecht mit dem Ziel, Zeit zu gewinnen.

»Sie hab' ich aber auch noch nie gesehen!« gab ich forsch zurück.

»Ist das nicht was!« sagte sie schrill, und mir ging auf, daß ihr Ton, den ich für mißtrauisch gehalten hatte, in Wahrheit Leidenschaft signalisierte – sie wollte mich anmachen! »Ich heiße Joyella und komme von Phigerinadon II ...«

Der Satz endete in fragendem Schweigen, und ich griff den Faden auf.

»Ist das nicht ein Zufall! Ich heiße Wurble und komme von Blodgett.«

»Was ist daran ein Zufall?«

»Na, beide Planeten liegen in derselben Galaxis!«

Diese platte Erwiderung quittierte sie mit einem entzükkenden Juchzen, und ich wußte, daß ich eine Freundin fürs Leben gefunden hatte. Joyellas Problem war nur, daß sie nicht mehr ganz jung war und sich einsam fühlte. Es mochte sich nützlich erweisen, ein wenig Verständnis für sie aufzubringen, und ich verbrachte den Rest der Fahrt mit Nicken und zustimmendem Grunzen, während ich alles erfuhr über das Leben in der Buchhaltung von Spezialspül, der robotisierten Toilettenwärterfabrik, in der sie arbeitete. Es war Spätnachmittag, als wir im Touristenhimmel Puerto Azul eintrafen. Da es seit meinem Aufbruch beim Herzog ein alkoholfreier Tag gewesen war, kurvten wir gleich in die Bar, um uns ein paar kalte Drinks zu Gemüte zu führen. Wir hatten einen schönen Tag miteinander verbracht, und ich verschwand aus Joyellas Leben, das Beben ihrer Unterlippe mißachtend, ehe die Dinge zu kompliziert wurden. Ich streifte mir die widerliche Touristentasche über die Schulter, wohlgefüllt mit meinen Utensilien, winkte ihr zum Abschied zu und marschierte in die Dämmerung hinaus. Nächster Schritt: von hier verschwinden. Jorge wußte bstimmt eine Möglichkeit.

Nur schien Jorge selbst ein wenig in der Klemme zu stekken. Dies begann ich zu ahnen, als ich vor dem Eingang seines Mietshauses einen schwarzen Wagen parken sah. Der Mann hinter dem Steuer trug eine Sonnenbrille. Es gab im Haus sehr viele Mieter, es konnte sich um jeden handeln. Aber warum versuchten meine Nackenhaare aus dem Hemdkragen zu steigen? Meine Vorahnungen hatten früher zu oft gestimmt, als daß ich sie jetzt mißachten durfte. Es konnte nicht schaden, ein bißchen vorsichtig zu sein. So barg ich einen Kontaktinjektor in der Handfläche, während ich den Stadtplan aus der Tasche nahm. Dann schlenderte ich zum Wagen und beugte mich durch das Fenster.

»Entschuldigen Sie, alter Knabe, aber ich suche nach diesem Laden. Angeblich gibt's da tollen Stoff und leichte Mädchen ...«

»No parolas, me, Esperanto ...«

»Kapier' kein Wort, Meister. Aber schau doch mal auf die Karte!«

Ich öffnete sie unter seiner Nase, und er schob sie fort – und sank schlummernd zusammen, denn die Nadel hatte ihr Ziel gefunden. Ich neigte seinen Kopf in die Ecke zurück, als ruhe er sich aus. Nachdem ich mir auf diese Weise den Rücken freigemacht hatte, kehrte ich ins Haus zurück. In diesem Moment tauchten zwei Ultimados auf, die einen ziemlich mitgenommenen Jorge zwischen sich hochhielten. Ich trat vor sie hin.

»He, der Mann sieht aber krank aus!« sagte ich.

»Aus dem Weg, du Dummkopf!« sagte der große Mann und hob die Hand, um mich zur Seite zu schieben.

»Sie greifen einen hilflosen Touristen an!« brüllte ich, versetzte ihm einen Handkantenschlag gegen den Hals und wich hastig zurück, damit der Bewußtlose mit hübschem Knall zu Boden gehen konnte.

Der andere Ultimado versuchte seine Waffe zu ziehen, doch Jorge erschwerte ihm das, indem er seinen Arm festhielt. Ich klärte das Problem, indem ich gegen einen Nerv im Arm des Mannes hieb, woraufhin schlaffe Finger die Pistole fahren ließen. Da der Hieb ihm sicher weh getan hatte, ließ ich Gnade vor Recht ergehen und schlug ihn mit einem energischen Kinnhaken bewußtlos.

»Es freut mich sehr, Sie zu sehen«, sagte Jorge und versuchte nicht zu sehr zu schwanken. Er griff in seinen blutigen Mund und zog einen Zahn heraus, den er finster betrachtete, ehe er ihn fortwarf. Dann versetzte er dem Bewußtlosen einen kräftigen Tritt in die Rippen.

»Verschwinden wir von hier«, sagte ich. »Wir nehmen den Wagen.«

»Wohin?«

»Das möchte ich von Ihnen hören.« Ich öffnete die Hintertür des Polizeiwagens und schob die beiden bewußtlosen Männer zwischen die Sitze auf den Boden. »Steigen Sie dazu!« befahl ich, da er heftig zu blinzeln begonnen hatte und gar nicht richtig bei Sinnen zu sein schien. Ich schloß die Tür hinter ihm, drängte den schlafenden Fahrer zur Seite und raste los. »Irgendeine besondere Richtung?«

Von hinten kam nur Schweigen. Ich schaute zurück: Jorge war ebenso bewußtlos wie die anderen. Die Kerle mußten ihn tüchtig rangenommen haben.

»Womit alles bei dir liegt, James. Mal wieder«, sagte ich zu mir selbst, aber diese Feststellung brachte mich auch nicht weiter. Ich war müde und deprimiert und schon viel zu lange vor der Polizei auf der Flucht. Da es keinen Sinn hatte, die Beamten in die Stadt zurückzufahren, bog ich auf die Küstenstraße ein und folgte ihr bei zunehmender Dämmerung. Ehe es zu dunkel wurde, parkte ich auf dem Seitenstreifen und fesselte und knebelte die Ultimados mit ihrer eigenen Kleidung. Währenddessen surrten etliche Wagen vorbei, doch keiner hielt an. Ich zerrte eben den letzten Bewußtlosen ins Gebüsch, als Jorge sich stöhnend zu regen begann. Ich suchte in meiner Tasche herum, bis ich den Medkasten fand, den ich auf eine Mischung aus Stimulans und Schmerzstiller stellte. Ich gab ihm eine Injektion, und das Zeug sah so gut aus, daß ich mich gleich selbst damit versorgte.

»Fühlen Sie sich besser?« fragte ich, als er sich aufrichtete und die Arme ausstreckte.

»Allerdings. Ich muß Ihnen danken, für alles.«

»Haben Sie eine Vorstellung, was wir als nächstes tun können, um hier herauszukommen?«

Er sah sich um. »Wo ist dieses ›Hier‹?«

»Küstenstraße. Einige Kilometer südlich von Puerto Azul.«

»Können Sie einen Düsenhubschrauber fliegen?«

»Ich kann alles fliegen, was fliegt. Warum fragen Sie – haben Sie einen in der Tasche?«

»Nein, aber ein kurzes Stück von hier liegt ein kleiner Privatflughafen. Es stehen dort Maschinen jeder Größe. Natürlich gibt es auch Wachen und Alarmeinrichtungen ...«

Mein Schnauben war kein Laut des Zorns, sondern eher der eines Schlachtrosses, das sich in den Kampf stürzen will. Meine Müdigkeit war wieder einmal überwunden, das Aufputschmittel ließ mich geradezu fliegen, und ich freute mich auf eine letzte kleine Einbruchs-, Überwältigungs- und Diebstahlsrunde, ehe wir dann endlich auf Heimatkurs waren. Es waren anstrengende zwei Tage gewesen.

Jorge versuchte mir zu helfen, doch ich wies ihn an, im Wagen zu bleiben, da er mir nur in die Quere kommen konnte. Ich sorgte für einen Kurzschluß im Alarmsystem des Stacheldrahtzauns, wand mich lautlos wie eine Schlange hinüber – und schlenderte kaum zehn Minuten später von innen herbei, um das Tor zu öffnen.

»Bei Ihnen sieht das alles so einfach aus«, sagte Jorge mit gerechtfertigter Bewunderung, als wir auf das Flugfeld fuhren.

»Jeder tut eben das, was er am besten kann«, sagte ich abwehrend. »Sicher würde ich einen miesen Fremdenführer abgeben. Wir parken den Wagen hier im Schutz des Gebäudes und nehmen den Sporthubschrauber. Stolpern Sie nicht über die Bewußtlosen, so ist's recht.«

Als er endlich den Sicherheitsgurt angelegt hatte, war die Zündung bereits kurzgeschlossen, die Triebwerke liefen und die Navigationsschaltkreise arbeiteten. Ich klopfte auf die erleuchteten Kartenprojektionen.

»Wir werden in Richtung Primoroso fliegen – und dann hier über der Barriere eine plötzliche Kehre machen, auf das Schloß des Marquez zu. Sind Sie bereit?«

Er nickte, und wir starteten.

Es war ein leichter Flug. Auf unserem Radar erschien kein einziger Punkt, und es gab nicht einmal eine Störung, als wir die Barriere überflogen. Ich behielt die Funkstille bei, bis das Schloß de la Rosa auf dem Bildschirm erschien. Dann identifizierte ich mich und steuerte das Ziel an. Der Landeplatz war hell erleuchtet, und in der willkommenen Helligkeit warteten die drei wichtigsten Menschen in der Galaxis – wichtig für mich, meine ich.

»Das hat mir gefehlt«, sagte Angelina und hielt mich auf Armeslänge von sich ab. »Man hat dir doch nichts getan, oder? Wenn ja, werden sich auf diesem Planeten bald die Leichen häufen.«

»Gib Ruhe, Liebste! Wenn überhaupt, so muß man vom Gegenteil ausgehen. Ich habe große Lücken in die Reihen des Gegners gerissen, konnte so manchen heiß umkämpften Sieg erringen, weiß euch von neuen Freunden und Kameraden zu berichten, habe beim Kartenspiel betrogen und war sehr beschäftigt. Wie sind die Dinge hier gelaufen?«

»Es war ziemlich ruhig. Der Marquez erholt sich gut, da haben die Jungen und ich die Gelegenheit genutzt, detaillierte Pläne zu erstellen.«

»Pläne wozu?« Das Mittel ließ in seiner Wirkung nach, die Müdigkeit ergriff von mir Besitz, und ich unterdrückte ein Gähnen.

»Pläne für den verrücktesten Wahlkampf in der Geschichte der Demokratie. Diese Wahl wird ein Ausbund an Ungesetzlichkeit, ein Monument der Schikane, eine Kakophonie der Korruption.«

Jorge zog ein ungläubiges Gesicht, als wir alle in Jubelgeschrei ausbrachen.

NEUNZEHN

Die Reste unseres Frühstücks waren von stummen Dienern fortgeräumt worden, und nun saßen wir im prächtigen Morgensonnenschein auf dem Balkon und schlürften den letzten Rest Kaffee, der alles unten halten sollte. Es war schließlich die ewig praktische Angelina, die sich anmutig mit der Serviette den Mund abtupfte und auf die Arbeit zu sprechen kam.

»Während deiner Abwesenheit habe ich die Gelegenheit genutzt, die Bibliothek des Marquez durchzusehen. Einer seiner Vorgänger hat sich dem Hobby ergeben, Universitäten zu sammeln. Es dürften an die tausend zur Verfügung stehen.«

Das war kein gewöhnliches Hobby; man konnte es sogar exzentrisch nennen. Wenngleich es keine besonderen Probleme bereitet, wenn man das nötige Geld besitzt. Nicht daß eine Universität an sich so viel kostet; eine ganze paßt auf eine Festkörperscheibe, die man sich auf die Handfläche legen kann. Mehr als eine Flasche Rum dürfte dafür nicht aufzuwenden sein. Die Kosten ergeben sich aus der Herumreiserei in der Galaxis, aus den Besuchen auf all den entlegenen Planeten, aus der Suche in den Speicher-Antiquariaten, um nur ja keine alte Universität zu übersehen, die dort lagern könnte.

»Ich bin alle Universitätsbibliotheken durchgegangen und habe mit Querverweisen alles aufgespürt, was ich über illegale Wahlen und schmutzige Tricks in der Politik finden konnte. Es ergaben sich viele Posten, aber die meisten Bücher, in die ich hineinschaute, beklagten diese Unart und schilderten, wie sie zu bekämpfen sei, ohne auf Einzelheiten einzugehen.«

»Das ist nun wirklich nicht zufriedenstellend.«

»In der Tat. Bis ich auf diese unglaublich alte Universität stieß. Der Chip war brüchig und grau von Alter, der Name der Schule selbst unleserlich. Das Ganze war so alt, daß es vielleicht sogar von der Erde stammte. Jedenfalls war die Bibliothek so gut wie intakt, und dort fand ich dann das Buch, das wir als unsere Bibel ehren werden. Ich habe einen Printout angefertigt.«

Sie hob einen dicken Typoskriptstapel vom Boden auf und reichte ihn mir.

»Wie man Wahlen gewinnt«, las ich vor. *»Untertitel: Oder Wahlregister Friedhof*, von Seamus O'Neill. Was mag der Untertitel bedeuten?«

»Lies nur weiter! Es ist eine Technik, die auch wir bald benutzen werden, indem nämlich jeder Name von jedem Grabstein in das Wahlverzeichnis übertragen wird.«

Ich gehorchte – und fühlte, wie mit jedem Satz meine Begeisterung wuchs.

»Prächtig!« rief ich. »Einfach unglaublich! Der Mann ist ein Genie. Du bist ebenfalls ein Genie, Liebste, weil du das entdeckt hast. Da können wir ja gar nicht unterliegen.«

»Werden wir auch nicht. Die beiden Jungen haben bereits mit den Vorbereitungen begonnen, und wir müßten den Wahlkampf innerhalb einer Woche eröffnen können. Wenn nicht unvorhergesehene Dinge passieren, ist die Wahl so gut wie gewonnen. Und unser größter Verbündeter wird General-Präsident Zapilote selbst sein.«

»Das möchtest du mir wohl nicht näher erklären? Vielleicht bin ich heute ein bißchen begriffsstutzig ...«

»Er wird uns helfen mit der Art und Weise, wie er seine Wahlkämpfe bisher durchgeführt hat. Da er alle Medien kontrolliert, hat er das alles nur mehr oder weniger mechanisch betrieben. Aufgezeichnete Reden im Fernsehen, massives Lob in den Zeitungen und eine überwältigende Stimmabgabe zu seinen Gunsten aus den elektronischen Wahlkabinen, die so eingestellt sind, daß er neunundneunzig Prozent aller Stimmen zugeschlagen bekommt, egal wie tatsächlich angekreuzt wurde.«

»Und das wird uns helfen?«

»Selbstverständlich«, sagte sie süßlich und lächelte mich gönnerhaft an, als hätte sie ein geistig zurückgebliebenes Kind vor sich. »Wir werden das Fernsehen auf elektronischem Wege übernehmen, unsere eigenen Zeitungsausgaben drucken – und die Wahlkabinen in der gewünschten Richtung umstellen.«

Also, dagegen war wirklich nichts zu sagen. Ich konnte nur zustimmend nicken, meinen Kaffee austrinken, mich ins Make-up-Zimmer setzen und meinen schwarzen Harapo-Bart anlegen. Während ich das tat, ging ich im Schnellgang O'Neills Buch durch. Es war wie eine Offenbarung. Hätte der Mann noch gelebt, wäre er bestimmt zum galaktischen Präsidenten gewählt worden; und wenn es den Titel nicht gegeben hätte, hätte man ihn erfinden müssen. Mein Ratgeber für politische Schikanen war bisher gewesen *Die Erziehung eines Prinzen* von Mac O'Velly. Aber das erwies sich nun als Volksschulfibel im Vergleich zu O'Neills Meisterwerk. Als ich mit Bart und Kostüm für meine Rolle als Harapo fertig war, berief ich einen Kriegsrat ein. Der Wahlkampf sollte beginnen. Meine Familie versammelte sich eifrig-gespannt, und nur de Torres schien sich über die Zukunft Gedanken zu machen.

»Ich eröffne hiermit die Sitzung«, verkündete ich. »Als Präsidentschaftskandidat der Adeligen-Bauern-und-Arbeiter-Partei gedenke ich nun einige Ernennungen vorzunehmen. Bolivar, du bist ab sofort Sekretär der neuen Partei. Bitte laß also deinen Aufzeichner laufen und mach dir Notizen! James wird unser Wahlkampf-Organisator sein – eine Aufgabe, die ich gleich noch erläutern werde. Ich möchte hoffen, Angelina diGriz wird den Posten der Wahlkampfleiterin annehmen, wozu auch die Aufgabe gehört, die Frauen als unsere Wähler zu mobilisieren. Nimmst du an?« Ich zählte die nickenden Köpfe und nickte meinerseits. »Gut. Soviel zu den Ernennungen.«

»Nicht ganz«, warf de Torres ein. »Wenn ich darf, habe ich eine weitere sehr wichtige Ernennung anzukündigen.«

»Natürlich – Sie sind ja der Kandidat für die Vizepräsidentschaft. Wenn ich etwas übersehen habe, sagen Sie es mir bitte!«

Er klatschte in die Hände, und die Tür ging auf. Ein schmächtiger, unauffälliger Mann trat ein und verneigte sich ein wenig in unsere Richtung.

»Dies ist Edwin Rodriquez«, sagte de Torres. »Er wird der Leibwächter des Präsidentschaftskandidaten sein und Sie überallhin begleiten. Die Ereignisse, die in Primoroso beinahe zur Katastrophe geführt hätten, dürfen sich nicht wiederholen. Rodriquez wird Sie bewachen, Mordbuben aufspüren und ausschalten und sich ganz allein um Ihr Wohlergehen kümmern.«

Ich musterte den Mann von Kopf bis Fuß und versuchte nicht zu lächeln. »Vielen Dank, Marquez. Ich weiß Ihre Umsicht zu schätzen, aber ich kann selbst auf mich aufpassen. Und ich fürchte, dieser Jüngling könnte Schaden nehmen ...«

»Rodriquez!« rief der Marquez. »Ein Attentäter am Fenster!«

Die Ohren dröhnten mir vom Knall der Schüsse – und ich merkte, daß ich unter dem Tisch auf dem Boden lag und Rodriquez auf meinem Rücken kniete. In seiner Hand lag ein übergroßer qualmender Revolver, der auf das Fenster wies. Das der Salve wohlplazierter Schüsse weitgehend zum Opfer gefallen war.

»Der Angriff ist vorbei«, sagte de Torres, und die Last verschwand von meinem Rücken. Ich stand auf, klopfte meine Hosen ab und nahm wieder Platz. Der Marquez nickte anerkennend. »Nur eine kleine Demonstration. Rodriquez ist mein Waffenobermeister. Ich berief ihn auf das Schloß, nachdem er Planetenchampion der waffenlosen Verteidigung geworden war und auch mit der Handfeuerwaffe die besten Werte erzielte. Ich habe diese Entscheidung noch nie bedauern müssen.«

»Das gilt sicher auch für mich«, erwiderte ich und musterte die wieder erstarrte Gestalt meines neuen Beschützers. »Ich danke Ihnen. Und ich bin sicher, daß er viel zu tun bekommen wird, sobald der Wahlkampf begonnen hat. Was innerhalb weniger Tage geschehen wird. Wir müssen Zapilote in Bedrängnis bringen und aus der Überraschung nicht mehr herauskommen lassen. Wir beginnen mit einer Wahlkundgebung.«

»Und was ist das?« erkundigte sich de Torres.

»Eine Art religiöser Gottesdienst, bei dem Reden gehalten, Kleinkinder geküßt und den potentiellen Wählern kostenlose Mahlzeiten gereicht werden. Eine Mischung aus Jahrmarkt, Anbetung und Bestechung. Wir werden Versprechungen äußern, das derzeitige Regime angreifen und dafür sorgen, daß wir in der Presse bestens herausgestellt werden.«

Der Marquez schüttelte den Kopf. »Das wird einem Selbstmord gleichkommen. Es wird zu Ausschreitungen mit der Waffe kommen, zu Mordversuchen. Zapilote wird uns das nicht durchgehen lassen. Ich kenne den Mann. Er ist durchaus fähig, unsere Kundgebung mit einer taktischen Atombombe zu beenden, um sicherzugehen, daß er uns los wird. Er würde bedenkenlos eine ganze Stadt ausradieren, um die Konkurrenz aus dem Rennen zu werfen.«

Ich lächelte und nickte. »Völlig Ihrer Ansicht. Aus diesem Grunde werden wir die Kundgebung nicht in Primoroso, Cuidad Aguilella oder einer anderen größeren Stadt abhalten. Vielmehr wird die erste Zusammenkunft unserer Partei in dem kleinen, aber vornehmen Ferienort Puerto Azul stattfinden.«

»Warum dort?« fragte der Marquez. Angelina begriff sofort, was ich meinte, und klatschte vergnügt in die Hände.

»Die Versammlung findet dort statt, weil die kleine Stadt vollgestopft ist mit Touristen von anderen Planeten. Sie garantieren unseren Schutz, da Zapilote nicht zulassen kann, daß auch nur ein Fremder verletzt wird. Auch wird er in ihrer Gegenwart keine Gewaltakte begehen. Der perfekte Ort für eine Kundgebung. Mein Mann weiß seinen Verstand wahrhaft zu benutzen.«

Ich dankte ihr mit einem Kopfnicken für das Kompliment wie auch dafür, daß sie nicht hinzugesetzt hatte: »Zur Abwechslung mal.«

»Wie gelangen wir dorthin, ohne unterwegs in die Luft gesprengt zu werden?« fragte James. Und das war wirklich ein Problem.

»Eine gute Frage. Auf der Straße oder durch die Luft?«

»Durch die Luft wäre am besten«, erwiderte der Marquez. »Die Straßen hinter der Barriere werden von Zapilotes Streitkräften beherrscht. Wir müßten uns durchkämpfen. Dagegen hat er nur wenige Kampfflugzeuge und keine sonstige nennenswerte Luftwaffe. Hat er nie gebraucht. Er beherrscht den Luftverkehr und besitzt alle Flugzeuge, mal abgesehen von den wenigen Hubschraubern und Transportmaschinen, über die unsere Leute gebieten.«

»Aber er könnte einen Luftangriff einleiten?«

»Denkbar wäre es. Neben den Kampfflugzeugen gibt's Polizei-Kampfhubschrauber.«

»Wir werden uns darauf einrichten.« Ich deutete auf Bolivar. »Merk dir vor, mit dem MER ein Waffen- und Frühwarnsystem zu verstärken. Sollte uns die Gegenseite komisch kommen wollen, schlagen wir zuerst zu!«

»Ist schon so gut wie erledigt, Paps – ich meine: Präsident.«

»Na schön. Der nächste Tagesordnungspunkt wäre der Schauplatz für die politische Willensbildung ...«

»Du bist noch gar nicht Politiker«, stellte Angelina fest, »redest aber schon wie einer.«

»Tut mir leid, muß irgendwie ansteckend sein. Ich meinte: wo halten wir die Versammlung in Puerto Azul ab?«

»Es gibt da ein großes Stadion«, antwortete de Torres. »Darin finden jeden Sonntag die Stierkämpfe statt.«

»Stierkämpfe?« fragte ich. Hörte sich gefährlich an.

»Ja. Ein interessantes Ereignis. Zum Einsatz kommen mutierte Stiere, die Boxhandschuhe tragen ...«

»Klingt hübsch. Müssen wir irgendwann mal hingehen. Aber im Augenblick brauchen wir das Stadion für unsere

Kundgebung. Die bis zum letzten Moment geheimgehalten werden muß. Irgendwelche Vorschläge?«

»Jorge soll das arrangieren«, sagte Angelina. »Er war dort Reiseführer und weiß bestimmt, wen er ansprechen muß. Wir mieten das Stadion im Namen irgendeiner Scheinorganisation – folkloristische Darbietungen für die Touristen oder dergleichen.«

»Bestens! Dann sausen wir während des Tages herbei, ziehen in eines der Touristenhotels, halten an den Straßenecken Reden und verteilen an alle Stimmberechtigten freie Eintrittskarten. Und schon hat der Wahlkampf begonnen. Sonst noch Ideen? Nein? Dann erkläre ich diese Sitzung hiermit für beendet und schlage vor, daß wir uns auf einen Drink in den Garten begeben, ehe es Mittagessen gibt.«

»Champagner«, verkündete der Marquez nachdrücklich. »Wir wollen auf einen erfolgreichen Wahlkampf anstoßen. Auf daß diese Ära übelster Herrschaft endlich zu Ende gehe!«

ZWANZIG

Unsere kleine Armada brach in der Morgendämmerung auf, vier Düsenhubschrauber und eine uralte Starrflügelmaschine, die all unsere Wahlkampfmaterialien enthielt. Die Sonne schien, es war ein vollkommener Tag – bis wir die Barriere überflogen hatten, wonach am Rand unserer Radarschirme prompt zwei Punkte erschienen.

»Auf Abfangkurs, Paps«, meldete Bolivar und ließ die Werte durch den Computer laufen. Er gebot über die Ortungsinstrumente; sein Bruder hatte unsere Abwehr bemannt. Ich betrachtete mir die näherkommenden Punkte und schaltete das Funkgerät ein.

»Hier meldet sich Flug Marquez de la Rosa und ruft zwei Flugzeuge auf Annäherungskurs. Bitte melden Sie sich!«

Ich wartete ungeduldig auf Antwort, doch der Äther blieb stumm. Die Punkte kamen schnell näher. »Knallt sie ab, ehe sie auf uns schießen können!« sagte der Marquez mit geballten Fäusten und starrte wütend auf den Schirm.

Ich schüttelte den Kopf. »Sie müssen zuerst angreifen. Die Kameras zeichnen alles auf, und es muß eindeutig sein, daß wir uns lediglich gewehrt haben, wenn es wirklich zu Kampfhandlungen kommt.«

»Diese Worte ergeben eine hübsche Inschrift auf unseren Grabsteinen. Sie sind in Schußweite!«

»Sie haben Raketen abgeschossen!« verkündete James und drückte in schneller Folge auf einige Knöpfe. »Gegengeschosse abgefeuert. Schaut hier, in der Gegend zwei Uhr müßte das Ergebnis sichtbar werden.«

Plötzlich blühten lautlos weiße Wolken auf und blieben hinter uns zurück.

»Die Maschinen drehen ab«, sagte Bolivar. Alle schauten

mich an. Ich brachte kein Wort heraus. »Sie fliehen, sind beinahe schon außer Reichweite.«

Die barsche Stimme des Marquez' beendete das Schweigen. »*Feuer!* Abschießen!«

James' Finger verharrte über dem Feuerknopf und zuckte im Reflex nieder, als der Befehl erklang. Ich wandte mich ab und blickte aus dem Vorderfenster. Versuchte die zwei roten Feuerbälle nicht zu sehen, die seitlich von uns explodierten. Ich spürte Angelina hinter mir, ihre Hände auf meinem Arm, ihre Stimme so leise, daß nur ich sie hören konnte.

»Ich verstehe dich – und liebe dich deswegen. Aber du mußt auch unsere Gefühle verstehen. Sie wollten uns ermorden. Und hätten es wieder versucht, wenn wir sie nicht daran gehindert hätten. Es war Notwehr.«

Ich versuchte Bitterkeit aus meiner Stimme herauszuhalten. »Ich verstehe das nur zu gut. Aber so möchte ich es nun mal nicht haben. So sollte das Leben nicht ablaufen. Das Töten ...«

»Wird nach der Wahl vorüber sein. Deshalb hast du dich ja für das Amt aufstellen lassen. Um den Mann abzulösen, der diesen Einsatz angeordnet hat.«

Jede weitere Diskussion war sinnlos. Vermutlich hatten wir beide recht – von unserem jeweiligen Standpunkt aus. Die bezahlten Killer, die die Flugzeuge geflogen hatten, würden nicht mehr töten können. Und Angelina hatte recht – der einzige Weg, diese Gewalt für immer zu unterbinden, bestand in unserem Wahlsieg.

»Ich will meine Rede noch einmal durchsehen«, sagte ich. »Ich muß sie perfekt auswendig können.« Stumm wandte sich Angelina ab – doch vorher küßte sie mich noch einmal auf die Wange, eine Geste, die Bände sprach.

Damit waren unsere Probleme in der Luft ausgestanden. Nach kurzer Zeit erschien weiter vorn der blaue Ozean, dann die weißen Gebäude Puerto Azuls. Die Wahlkampfflotte kreiste über dem Flugfeld, während der Hubschrauber mit der Ortungsanlage die Gegend absuchte. Da die Instrumente nichts Verdächtiges anzeigten, landeten wir schließlich. Ich deutete auf die Reihe der rosaroten Touristenmietwagen, die am Rande des Flugfelds standen.

»Bisher ist alles in Ordnung. Fahren wir los!«

Und wir fuhren. Wir rollten das Wahlmobil aus der offenen Heckklappe des Frachtflugzeugs. Es handelte sich um die luxuriöseste Limousine aus dem Wagenpark des Marquez. Luxuriös war der Wagen immer noch, hatte aber einige Veränderungen erfahren. Grellweiß angestrichen, trug er auf einer Seite die rote Aufschrift WÄHLT HARAPO ZUM PRÄSIDENTEN! und auf der anderen: HARAPO IST DER RICHTIGE! Ein überlauter Lautsprecher spielte Marschmusik, solange der Wagen in Bewegung war, und anstelle der Rücksitze war eine Plattform eingebaut. Dort würden der Marquez und ich stehen und der Menge zuwinken, und zwischen ihr und uns würde sich nur dünne Luft befinden. Und ein unsichtbares Kraftfeld, das jeden auf uns gezielten Laserstrahl abblocken würde – wie auch jede auf uns abgefeuerte Kugel.

In Minutenschnelle waren Ausrüstung und Vorräte in die Mietwagen verladen, und schon rollte unser kleiner Triumphzug los.

»Wir sollten das richtig tun«, sagte ich. »Die Leute müssen wissen, daß eine neue Zeit beginnt.« Mit einer Schalterbewegung wurde die ohrenbetäubende Marschmusik von unserem Wahlkampflied abgelöst. So rollten wir denn auf die Stadt zu, umdröhnt von den aufputschenden Worten:

Ruhm, Ruhm, allen Arbeitern!
Ruhm, Ruhm, allen Bauern!
Nieder mit Zapilotes Schergen!
Harapo marschiert ein!

Ich will nicht behaupten, daß es der tollste Liedertext aller Zeiten war, doch möchte ich bezweifeln, daß die Zuhörer auf solche Feinheiten achteten, dazu waren die Worte selbst viel zu schockierend. Wahrscheinlich war es bei Todesstrafe verboten, sich öffentlich gegen Zapilote zu äußern. Folglich konnten wir davon ausgehen, daß sogar dieses unansehnliche Lied die ungeteilte Aufmerksamkeit der Zuhörer finden würde.

Und das erwies sich als richtig. Sobald wir die Landstraße verlassen hatten und durch die Vororte kamen, blickten uns erschrockene Augen nach. Nur die Kinder jubelten und liefen mit, wenn wir Beutel mit Süßigkeiten verteilten. Daran waren kleine Fähnchen mit der Aufschrift HARAPO AN DIE MACHT! befestigt. Sobald sie die Bonbons gegessen hatten, brüllten sie und schwenkten die Fähnchen, in der Hoffnung, mehr zu bekommen. Der erste Ärger ergab sich, als wir auf die breite Hauptstraße einbogen.

Ein großer schwarzer Streifenwagen versperrte uns den Weg. Angefüllt mit düster blickenden Handlangern, die auf das Bedrohlichste mit Schrotflinten hantierten. Unsere kleine Kavalkade hielt an, und Bolivar marschierte freundlich lächelnd nach vorn, bis er vor dem Offizier stand, der mit ernstem Gesicht neben dem Wagen stand.

»Wählt Harapo zum Präsidenten«, sagte Bolivar und steckte dem Offizier eine Wahlplakette an. Der Mann riß das Gebilde ab und warf es zu Boden.

»Zurück. Verschwinden Sie! Sie können hier nicht durch.«

»Ach, sagen Sie mir bitte den Grund«, erwiderte Bolivar und bot weitere Plaketten an, aber die anderen Polizisten schlugen ihm spöttisch die Arme zur Seite. Hinter ihm war Angelina ebenfalls aus dem Wagen gestiegen und verteilte Süßigkeiten und Fähnchen an die vielen Kinder, die unserer Parade folgten.

»Sie haben keine Erlaubnis für einen Umzug!« fauchte der Polizist.

»Wir sind kein Umzug. Es haben sich nur ein paar gute alte Freunde zu einer kleinen Fahrt zusammengefunden ...«

»Wenn ich sage, Sie sind ein Umzug, dann sind Sie einer. Sie haben noch genau zehn Sekunden Zeit, kehrtzumachen und zu verschwinden, sonst passiert was.«

»Was denn?«

»Dann lasse ich auf Sie schießen.«

Diese Worte lösten abrupt Stille aus – und in Sekundenschnelle war die Straße leer. Nur einige zerrissene Fähnchen auf dem Pflaster zeigten an, daß jemand hier gewesen war. Da Angelina kein Publikum mehr hatte, näherte sie sich dem Einsatzwagen der Polizei und hielt den Beamten ihre Fähnchen hin.

»Sie wollen auf uns schießen – ohne Grund?« fragte Bolivar, wandte uns sein Profil zu und übertrieb die Szene nun wirklich ein wenig. Er wußte aber, daß alles aufgezeichnet wurde. »Sie würden hilflose Bürger des eigenen Landes niederschießen – obwohl Sie geschworen haben, das Gesetz zu schützen?« Aufjapsend trat er einen Schritt zurück.

»Die Zeit ist um. Also los, Männer, fertigmachen ... zielen ...«

Ein einziger Polizist hob seine Waffe – und tat es dann seinen bereits erstarrten Kollegen gleich: er sank zu Boden. Denn Angelina hatte nicht nur Fähnchen verteilt, sondern auch Kapseln mit Schlafgas.

»Feuer!« rief der Offizier – und nichts geschah. Er fuhr herum und riß den Mund auf – und versuchte seine Waffe aus dem Halfter zu zerren. Eine weitere abgebrochene Kapsel sandte ihre unsichtbare Botschaft aus, und er stürzte neben dem Wagen hin und ward nicht mehr gesehen.

Die Aktion löste in den umliegenden Gebäuden gedämpften Jubel aus. Schon kamen die Kinder schreiend und fähnchenschwenkend wieder zum Vorschein. Schon waren etliche Erwachsene dabei. Fröhliches Gelächter brandete auf, als wir jedem bewußtlosen Polizisten eine Harapo-Plakette an die Uniform und ein Fähnchen in die schlaffe Hand steckten. Anschließend fanden sich fröhliche Freiwillige, die das schwere Fahrzeug mit den bewußtlosen Gesetzeshütern zur Seite schoben. Und wieder wurde gejubelt, als die Parade ihren Fortgang nahm. Inzwischen wurden nun nicht mehr nur Süßigkeiten verteilt. An den Flaggen hatten wir die knisternden grünen Rechtecke unseres Wahlgelds befestigt. Jeder Schein ließ sich bei der abendlichen Kundgebung gegen eine Flasche Wein und ein gebackenes Bohnensandwich eintauschen. Allmählich kamen die Dinge in Gang.

Aber Zapilote war nach wie vor gewillt, sie wieder zum Stillstand zu bringen. Je näher wir dem Stadtzentrum kamen, desto mehr Menschen säumten die Straßen, desto lauter tönte der Jubel. Der Marquez und ich standen winkend hinten im Wagen, während unsere Wahlhymne in scheppernden Tönen erklang. Die angespannte Gestalt meines Leibwächters Rodriquez schritt neben dem langsam rollenden Fahrzeug einher, und sein ernstes Gesicht war grimmiger denn je, denn ich hatte ihn gezwungen, seine rückstoßfreie .50er-Automatic zu Hause zu lassen. Eine weise Vorsichtsmaßnahme, denn ich sah seine Hand zur leeren Achselhöhle zucken, als einige Geschosse im Schutzschirm steckenblieben. Es war allerdings beunruhigend zu sehen, wie sie plötzlich vor meinem Gesicht erschienen und sich immer langsamer bewegten, bis sie schließlich abgestoppt wurden.

»Im zweiten Stockwerk, das Fenster dort!« rief Rodriquez und wies hinauf. Ich sah etwas blinken. »Holen Sie ihn!« befahl ich.

Rodriquez stürmte durch die Menge wie ein Surfbrettfahrer durch die Brandung – und verschwand in dem Gebäude. Ich ließ den Wagen halten, hob die Hand und fing die noch heißen Geschosse auf, die allmählich aus dem Kraftfeld ausgeschieden wurden. Hastig ließ ich sie zu Boden fallen. Ich aktivierte das Mikrofon an meinem Jackenaufschlag.

»Habt ihr das auf Band?« fragte ich und blickte zu James im zweiten Wagen zurück. Er hob die Kamera und tätschelte sie. *»Alles mitgeschnitten, Paps«*, flüsterte seine Funkstimme in meinem Ohrhörer.

»Gut. Weiter drehen! Wir haben soeben einen Mordversuch erlebt, und unser getreuer Wachhund hat sich den Schützen aufs Korn genommen. Da ist er schon.«

Rodriquez war am Eingang erschienen. In einer Hand

hielt er eine langläufige Waffe, mit der anderen zerrte er einen Bewußtlosen am Kragen hinter sich her. In der Menge wurde Gemurmel laut, und die hinten Stehenden versuchten zu sehen, was da geschah. Ich stellte den Lautsprecher ein und lenkte sie ab.

»Meine Damen und Herren, ihr Stimmberechtigten von Puerto Azul! Es ist mir eine große Freude, heute hier zu Ihnen zu kommen, und ich hoffe wirklich, daß ich Sie alle heute abend bei der großen Kundgebung wiedersehe. Es gibt Reden, Darbietungen, kostenlosen Wein und Bohnensandwiches, Eis für die Kinder und hundert Preise in der Lotterie, o ja. Für die Teilnahme muß nichts bezahlt werden. Hundert glückliche Gewinner werden je ein Dartbrett mit einem kompletten Pfeilset mit nach Hause nehmen – und es werden keine gewöhnlichen Dartbretter sein, o nein! Jedes dieser Bretter wird im Zielgebiet ein Gesicht zeigen. Jetzt frage ich Sie, welches Gesicht das wohl sein wird? Richtig – Sie werden Gelegenheit haben, Pfeile auf die häßliche Fratze des Diktators persönlich zu werfen, die Fratze des Ungeheuers Julio Zapilote!«

Wie sie sich vorstellen können, löste das in der Menge erschrockene Reaktionen aus und sorgte für allgemeine Aufmerksamkeit. Einige blickten zum Himmel, als rechneten sie damit, ein Blitz würde mich niederstrecken. Die Wagentür ging auf, und Rodriquez schob den Attentäter und seine Waffe auf den Boden vor uns. Ich nickte, als er den Bewußtlosen auf den Rücken drehte und auf seine Sonnenbrille wies. Wieder ertönte meine Lautsprecherstimme.

»Sie mögen das alles für starken Tobak halten – aber ich spreche im Ernst. Ich bin nämlich außer mir vor Zorn. Ich kam hierher, um einen friedlichen Wahlkampf zu führen, und was geschieht? Na, man schießt auf mich, *das* geschieht!« Ich ließ das allgemeine Japsen und die Zwischenrufe verstummen, dann stellte ich die Anlage lauter. »Ich bin wütend, das kann ich Ihnen sagen. Hier in meiner Hand halte ich eine der Kugeln, die eben auf mich abgefeuert wurden. Vor meinen Füßen habe ich den Schützen und sein

Gewehr. Und wissen Sie, was komisch ist? Obwohl er aus dem Gebäudeinneren geschossen hat, trägt der Mann eine Sonnenbrille ...«

Aufbrüllend brandete die Masse vorwärts; ich gab Zeichen weiterzufahren.

»Halt!« befahl ich, und meine Zuhörer erstarrten. »Ich verstehe, wie Ihnen zumute ist. Aber ich werde dafür sorgen, daß die Gerechtigkeit ihren Lauf nimmt. Ich werde diesen Mann vor ein ordentliches Gericht stellen lassen, dann wollen wir sehen, ob in dieser schönen Stadt noch das Gesetz des Landes gilt.«

Sobald wir aus dem Gedränge heraus waren, fuhren wir schneller und legten vor dem Hotel keine weiteren Zwischenstationen ein. Daß wir das Hotel Gran Parajero ausgesucht hatten, lag vor allem an der Kellergarage. Unser kleiner Konvoi raste die Rampe hinab, und all die anderen Wagen umkreisten den meinen, bis die Zone abgesichert worden war. Während dies ablief, durchsuchte ich die Taschen des Schützen und fand seinen Ausweis. Er war so dumm, daß er ihn zu dem Auftrag mitgenommen hatte!

»Hier steht, er sei ein Mitglied des Bundeskomitees für Gesundheitsänderung«, las ich vor. »Was ist denn das, um alles auf der Welt?«

»Das wissen Sie natürlich nicht«, antwortete der Marquez und nickte grimmig. »Es ist die amtliche Bezeichnung für die Ultimados. Mörder!«

»Sie stellen sich aber nicht sonderlich geschickt an.« Wie um meine Worte zu unterstreichen, erwachte der bewußtlose Ultimado und zog ein langes Messer aus dem Gürtel. Ich versetzte ihm einen Tritt gegen die Schläfe, und er sank wieder zurück. Ich zerrte den Mann hoch und warf ihn mir über die Schulter. »Ich trage ihn, de Torres, Sie bringen das Gewehr mit. Die Presse wartet bestimmt, und wir werden ihr endlich mal was Richtiges zu schreiben geben.«

Es war schon eindrucksvoll anzuschauen, wie wir in den großen Ballsaal stürmten, der für die Pressekonferenz vorbereitet worden war. Kameras sirrten und blitzten, und die

Horde der Journalisten summte und wogte wie ein Hornissennest. Es waren alle vertreten, Zeitungen, Funk, Fernsehen – einfach alle. Jetzt würde der Wahlkampf richtig beginnen.

Ich ließ den Ultimado vor mir auf den Boden fallen und wandte mich der Presse zu. Die geballte Faust hob ich über den Kopf, dann schickte ich unheildrohende Blicke hin und her, während ich mich über die wartenden Mikrofone beugte.

»Wissen Sie, was ich hier in der Hand halte? Kugeln. Kugeln, die vor wenigen Minuten auf mich abgefeuert wurden.« Ich warf die Metallstücke nieder und deutete auf die schlaffe Gestalt. »Und das ist der Mann, der die Schüsse auf mich abgab – mit der Waffe, die der Marquez de la Rosa dort drüben zornig über dem Kopf schwenkt. Er ist ebenso wütend wie ich. Wir haben gerade mit unserem friedlichen und demokratischen Wahlkampf begonnen, da wird schon auf uns geschossen. Und nicht etwa von einem gemeinen Mörder. Ich habe den Ausweis dieser miesen Ratte hier. Erkennen Sie ihn? Er ist ein Ultimado, einer der Verbrecher, die in den Diensten des Diktators Zapilote stehen. Jetzt wissen Sie, warum Sie diesen bösen Mann an der Wahlmaschine ablehnen und für mich stimmen müssen!

Denn ich werde endlich Frieden und Freiheit nach Paraiso-Aqui bringen. Stimmt für mich, dann wird der Planet endlich seinem Namen gerecht werden. Wählt mit! Wählt! *Wählt!*«

Der Wahlkampf hatte begonnen. Und wenn die Nachrichten herauskamen, würde die ganze Welt wissen, was wirklich gespielt wurde.

EINUNDZWANZIG

»Kein Wort darüber!« tobte Angelina. »Nichts in den Abendzeitungen, nichts im Fernsehen – kein einziges Wort im Radio. Es scheint eine totale Nachrichtensperre zu bestehen.«

»Selbstverständlich«, sagte ich und nickte weise, während ich mir Reste vom Abendessen aus dem Bart zupfte. »Etwas anderes war auch gar nicht zu erwarten. Oder hattest du Zweifel, daß die Presse gelenkt wird? Zweifel sind aber eine Sache, Beweise eine andere. Und jetzt können wir alles beweisen. Mal sehen, ob wir die morgigen Nachrichten interessanter gestalten können. Jetzt aber müssen wir uns mit der Kundgebung beschäftigen. Wie läßt sie sich an?«

»Das Stadion ist seit einigen Stunden überfüllt, und die Bohnensandwiches werden knapp. Für alle, die nicht mehr hineinkönnen, sind rings um das Stadion Bildschirme und Lautsprecher aufgestellt worden.«

»Haben wir Touristen unter den Zuschauern?«

»Sehr viele. Sie scheinen sich sehr zu vergnügen.«

»Es wäre ohne sie jedenfalls viel weniger vergnüglich. Zapilote dürfte sich vor Verzweiflung die Haare raufen. Ich glaube nicht, daß er während der Kundgebung, solange die Touristen dabei sind, zu drastischen Maßnahmen greift. Hinterher aber ...«

»Mußt du tüchtig aufpassen.«

»Liebste, genau das ist meine Absicht. Gehen wir?«

Wir gingen. Und alle Abwehrschirme des Wahlmobils waren auf höchste Leistung gestellt. Und es liefen andere Vorsichtsmaßnahmen. Wir blieben in der Garage, bis uns ein Beobachter oben aus dem Hotel grünes Licht gab. Als das Signal kam, jagte der Wagen auf die Straße hinaus – und glitt in die Lücke zwischen zwei Touristenbusse. Die Außenweltler waren nach wie vor meine beste Lebensversicherung. Als wir vor dem Stadion die breite Straße verließen, wurden wir von einer Eskorte rosaroter Touristenwagen erwartet, die uns im Konvoi durch die Menschenmenge leitete. Vor dem Eingang gab es etwas Neues. Dort stand ein Flexiglaszelt mit etwa einem Dutzend mürrisch dreinblikkender Männer. Eine höhnende Menge wogte ringsum und bewarf das Zelt mit leeren Weinflaschen und Bohnensandwiches.

»Und was soll das?« fragte ich James, der uns zur Begrüßung entgegenkam.

»Zuerst blieb das Stadion leer, weil sich diese Polizeispitzel unmittelbar vor dem Eingang aufgebaut hatten. Sie photographierten jeden, der zur Kundgebung kommen wollte – und damit sank das öffentliche Interesse schlagartig. Unsere Besucherzahlen hätten ziemlich schlecht ausgesehen, wie du dir vorstellen kannst. Bolivar und ich überzeugten sie, daß es besser für sie sei, uns die Photoapparate zu überlassen und sich in dem Zelt aufzuhalten.«

»Sag mir nicht, wie ihr das erreicht habt – ich bin ein Mann des Friedens. War das das einzige Problem?«

»Das einzige. Bist du bereit für deinen großen Auftritt, Paps? Ich meine, Sir Harapo?«

»Ich war nie bereiter. Und Sie, Marquez?«

»Dito. Diese Versammlung wird in die Geschichte eingehen. Fangen Sie an!«

Und das tat ich. Den Gang hinab durch die jubelnde Menge, die Hände über dem Kopf schüttelnd, in Touristenkameras lächelnd, Babies küssend – die richtige Sorte Babies, denn ich wußte Angelinas eisernen Blick auf mir. Die Plattform ersteigen und warten, bis das Gebrüll nachließ. Eine prächtige Fanfare vom Tonband ertönte, und der Marquez trat vor.

»Ich bin der Marquez de la Rosa, wie jeder von Ihnen weiß. Ich habe das Vergnügen, mich um das Amt des Vizepräsidenten dieser Welt unter der Führung meines Verwandten Sir Hektor Harapo, Ritters der Beeday, Gentleman-Botaniker und Einsiedler, zu bewerben, der die Stille seines Laboratoriums und Gartens verlassen hat, um diesem Planeten zu Hilfe zu eilen. Nun möchte ich Ihnen ohne weitere Umstände den nächsten Präsidenten von Paraiso-Aqui vorstellen ... Sir Hektor!«

Gebrüll, lautes Pfeifen, schrille Schreie – Sie wissen sicher Bescheid. Ich winkte, bis mir die Arme schwer wurden, und gab das Signal, die Fanfare zu wiederholen. Gleichzeitig bediente ich mit dem Fuß einen in den Boden eingelassenen Knopf, der eine Infraschallwelle durch den Boden des Stadions schickte. Der Ton war nicht zu hören, doch mußte er auf alle Anwesenden eine dämpfende Wirkung ausüben. Sofort war die Menge stumm, und ich sah in mehr als einem Auge Tränen blitzen. Ich durfte den Infraschall beim nächstenmal nicht zu weit aufdrehen. Ich sprach in die erwartungsvolle Stille.

»Stimmberechtigte Männer und Frauen Paraiso-Aquis, willkommene Gäste von anderen Welten, ich habe eine frohe Botschaft für Sie.« Ich schaltete die Infraschall-Depression ab und aktivierte den Stimulanzvibrator. Mein Publikum begann freudig zu lächeln, noch ehe es die Neuigkeit vernommen hatte. »In wenigen Wochen wird eine Wahl stattfinden. Dabei haben Sie die Chance, mich zum Präsidenten zu wählen. Warum sollten wir den wählen? werden Sie sich vielleicht fragen. Nun ja, ich will Ihnen einen sehr wichtigen Grund nennen. Ich bin nicht Julio Zapilote, deshalb!«

Das löste einen Begeisterungssturm aus, und ich ergriff die Gelegenheit, mir aus der Karaffe einen Drink aus wasserhellem Gin zurechtzumachen. Ich kippte einige Schlukke, ehe ich weitersprach.

»Wählen Sie mich, dann beenden Sie die Korruption an höchster Stelle! Wählen Sie mich, dann lasse ich die Ultimados als Bademeister auf einer Haifischzucht-Farm einsetzen! Geben Sie mir Ihre Stimme, dann werden Sie erleben, wozu eine ehrliche Regierung in der Lage ist! Ich verspreche Ihnen einen Ochsen für jeden Topf und einen Fünfliterkübel

Wein im Schrank, die Abschaffung aller Steuern, drei Monate Jahresurlaub, eine 25-Stunden-Woche, die Pensionierung mit fünfzig bei vollem Lohn, für jedes eingeschriebene Mitglied der Adeligen-Bauern-und-Arbeiter-Partei – gleich werden Aufnahmeanträge verteilt – jeden Sonntag kostenlose Stierkämpfe, Totalisatorenwetten durch lizensierte Buchmacher und viele andere Dinge, die mir sicher noch einfallen ...«

Meine letzten Worte gingen in tobendem Beifall unter, der jetzt auch schon ohne Stimulanzvibrator kam. Hätte die Wahl hier und jetzt stattgefunden – und wären die Maschinen nicht gezinkt gewesen –, hätte ich jede einzelne Stimme erhalten. Ich setzte mich winkend und trank einen stärkeren Schluck Tarnwasser.

»Hast du da nicht ein paar Dinge versprochen, die du gar nicht gewähren kannst?« erkundigte sich Angelina. Ich nickte.

»Es glaubt ohnehin niemand an Wahlversprechen, schon gar nicht die Politiker, die sie abgeben. Der Sinn und Zweck dieser Rede und Kundgebung ist einzig und allein, Begeisterung zu wecken.«

»Na, das hast du schon mal bestens geschafft.«

»Gut. Noch ein paar solcher Reden, dann machen wir Schluß. Ich habe noch eine anstrengende Nacht vor mir.«

Und das war nicht gelogen. Die Kundgebung ging schließlich zu Ende, wir kämpften uns durch die begeisterte Menge zu den Wagen und tauchten auf der Landstraße in dem lebhaften Verkehr unter. Die Rückfahrt verlief glücklicherweise ohne Zwischenfälle, so daß wir loslegen konnten, sobald wir unsere Zimmerflucht im Hotel erreicht hatten. »Seid ihr bereit, Jungs?« fragte ich und zerrte mir den Bart stückweise aus dem Gesicht, so begeistert war ich von der Aussicht, in Aktion treten zu können.

»O ja!« riefen die beiden im Chor.

»Dann erstattet Meldung!« Ich schlüpfte aus meinen schicken Sachen und legte den Kampfanzug an. Bolivar las aus seinen Notizen vor.

»Alle wichtigen Nachrichtenmeldungen werden vom Informationsministerium an die verschiedenen Medien ausgegeben. Am Ort befindliche Zensoren überwachen den Schlußtext bei jeder Zeitung und im Sendezentrum. Vorher aufgezeichnete Nachrichtensendungen gehen dann zu den Satelliten hoch, von wo sie für Radio und Fernsehen wieder ausgestrahlt werden.«

»Wie viele Satelliten gibt es?«

»Achtzehn, alle in stationären Kreisbahnen. Sie decken den gesamten Planeten ab. Ihre Signale werden entweder durch private Parabolantennen oder Gemeinde-Kabelnetze empfangen.«

»Darauf hatte ich gehofft«, sagte ich leise lachend und zog die Reißverschlüsse meiner weichen Schuhe zu. »Die Zeitungen müssen wir zunächst vergessen. Es wäre zu mühsam, jede einzelne zu sabotieren. Ich nehme ohnehin an, daß Rundfunk und Fernsehen populärer sind. Und angreifbarer. Als nächstes brauchen wir Grundrisse des Sendezentrums und ein Diagramm der technischen Einrichtungen.«

Bolivar reichte mir das erste, James das zweite. Es war beinahe zuviel. Ich hüstelte, um den Verdacht auszuräumen, daß ich einen Frosch im Halse hätte und hoffte, sie merkten nichts vom stolzen Funkeln in den Augen der alten Edelstahlratte. Was für tüchtige Burschen es doch waren, wie intelligent sie ihre wohltätigen Betrügereien in die Tat umsetzten!

»Wir haben schon eins mit dem anderen verglichen«, bemerkte Bolivar, blätterte die Grundrisse durch und stach mit einem Finger zu.

»Und sind ziemlich sicher, daß wir die Schwachstelle gefunden haben«, beendete James den Satz, den Finger fest auf seine Darstellung gesetzt. Ich beugte mich vor, während sie mich durch die Einzelheiten führten.

»Dies sind Mikrowellensender, die die Signale um den Planeten schicken zum Hochstrahlen zu den Satelliten, die sich nicht in direkter Sicht befinden.«

»Und hier sind die beiden Kanäle, die aus der Programmsektion kommen – hier Funk und dort Fernsehen ...«

»Sie führen durch Kabel in diesen Schächten – zu denen es rein zufällig im Keller des Gebäudes einen Zugang gibt ...«

»Hier!« fügte ich hinzu und setzte einen Finger darauf, und wir grinsten und nickten wie die Idioten. »Dazu brauchen wir einen raffinierten Stromkreisunterbrecher, der klein und schwer zu orten ist, der uns aber in die Lage versetzt, die Signale unserer Gegner nach Belieben abzuwürgen und durch die unseren zu ersetzen. Wo ließen sich wohl solche Apparate finden?«

James zog einen aus der Tasche, Bolivar den anderen.

»Jungs, ich bin stolz auf euch«, sagte ich gerührt und meinte es ernst. Die Unterbrecher waren flache Kanister, paßten auf eine Handfläche und wiesen an einer Seite einen Schalter und ein Bündel dünner Drähte auf.

»Diese Dinge laufen mit Eigenenergie«, berichtete Bolivar. »Atombatterien. Jahrelange Leistung. Dieser Draht führt zu einer außen liegenden Antenne, während diese auf die inneren Leitungen gesetzt werden. Das ist alles. Wenn das richtige Signal eintrifft, wird das von Zapilotes Technikern gesendete Material unterbrochen. An seiner Stelle kommt durch, was wir abstrahlen wollen. Sie werden annehmen, sie geben ihre Nachrichtensendung durch – statt dessen wird es die unsere sein.«

»Sehr gut!« sagte ich. »Aber so etwas klappt natürlich nur einmal. Nach dieser Sabotage werden sie den Laden dichtmachen und suchen, bis sie die Unterbrecher finden. Wenn wir am Vorabend der Wahl eine zweite Sendung durchbekommen wollen, müssen wir wieder von vorn anfangen. Und dann wird es viel schwerer sein, das Ding anzubringen.«

Noch während ich sprach, öffnete James einen Kasten und nahm zwei ziemlich große elektronische Apparate heraus. »Wir dachten uns gleich, daß du mit dieser Möglichkeit rechnen würdest, und haben dir deshalb diese Dinger gebaut. Es sind völlig nutzlose Apparate, voller Schaltplatinen und Stromkreise. Diese Brocken bringen wir an einer ziemlich auffälligen Stelle an. Sie haben nur eine Funktion: wenn sie heruntergenommen und untersucht werden, löst sich ein Thermitzünder aus und läßt sie zusammenschmelzen.«

»Eine hübsche Täuschung, die garantiert klappt. Jetzt wollen wir uns ans Werk machen, damit wir heute nacht ruhig schlafen können.«

»Paps, Bolivar und ich schaffen das auch allein. Du bist sicher müde ...«

»Allerdings. Ich bin es müde, Politiker zu sein. Ihr wollt mir doch nicht dieses bißchen Spaß nehmen, oder?«

»Wenn es nach mir ginge, würde genau das geschehen«, meldete sich Angelina zum erstenmal zu Wort. »Aber ich kenne dich zu gut. Also verzieh dich mit deinen mißratenen Söhnen und kriech in den Abwässerleitungen herum, oder was immer ihr vorhabt. Aber rechne nicht damit, daß ich auf dich warte!«

Sie hatte wirklich großes Verständnis, und ich gab ihr einen nachdrücklichen Kuß, ehe wir in der Nacht untertauchten. Über die Hintertreppe und in einen neutralen Wagen. Verfolgt wurden wir nicht. Wir parkten eine Querstraße vor dem Sendezentrum und marschierten hinein. Ich meine, wir benutzten dazu nicht gerade die Vordertür, doch wir gelangten hinein, ohne daß uns die Alarmanlage größere Kopfschmerzen machte. Wir schlossen sie kurz und stiegen ungesehen durch ein Kellerfenster ein. Danach ging es nur noch darum, die richtige Tür zu finden. Die Tiefgeschosse waren angefüllt mit automatischen Maschinen. Um diese Nachtzeit war hier kein Mensch unterwegs. Ein Aufseher saß in seiner Kontrollstation, doch es machte keine Mühe, ihm aus dem Weg zu gehen. Der Einbau war ebenfalls kein Problem; die falschen Schaltboxen wurden in Deckung einer Trennwand angebracht, während der wahre Jakob unter die Leitungen wanderte und mit dem Fußboden verschmolzen wurde.

»Perfekt«, sagte ich, staubte mir die Hände ab und bewunderte das Ergebnis unserer Mühen. »Genehmigen wir uns einen erfrischenden Drink. Dabei können wir uns die Ersatzprogramme anschauen, die unsere Helfer schon vorbereiten.« Ungesehen wieder zu verschwinden, war ebenso einfach wie das Eindringen. Unser Wagen wartete, es war niemand in der Nähe.

Ich öffnete die Wagentür, und das Licht ging an.

Vor mir saß ein Mann, richtete eine große Pistole auf meinen Kopf und lächelte. Ein Mann, der mir eklig vertraut war.

»Ah, Sie sind jetzt also Hektor Harapo und kein einfacher Außenwelt-Tourist mehr«, bemerkte Captain Oliveira. »Ich hatte Sie bei unserem letzten Treffen davor gewarnt, auf diesen Planeten zurückzukehren. Es war wirklich unüberlegt, dagegen zu verstoßen; die Folgen haben Sie sich selbst zuzuschreiben.«

ZWEIUNDZWANZIG

Als diese Worte fielen, war die Straße plötzlich in grelles Licht gehüllt. Es war eine Falle – eine geschickt gestellte Falle. Auf den Gebäuden standen Suchscheinwerfer, und aus den dunklen Hauseingängen strömten Soldaten. Uns blieb keine andere Wahl, als zu kapitulieren.

»Bitte nicht schießen!« brüllte ich. »Wir ergeben uns. Ergebt euch, Männer! Das ist ein Befehl *Douchan qounboula!*«

Ich hoffte, meine Söhne würden sich an die widerliche fremde Sprache erinnern – und richtig! Obwohl sie wie ich die Hände heben mußten, konnten sie doch noch die Rauchbombenzünder betätigen, indem sie die Handgelenke übereinanderlegten – was ich ihnen soeben befohlen hatte. Als letztes genoß ich den aufmunternden Anblick der beiden, die in wallenden Rauchwolken verschwanden.

Ich warf mich zur Seite. Im gleichen Moment feuerte Oliveira, und die Kugel pfiff so dicht an mir vorbei, daß ich förmlich den Luftzug spürte. Ehe er einen zweiten Schuß abgeben konnte, warf ich eine meiner Rauchbomben in den Wagen und ließ augenblicklich eine Schlafkapsel folgen.

Seit ich die Wagentür öffnete, waren wohl kaum zehn Sekunden vergangen. In dieser kurzen Zeit hatte sich die Lage dramatisch verändert. Die Straße war gefüllt mit alles vernebelndem Rauch, die Luft hallte wider von barschen Befehlen, Pfiffen, dem Jaulen von Motoren und den heiseren Schreien angreifender Männer.

»Mehr Rauch, vermengen mit Schlafgas!« rief ich in der schon benutzten unbekannten Sprache. »Ich werde mit diesem Wagen ein Ablenkungsmanöver starten – dann könnt ihr euch dünnemachen!«

Wenn ich die allgemeine Aufmerksamkeit auf mich lenken konnte, hatten die Jungs vielleicht eine Chance. Ich tastete mich in den Wagen, schob Oliveiras schlaffen Körper zur Seite und ließ den Motor an. Dann legte ich den Gang ein, drehte das Steuer von meinen Söhnen fort und trat energisch auf den Gashebel. Das Fahrzeug ruckte an, fuhr schneller, der Rauch wurde dünner und von grellem Licht abgelöst. Ich kniff die Augen zusammen und sah, daß ich im Begriff stand, eine ganze Schwadron entsetzter Soldaten über den Haufen zu fahren.

Ich zog hastig das Steuer herum und verfehlte sie um wenige Zentimeter: dafür knallte ich in vollem Tempo gegen einen gepanzerten Wagen.

Der Aufprall war in mehr als einer Beziehung folgenreich. Ich stieß gegen die Windschutzscheibe und fiel in den Sitz zurück. Meine Nase war ziemlich mitgenommen und verströmte freizügig Blut über mein Hemd. Mein Gehirn war nicht minder durchgeschüttelt worden, und ich hatte das Gefühl, der Kopf wackele mir auf dem Hals. Das Denken fiel schwer, und ich brachte eben noch genug Geistesgegenwart auf, um zu erkennen, daß dringend frischer Rauch und Schlafgas angebracht waren. Ich war im schönsten Gange, Bomben aus dem Fenster zu schleudern, als sich dicht vor mir die Tür des gepanzerten Wagens öffnete. Aus Reflex warf ich auch einige Rauch- und Gasgranaten in die entstehende Öffnung.

Die ganze Zeit über hielt ich den Atem an. Ich hatte zu atmen aufgehört, kaum daß der Blutsturz meine Nasenpfropfen fortgespült hatte. Wenn ich jetzt einen einzigen Atemzug machte, würde ich ebenso fest entschlummern wie die Soldaten und Polizisten. Aber im Gegensatz zu ihnen würde ich wahrscheinlich als Toter wieder aufwachen.

Das Brennen in meiner Brust vertrieb das Gefühl der Müdigkeit, während ich auf Händen und Knien aus dem Wagen kroch. Im Aufstehen stieß ich mit der verletzten Nase gegen etwas ungemein Hartes. Ich mußte schon sämtliche Willenskräfte aufbieten, um nicht eine Lunge voll verseuchter Luft einzujapsen. Der Gegenstand bewegte sich unter meinen Händen, und ich erkannte, daß es sich um die offene Tür des Panzerwagens handelte. Ein Beförderungsmittel. Ich schob den unsichtbaren Körper zur Seite, der den Eingang versperrte, und stieg mühselig ein. Unter meinen Füßen spürte ich weitere schlaffe Körper und mußte sie überklettern.

Und ich mußte atmen. Aber ich wagte es nicht. Vorwärtstastend, knallte ich mit dem Kopf gegen hartes Metall. Endloses Herumtasten ergab, daß es sich um den Fuß eines Sitzes handelte. Des Fahrersitzes, der hoch oben in der Frontkabine des Wagens angebracht war. Meine Finger fanden schließlich den Ganghebel, der in den Boden eingelassen war. Er vibrierte: der Motor lief noch!

Ich drosch den Gang hinein. Der Panzerwagen fuhr rukkend vorwärts und begann meinen Wagen zu zermahlen. Ich fluchte und zerrte und vermochte schließlich den Rückwärtsgang einzulegen. Als wir uns in Bewegung setzten, begann meine Umwelt wie verrückt zu zucken und sich zu verzerren – ich mußte atmen!

Wieder war Licht zu sehen. Ich steckte den Kopf zur Tür hinaus und hoffte, daß das Schlafgas zusammen mit dem Rauch zurückgeblieben war. Ich mühte mich, nicht zu atmen, aber das war ein aussichtsloser Kampf. Ich machte einen zittrig-hektischen Atemzug.

Nichts geschah. Nichts Schlimmes, meine ich: die Luft selbst war eine Wonne, die jeder Beschreibung spottete. Wir waren aus dem Gas heraus. Und als ich die Tür zuknallte, ging mir auf, daß die Lage überhaupt ganz gut aussah. Rauch und Chaos, Männer und Fahrzeuge, die sich sinnlos durcheinanderbewegten. Mein Panzerfahrzeug war eines von vielen, die sich aus der Gas- und Rauchzone lösten. Rückwärtsfahrend, sich langsam aus der Gegend absetzend. Ich gab dem Fahrer einen Schubs, und er fiel krachend und klappernd zu Boden. Ich schnappte noch immer keuchend nach der lebensspendenden Luft, während ich in seinen Sitz stieg und die Kontrollen endgültig übernahm.

Irgendwo dort in dem verqualmten und vergasten Durcheinander befanden sich meine Söhne, die dringend Hilfe benötigten. Ich stoppte den Wagen und beschaute mir das Gewirr von Hebeln und Knöpfen am Armaturenbrett. Eine Aufschrift lautete *Vord. Waffenturm,* was sich ziemlich optimistisch anhörte. Ich aktivierte die Schaltung, ließ die Waffen auf maximale Steigung schwingen, löste die Sicherung und drückte den Abzug.

Es gab ein höchst zufriedenstellendes Dröhnen. Der Wagen wippte in der Federung, neben meinen Füßen polterten leere Geschoßhülsen zu Boden, und ich sah Soldaten in Deckung huschen. Perfekt! Jetzt brauchte ich nur noch meinen aufregenden Abgang zu inszenieren. Noch immer rückwärtsfahrend, trat ich auf den Gashebel.

Ein Rückschirm zeigte die Straße hinter dem Wagen, die in unglaublichem Tempo auf mich zuraste. Es fiel mir schwer, rückwärts zu steuern, und ich merkte, daß der Wagen Schlangenlinien fuhr. Ich drückte auf die Hupe, ließ die Beleuchtung blitzen und gestaltete mein Verschwinden alles in allem sehr interessant. Eine Abteilung Soldaten erschien auf dem Schirm, in Deckung hechtend. Schon war ich vorbei und an einer Kreuzung. Ich riß das Steuer herum, stoppte mit abblockenden Reifen und drosch den Vorwärtsgang ein. Ehe ich aber anfahren konnte, erschienen in rasender Fahrt drei weitere Panzerwagen vor mir. Ich beschaute mir lächelnd, wie sie mit quietschenden Reifen in Position schlitterten und dabei mit einem anderen Fahrzeug zusammenstießen, das mich verfolgt hatte. Ehe das Durcheinander aufgelöst werden konnte, hatte ich aufs Gas gedrückt und war frohgemut davongebraust.

Die ganze Zeit über dachte ich krampfhaft nicht an James und Bolivar, die sich da hinten in der Dunkelheit herumtreiben mußten. Sie würden durchkommen, sie *mußten* durchkommen. In all dem Qualm hatte ich keine Schüsse gehört. Die Jungs waren bei Bewußtsein, der Feind nicht. Ich hatte eine Ablenkung geschaffen, es hatte ein riesiges Durcheinander gegeben, das ihnen bestimmt mehrere Fluchtmöglichkeiten bot. Sie waren clever und kräftig und würden sich aus der Klemme befreien.

Warum stand ich aber Todesängste aus und war in Schweiß gebadet?

Weil ich wie ein Vater dachte, nicht wie ein skrupelloser interstellarer Agent. Es waren meine Söhne, und ich hatte sie in diese Lage gebracht. Depressions- und Schuldgefühle überrollten mich wie eine schwarze Woge; ich konnte nicht dagegen ankämpfen. Langsam fuhr ich durch die dunklen und leeren Straßen, bis ich meine schlaffen Gehirnlappen endlich ein wenig in den Griff bekam.

»Nun aber genug, diGriz! Du hast ausgiebig gelitten und dich schuldig gefühlt und dir Vorwürfe gemacht – es reicht!« Ich sprach die Worte laut vor mich hin, da ich mich auf diese Weise besser höre. Ich lausche lieber einer nachdrücklichen akustischen Äußerung, als einem inneren Stimmchen. Ich richtete mich auf und umfaßte entschlossen das Steuer. »So ist es besser. Herumzujammern und zu strampeln und sich immer tiefer in Probleme zu verstricken, hilft den Jungs nicht. Du hast jetzt die Aufgabe, dich in Sicherheit zu bringen und die Arbeit wiederaufzunehmen – und mehr kannst du nicht tun. Jetzt los!«

Ich trat in Aktion und fuhr auf dem direktesten Weg ins Hotel, hielt in einer schwach erleuchteten Straße einige Querstraßen vor dem Ziel und ließ das gestohlene Fahrzeug stehen. Der inzwischen verschlossene Lieferanteneingang widerstand der Berührung meines Dietrichs nicht und ließ mich ein. Mein Glück hielt an, und ich fuhr mit dem Lastenfahrstuhl ungesehen in unsere Etage. Angelina öffnete mir die Tür.

»Du siehst ja schrecklich aus. Bist du verletzt?«

»Eigentlich nicht. Nur zerschlagen und müde. Und ...« Ich wußte nicht, wie ich es ihr beibringen sollte, aber mein Gesichtsausdruck verriet mich sofort.

»Die Jungen! Was ist mit ihnen?«

»Keine Ahnung. Es geht ihnen bestimmt gut. Wir haben uns getrennt. Laß mich eintreten, dann erzähle ich dir, was geschehen ist.«

Und das tat ich. Langsam und präzise, während ich immer wieder mit herrlich altem *ron* die malträtierte Kehle spülte. Sie lauschte in abweisendem Schweigen. Rührte sich erst, als ich geendet hatte.

»Durchdringen von Schuldgefühlen, wie?« fragte sie schließlich. »Dringt dir aus allen Poren.«

»Aber es stimmt! Es war mein Fehler. Ich habe das Unheil angerichtet. Ich habe sie mitgenommen ...«

»Halt den Mund!« schlug sie vor, beugte sich herab und gab mir einen Kuß auf die Wange. »Wir sind erwachsen, und wir begeben uns offenen Auges in solche Situationen. Du hast sie nicht der Vernichtung preisgegeben, du hast dich selbst den Waffen der Feinde ausgesetzt, um ihnen eine Fluchtchance zu bieten. Du hast getan, was du konntest. Jetzt bleibt uns nichts anderes übrig, als zu warten. Sobald ich deine eklig aussehende Nase verbunden habe. Ich hab' damit gewartet, bis du genug *ron* in dir hattest.«

Ich schrie einige Male *Autsch*, während sie die Nase abtupfte und verband. Dann begann das Warten. Angelina, die nur bei geselligen Anlässen trank, ließ sich ein Glas *ron* einschenken und nippte daran. Ein Gespräch kam nicht in Gang. Jedesmal, wenn unten in der Straße eine Sirene erklang, hoben wir den Kopf und versuchten nicht ständig zur Uhr zu sehen. Ich leerte mein Glas und griff nach der Flasche. »Möchtest du noch einen ...«

Das Summen des Telefons unterbrach mich. Angelina hatte abgehoben, ehe ich reagieren konnte, und ging sofort auf Konferenzschaltung.

»Hier James«, sagte die willkommene Stimme, und ich wurde von einer Woge der Erleichterung überschwemmt. »Kein Problem mit der Flucht. Hab' mit einem Soldaten die Uniform getauscht. Aber in dieser Aufmachung kann ich nicht ins Hotel.«

»Wir holen dich«, versprach Angelina. »Wie geht es Bolivar?«

Als die Antwort nicht sofort kam, kehrte die Spannung zurück. Zehnfach verstärkt. Die Pause dauerte nur eine Sekunde, aber die Zeit genügte.

»Ich glaube, man hat ihn erwischt. Ich hab' gesehen, wie Polizisten mit Gasmasken in größter Eile abgefahren sind. Es waren die einzigen, die den Ort des Geschehens verlassen haben. Ich blieb in der Gegend, so lange es ging, bis der Qualm sich verzog und die Einheiten sich wieder zu formieren begannen. Er hat nicht angerufen, wie?«

»Nein. Ich hätte es dir sofort gesagt.«

»Ich weiß. Es tut mir leid ...«

»Dazu hast du keine Ursache. Du hast alles Menschenmögliche getan. Jetzt müssen wir einen Plan schmieden, wie wir dich zu uns zurückholen. Dann können wir nur auf Nachrichten von Bolivar warten. Sicher hat man ihm nichts getan. Ich bin davon überzeugt, es geht ihm gut.«

Ihre Stimme klang ruhig und beherrscht. Und doch verriet mir ein Blick in ihre Augen, daß sie sich innerlich schreiend gegen das Schicksal aufbäumte.

DREIUNDZWANZIG

Ich schloß die *ron*-Flasche und stellte sie fort; ich brauchte einen klaren Kopf. Dafür öffnete ich eine Flasche Wein, um ein Bohnen- und Wurst-Sandwich hinunterzuspülen, denn Bohnen sind bekanntermaßen gut für das Gehirn – glaube ich jedenfalls. Angelina zog los, um James zu holen, während ich aufs Telefon starrte und mir über die Ereignisse des Abends intelligente Gedanken zu machen versuchte. Als die beiden zurückkehrten, hatte ich etliche logische und ausgesprochen unschöne Schlußfolgerungen gezogen.

»Es hat keine Anrufe gegeben«, sagte ich, kaum daß Angelina und James eingetreten waren.

»Wenn das was zu essen ist, möchte ich auch was«, sagte James und schenkte sich ein kleines Glas Wein ein. Ich war froh, daß die Zwillinge in ihren alkoholischen Gewohnheiten nach der Mutter schlugen und nicht nach ihrem versoffenen Vater.

»Ich hab Pläne geschmiedet«, verkündete ich, »die Bolivars gesunde Rückkehr garantieren.«

»Klar«, sagte Angelina nickend. »Wir brechen ins Zentralgefängnis ein, schießen jeder nieder, der sich uns in den Weg stellt, und holen ihn heraus.«

»Nein. Genau damit rechnet man ja. Es gibt bei unseren Gegnern jemanden, der uns gedanklich überlistet hat. Wir sind heute abend in die Falle getappt, aus Unvorsichtigkeit. Bisher waren wir den anderen einen Schritt voraus – und wir bildeten uns ein, es würde so weitergehen. Aber jetzt sind die Flitterwochen vorbei. Wir müssen den Gedankenakrobaten bei unseren Gegnern gedanklich überflügeln – und ihm eine Überraschung bereiten.«

»Und die wäre?« erkundigte sich Angelina.

»Wir müssen zuschlagen, wo man es am wenigsten erwartet. Einen Gefangenen nehmen, von dem wir wissen, daß man ihn gegen Bolivar eintauschen muß.«

»Wen?«

»Zapilote persönlich. Niemand anders kommt in Frage.«

James war so überrascht, daß er das Kauen unterbrach. Und das hieß, daß er wirklich überrascht war. Angelina hatte sich besser im Griff.

»Du möchtest mir wohl nicht die verquere Logik erklären, die dich zu dem Schluß geführt hat?« fragte sie spitz.

»Aber gern! Einer unserer Gegner hat Köpfchen. Vielleicht ist es Colonel Oliveira. Schließlich war er es, der mich bei unserer Rückkehr im Wagen erwartete. Solange wir nichts anderes feststellen, müssen wir davon ausgehen, daß er unser gefährlichster Feind ist. Er hat unsere Unternehmungen gründlich überwacht und sich in unser Denken hineinversetzt. Er weiß, wir müssen unseren Wahlkampf publik machen, um die erforderlichen Stimmen zu bekommen. Von unserer Pressekonferenz kam kein Wort in die Medien, also war es logisch anzunehmen, daß wir diesen Zustand abstellen wollen. Er hatte keine Ahnung, *was* wir unternehmen würden – doch er erriet, wo unser Schlag landen würde. Am Sendezentrum. Daraufhin legte er eine Falle aus, die prompt funktionierte – denn es gelang ihm, Bolivar gefangenzunehmen. Wenn er soweit recht behalten hat, dürfte er auch richtig liegen mit der Annahme, daß wir einen Befreiungsversuch machen. Folglich können wir davon ausgehen, daß sich Bolivar nicht im hiesigen Gefängnis befindet – und daß das Gebäude eine einzige große Falle sein wird. Wir bleiben ihm also fern und stellen die Regeln des Spiels auf den Kopf. Mit Zapilote als Geisel wird Bolivar freigelassen werden müssen, und dann steht es immerhin Null zu Null.«

»Soweit, so gut«, bemerkte Angelina. »Aber hast du dir schon überlegt, *wie* wir Zapilote in unsere Gewalt bringen wollen?«

»O ja. Ich werde jetzt ein paar Stunden schlafen, damit

ich am Morgen frisch bin. Dann treffe ich gewisse Vorbereitungen und husche in die Hauptstadt hinüber, um mal beim General-Präsidenten vorbeizuschauen.«

»Du bist ja verrückt«, erwiderte Angelina ruhig. »Das lasse ich nicht zu.« Sie veränderte ihre Stellung im Sessel und hielt plötzlich eine Waffe in der Hand, die auf mich gerichtet war. »Der Schlag auf die Nase muß dir auch das Gehirn durcheinandergebracht haben. Geh schlafen, während James und ich einen anderen Plan ausarbeiten, der nicht ganz so selbstmörderisch ist.«

»Du würdest mich erschießen, um mir das Leben zu retten? Wenn ich solche Vorgänge auch in keiner Weise herabwürdigen will, so muß ich doch sagen, daß mich die Denkprozesse des weiblichen Verstandes immer wieder erstaunen. Jetzt leg die Kanone fort und beruhige dich. Ich habe nicht Selbstmord im Sinn, sondern einen wohldurchdachten Einsatz, der sowohl Bolivar als auch mich selbst aus den gegnerischen Fängen freikommen läßt. Gewisse Einzelheiten sind noch nicht festgelegt, aber nach einer Mütze voll Schlaf werden sie sich auch noch ergeben.«

Und das taten sie. Ich erwachte im Morgengrauen und hatte einen Ablaufplan der Aktion vor dem inneren Auge stehen. Es konnte nichts schiefgehen! Meine gute Laune währte durch Dusche, Frühstück, den Flug nach Primoroso bis zu dem Moment, da ich über den Freiheitsplatz schlenderte. Die Ernüchterung kam, als ich durch das unheildrohende Tor des Presidio trat und von der Wache angehalten wurde. Da es zum Andersüberlegen zu spät war, machte ich energisch weiter: es war nun nicht mehr so wichtig, ob ich gute Laune hatte oder nicht.

»Wo ist Ihr Paß?« knurrte der Mann.

»Paß? Ich brauche keinen Paß, Sie minderbemittelter Klotzkopf. Ich bin auf Geheiß von Colonel Oliveira hier, um den General-Präsidenten zu sprechen.«

»Tut mir leid, der Colonel hat bei seinem Eintreffen keine Anweisungen hinterlassen ...«

»Ach, der Colonel ist hier? Das ist ja noch besser! Rufen

Sie ihn an, und zwar schnell – wenn Ihnen Gesundheit und Verstand lieb sind.«

Zitternd drückte er eine Nummer. Der Bildschirm wurde hell, und ich erblickte Oliveiras sadistisches Konterfei. Ehe der Wächter etwas sagen konnte, schob ich ihn zur Seite und beugte mich vor.

»Oliveira!« fauchte ich. »Ich bin am Haupteingang. Sind Sie nicht interessiert, mich zu sehen?«

Er zuckte auf das Prächtigste zusammen. Ich hätte eine Kamera mitbringen sollen. Zweifellos hatte er nach den Ereignissen des vergangenen Abends eine Reihe von möglichen Reaktionen erwartet – diese aber gehörte eindeutig nicht dazu. Endlich gelang es ihm, die Augen in ihre Höhlen zurückzuschieben und das Blut wieder in die Adern zu quetschen – und er kreischte los.

»Halten Sie den Mann ...«

Ich unterbrach die Verbindung und setzte mich in den Sessel des Wächters. »Haben Sie gesehen, wie entzückt er war?« Ich nahm eine Zigarre heraus, zündete sie an und hatte kaum die erste Rauchwolke verbreitet, als Oliveira auch schon mit einer ganzen Schwadron Soldaten die Treppe herabstürmte.

»Sie haben gestern abend einer meiner Leute verhaftet«, sagte ich und blies ihm Rauch ins Gesicht. »Ich bin gekommen, um seine Freilassung anzuordnen.«

Wie man sich vorstellen kann, reagierte er nicht gerade freundlich auf diese Behandlung. Ich wehrte mich nicht, als die Soldaten mich ergriffen und tief ins Innere des Gebäudes schleiften. Oliveira überwachte persönlich die Sicherheitsmaßnahmen. Er schaute zu, wie ich ausgezogen, durchsucht, geröntgt, durchleuchtet und gewaschen wurde. Er wußte, daß hinter meinem verrückten Besuch Methode stecken mußte – doch er kam nicht darauf. Schließlich ließ er die gesamte Aktion ein zweitesmal ablaufen, zur Sicherheit. Natürlich wurde nichts gefunden. Als alles vorbei war, gab man mir dünne Pantoffeln und einen Papieranzug und legte mir schwere Ketten um Arm- und Fußgelenke. Erst als das geschehen war, ließ er mich ins Verhörzimmer schleppen und auf einen harten Stuhl werfen. So stand er dann über mir und schlug sich mit einem schweren Knüppel in die Handfläche.

»Wer sind Sie?« fragte er.

»Ich bin General diGriz von der Paramilitärischen Organisation für Politische Ermittlungen. Sie können mich Sir nennen.«

Mit dem Knüppel versetzte er mir einen energischen Schlag gegen das Schienbein. Es hätte mir ungeheuer weh tun müssen. Aber ich bemerkte nichts. Ein Faktum hatten all die Untersuchungen nämlich nicht zutage gefördert: ich war bis oben hin mit Neokain angefüllt, einem stark wirkenden Schmerzmittel. Später mochte mir nicht gerade wohl sein, doch im Augenblick drang nichts zu mir durch.

»Keine Lügen, keine dummen Witzchen mehr! Wer sind Sie? Diesmal die Wahrheit!«

»Ich hab's Ihnen schon gesagt. Meinen Namen und meine Organisation. Wir von POFPE haben es uns zur Lebensaufgabe gemacht, Missetaten zu ahnden, zurückgebliebenen Planeten bei der politischen Entwicklung zu helfen und ehrliche Politiker wie Harapo zu fördern. Und den Sturz von Verbrechern wie Zapilote.«

Immer wieder schlug er zu, doch ich saß nur da und schaute ihm zu. »Macht Ihnen das Spaß?« fragte ich gelangweilt. »Wenn ja, müssen Sie ein kranker Mann sein.«

Er hob den Knüppel noch höher – und warf ihn fort. Was nützt es, einen anderen Menschen sadistisch zu foltern, wenn das Opfer nichts davon zu merken scheint? Ich nickte anerkennend.

»Wo Sie nun damit aufgehört haben, sich wie ein Affe zu benehmen, können wir uns wie erwachsene Menschen unterhalten. Wie ich schon sagte, wird Harapo von meiner Organisation unterstützt. Gestern abend ist es Ihnen gelungen, einen meiner Agenten zu fangen. Das geht nicht. Ich möchte, daß er sofort freigelassen wird!«

»Niemals! Wir haben ihn, und jetzt haben wir Sie, und Sie sind beide so gut wie tot ...«

»Neue Drohungen? Sie sind wirklich ein dummes Kerlchen.« Ich stand auf, sehr langsam, da ich mich wegen der schweren Ketten ziemlich anstrengen mußte. »Dann muß ich Sie wohl übergehen. Ich werde jetzt Zapilote sprechen.«

»Ich bringe dich um!« schäumte er, schnappte sich den Knüppel und hob ihn über den Kopf.

»Wenn Sie das tun, wird Zapilote Sie auf der Stelle erschießen lassen. Meine Organisation arbeitet auch ohne mich weiter, und dann wird er die Wahl garantiert verlieren. Wegen Ihrer Dummheit. Wollen Sie das?«

Mit erhobenem Knüppel stand er da, zitternd, begierig, mir den Schädel einzuschlagen. Er wußte aber, wenn er es tat, mochte das zugleich sein Todesurteil sein. Schließlich mußte er die Waffe senken. Ich nickte.

»Viel besser. Wir werden jetzt den General-Präsidenten aufsuchen. Ich möchte ihm von einem Kompromißplan erzählen, der ihm bestimmt gefällt.«

»Und der wäre?«

»Das werden Sie erfahren, wenn er Sie an unserem Gespräch teilnehmen läßt. Rufen Sie ihn an!«

Nun saß Oliveira hübsch in der Klemme, und ich sah genüßlich zu, wie er zappelte. Er wollte mich töten oder zumindest verstümmeln – aber er wagte es nicht. Was ich über Zapilote gesagt hatte, entsprach der Wahrheit. Schließlich erkannte er das und stapfte aus dem Büro. Ich ließ mich in den Stuhl sinken und starrte finster auf die blauen Flecke, die überall auf meinem Körper auftauchten, und versuchte mir nicht auszumalen, wie ich mich fühlen würde, wenn das Neokain zu wirken aufhörte. Seitlich am Brustkorb gab es eine unangenehm weiche Stelle; hier mochten eine oder zwei Rippen gebrochen sein. Dies war der Augenblick, da ich beschloß, Colonel Oliveira würde etwas Schlimmes zustoßen, ehe die Affäre zu Ende ging. Während ich noch sein Schicksal bedachte, kehrte er mit einer Abteilung Soldaten zurück.

Ich wurde hochgezerrt. Die Soldaten bildeten um mich eine kompakte Mauer, während wir den Flur entlangmarschierten, eine Treppe hinauf, was mich sehr anstrengte, und durch eine Anzahl von Vorzimmern, die uns vor eine vergoldete doppelflügelige Tür führten. Zu beiden Seiten standen Wächter, die ihre Waffen schußbereit in der Hand hielten. Das Allerheiligste war nahe. Die Tür ging auf, meine Leibwächter schoben mich weiter und blieben so dicht um mich geschart, daß ich über ihre Schultern spähen mußte, um zu erkennen, daß wir uns tatsächlich in höchstdero Gegenwart befanden. Der General-Präsident hockte wie eine Kröte auf einem Stuhl, und die kurzen Arme lagen auf einem riesigen Tisch.

»Erzählen Sie mir mehr über diese Person!« sagte Zapilote. Froschmäulig und häßlich wie bei unserer ersten Begegnung. Wenn er mich als bartlosen Harapo erkannte, ließ er es sich nicht anmerken.

»Er bezeichnete sich als General James diGriz«, meldete Oliveira, »und behauptet eine Organisation namens POFPE zu vertreten ...«

»Ich lasse Sie erschießen, wenn Sie hier faule Witze zu machen versuchen!«

»Nein, bitte, es stimmt, Euer Exzellenz!« Es bereitete mir großes Vergnügen, den Colonel schwitzen und zittern zu sehen. »In seinen Worten muß ein Kern von Wahrheit stekken. Diese Paramilitärische Organisation für Politische Ermittlungen, von der er spricht, könnte wirklich existieren. Ohne Zweifel ist er ein Agent von außerhalb. Zum erstenmal kam er vor einigen Monaten in der Maske eines Touristen, um mit einer Verräterorganisation in Puerto Azul Kontakt aufzunehmen. Ich ließ ihn deportieren, ehe er Schaden anrichten konnte. Aber nun ist er illegal zurückgekehrt und bekleidet einen sehr hohen Posten in der Harapo-Organisation, die uns ... ah ... gewisse kleine Probleme bereitet ...«

»Ich werde Harapo töten. Ihn aufhängen. An seinen eigenen Gedärmen!«

»Ja, alle Verräter, jeden einzelnen, jede Menge Gedärme!« sabberte Oliveira. »Blut überall ...«

»Mund halten, Oliveira, sonst sind Sie als erster an der Reihe!« Es war ein Knacken zu vernehmen, so schnell klappte Oliveira den Mund zu. Durchaus möglich, daß er sich dabei einen Zahn abbrach. Zapilote hatte seinen finsteren Blick auf mich gerichtet, seine blutunterlaufenen Knopfaugen versuchten mir ein Loch in den Pelz zu brennen.

»Sie arbeiten also für Harapo. Sie machen mir allen möglichen Ärger. Doch ehe ich Sie umbringe, sagen Sie mir noch, weshalb Sie gekommen sind.«

»Um mit Ihnen eine Vereinbarung zu treffen ...«

»Ich gebe mich nicht mit Verrätern ab. Bringt ihn raus und erschießt ihn!«

Die Soldaten rückten vor und packten mich. Die Szene entwickelte sich nicht ganz nach Plan. »Warten Sie!« rief ich. »Hören Sie mich an! Wäre ich allein und unbewaffnet gekommen, wenn ich nicht einen Grund hätte? Das wäre doch Selbstmord gewesen. Ich bin gekommen, um Ihnen zu sagen ...« Aber was? Ich hatte nicht die geringste Ahnung. Allerdings hörte er mir zu. Was ich ihm offenbarte, mußte wichtig sein. Wofür würde er sich interessieren? Was liegt einem paranoiden Diktator am Herzen? *Paranoia!* »Ich bin gekommen, um Ihnen zu offenbaren, daß sich in Ihrer unmittelbaren Nähe ein Verräter befindet. Der sich gegen Sie verschworen hat.«

»Wer?«

Da hatte ich nun wirklich seine ungeteilte Aufmerksamkeit. Er war aufgesprungen und beugte sich über den Tisch.

»Mrmtrmblmble ...«, machte ich.

»Was?«

»Soll ich seinen Namen hier laut aussprechen? Sollen diese Männer zuhören?«

»Raus damit! Wer ist es? Sag's mir!« schäumte er und eilte um den Tisch herum.

»Ich sag's Ihnen«, gab ich zurück, ging ein wenig in die

Hocke und spannte die Muskeln an. »Jemand, der Ihnen sehr nahe steht und der Sie töten will ...«

Und im gleichen Moment sprang ich los. Prallte gegen die Wächter, die zwischen uns standen. Kickte sie zur Seite. Unter dem Gewicht der Ketten torkelnd, hob ich die Arme. Mit den ausgestreckten Händen vermochte ich gerade sein Gesicht zu erreichen; ein Fingernagel streifte seine Haut.

Dann trafen mich Hiebe an Kopf und Körper und knüppelten mich zu Boden, wo die Soldaten auf mich einzutreten begannen. Ich spürte kaum, wie Oliveira ihnen Einhalt gebot, sich über mich beugte und hochzerrte. Soldaten hielten mich fest. Ich konnte kaum noch atmen. Oliveira hatte die Pistole gezogen und preßte mir die kalte Mündung zwischen die Augen.

»Sprich!« befahl er. »Eine letzte Chance, ehe ich dir das Gehirn herauspuste! Wer will den General-Präsidenten töten?«

»Ich«, preßte ich heiser durch die schmerzende Kehle. »Ich will ihn töten und habe das auch eben getan. Sehen Sie nicht den Kratzer in seinem Gesicht, die Blutstropfen?«

Zapilote hob die Hand an die Wange und berührte sie, dann betrachtete er den roten Fleck an seinem Finger.

»Sie haben mich durchsucht!« rief ich. »Aber Sie konnten die Waffe nicht finden. Nämlich diesen Nagel, diesen Fingernagel, der spitz zugeschnitten ist. Und getränkt mit einem Vier-Stunden-Virus. Zapilote ist infiziert und wird nach dieser Zeit sterben. Sie sind tot, alter Mann. Tot!«

VIERUNDZWANZIG

Wie Sie sich vorstellen können, machte das auf die Anwesenden großen Eindruck, besonders auf Zapilote. Seine pergamentartige Haut wurde noch bleicher, und er torkelte rückwärts und grapschte sich haltlos ins Gesicht. Man hätte doch annehmen können, daß er nach einem über zweihundertjährigen Leben langsam genug davon hatte. Aber Pustekuchen! Er mußte sich sehr daran gewöhnt haben. Ich war mir natürlich der Waffen ringsum bewußt und sprach mit besonderer Schärfe weiter.

»Sie sind so gut wie tot, Zapilote – wenn Sie nicht rechtzeitig das Gegenmittel erhalten. Und jetzt schaffen Sie mir diesen Idioten mit der Waffe vom Hals!«

Zapilote trat schwankend vor, packte Oliveira am Ohr und drehte ruckartig daran, während er den Mann zur Seite schleuderte. Der Colonel schrie spitz, ließ die Waffe fallen – die zum Glück nicht losging – und preßte beide Hände auf das blutende Ohr. Zapilote drängte ihn zur Seite und baute sich vor mir auf.

»Auf die Knie mit ihm!« befahl er, und die Soldaten traten mir gegen die Beine und zwangen mich zu Boden. Erregt starrte er auf mich nieder, und sein von Knoblauch und Sodbrennen gesättigter Atem fuhr über mich hin. »Was ist das für ein Gegenmittel!« hauchte er duftig.

»Nur ich weiß, wo es ist. Wenn Sie in den nächsten drei Stunden die Injektion erhalten, werden Sie überleben. Der Virus, der sich bereits in Ihrem Blutkreislauf ausbreitet, ist auf diesem Planeten unbekannt. Ihre Ärzte können Ihnen nicht helfen. Inzwischen müßten Sie schon die ersten Symptome der Krankheit spüren. Sie haben Fieber. Die Temperatur steigt, bis die Hitze Ihr Gehirn vernichtet. In den Fingern beginnt es zu kribbeln. Bald werden sie gelähmt sein, und diese Lähmung wird sich über Ihren ganzen Körper ausbreiten ...«

Er schrie wie ein verschreckter Makake, die zitternde Hand ans Gesicht hebend, wo die Finger schweißfeucht wurden. Und wieder kreischte und torkelte er – zwei Soldaten griffen zu, ehe er fallen konnte, und schleppten ihn zu seinem Stuhl hinter dem Riesentisch.

»Sagen Sie den Männern, sie sollen mich loslassen!« befahl ich. »Sie werden mir die Ketten abnehmen und gehen. Oliveira, dieser miese Wurm, wird bleiben und Ihre Befehle ausführen. Machen Sie schon!«

Mit zitternder Stimme gehorchte Zapilote. Die Ketten fielen von mir ab, und ich schleppte mich zu einem Stuhl und ließ mich auf den Sitz sinken. Oliveira stand wie betäubt da; noch immer lagen seine Hände auf dem angerissenen Ohr.

»Und jetzt die Befehle für Sie, Oliveira. Sie werden sich sofort zum Telefon begeben und anordnen, daß der Gefangene von gestern abend freigelassen wird. Dem Mann wird nichts geschehen. Er soll in Harapos Zimmerflucht im Hotel Gran Parajero in Puerto Azul gebracht werden. Wenn er sicher dort eingetroffen ist, wird er eine Telefonnummer ausgehändigt bekommen, die ihn direkt mit diesem Büro verbindet. Sobald ich einen zufriedenstellenden Anruf von ihm erhalten habe, werden wir über das Gegenmittel sprechen. Je länger Sie alles hinauszögern ...«

»Machen Sie schon!« kreischte Zapilote. Er wandte sich an mich, während Oliveira hastig am Telefon herumfummelte. »Das Gegenmittel, wo ist es? Ich verbrenne innerlich.«

»Es wird noch gut drei Stunden dauern, bis Sie sterben. Allerdings wird es Ihnen ziemlich mies gehen. Das Gegenmittel befindet sich ganz in der Nähe. Es wird geliefert, sobald telefonisch eine Botschaft übermittelt ist. Diese Botschaft wird erst kommen, wenn ich wieder in Sicherheit bin.«

»Wer sind Sie?«

»Ihr Schicksal, alter Mann. Ihre Nemesis. Die Macht, die Sie letztlich stürzen wird. Nun lassen Sie meine Sachen holen, damit wir später nicht noch wertvolle Lebenszeit verlieren. Sehen Sie, Oliveira ist eben fertig mit Telefonieren. Er soll sich darum kümmern.«

»Wie kann ich glauben, daß Sie Ihre Versprechungen einlösen, daß Sie das Gegenmittel schicken?«

»Garantien gibt es nicht. Aber es bleibt Ihnen nichts anderes übrig, oder? Jetzt geben Sie die Befehle!«

Die ganze Unternehmung dauerte beinahe zwei Stunden. Zwei Stunden, in denen Zapilote durch sein steigendes Fieber beinahe in ein Koma gerissen wurde. Zwei Ärzte hielten mit Antipyrin seine Temperatur unten. Die Lähmung an den Gliedmaßen aber vermochten sie nicht aufzuhalten. Er hatte kein Gefühl mehr in Händen und Füßen und konnte ihre Bewegungen nicht mehr kontrollieren. Er kreischte schwach, als schließlich das Telefon klingelte, und ich den Hörer aufnahm.

»Hier diGriz.«

»Alles in Ordnung mit dir?« fragte Angelina.

»Alles in Ordnung. Wie geht es Bolivar?«

»Er sitzt hier neben mir und ißt. Nun verschwinde von dort!«

»Bin schon unterwegs.«

Ich knallte den Hörer auf und marschierte durch die Tür, ohne zurückzublicken. Man hatte meine Anweisungen befolgt: auf dem Freiheitsplatz wartete ein Wagen mit Chauffeur, die Tür stand offen, der Motor lief. Kaum hatte ich mich gesetzt, fuhren wir in Richtung Flughafen los. Mein Düsenhubschrauber stand aufgetankt bereit. Ich startete, flog eine Kurve und raste in nördlicher Richtung dem schwerbewaffneten Kampfhubschrauber entgegen, der von James geflogen wurde. James winkte mir zu, während er seine Maschine neben die meine manövrierte, und seine Stimme erklang in meinem Kopfhörer.

»Du hast's geschafft, Paps! Am Himmel nichts zu sehen – und wenn jetzt noch etwas auftaucht, können wir es abschießen.«

»Gut. Gib Zapilote das Signal mit dem Namen und der Anschrift des Arztes in Primoroso. Dann wollen wir nach Hause fliegen. Es war ein langer Tag.«

Ich hatte den Arzt am Morgen auf dem Weg ins Presidio besucht; das Gespräch schien mindestens hundert Jahre zurückzuliegen. Für eine sehr große Geldsumme hatte ich mich seiner exklusiven Dienste an diesem Tage versichert. Er hatte eine gefüllte Injektionsspritze bereitliegen und wartete darauf, daß jemand ihn holte und zu der zu behandelnden Person brachte. Ich wußte, daß man ihn ausgesprochen herzlich begrüßen würde.

Auf halber Strecke zwischen Puerto Azul und dem Schloß de la Rosa stießen wir zu dem Rest unserer winzigen Luftflotte. Unmittelbar nach Bolivars Rückkehr waren die anderen zum Heimflug aufgebrochen. Niemand von uns wollte erreichbar sein, wenn Zapilote die Injektion erhalten und sich erholt hatte. Wir landeten gemeinsam. Ich stellte die Zündung ab und stieg steifbeinig aus dem Hubschrauber; mein Brustkorb begann zu schmerzen. Als ich mich umdrehte, stand Bolivar bereits vor mir. Er hatte blaue Flecke im Gesicht, und unter seinem Hemd konnte ich eine Bandage ausmachen. Er bemerkte meinen Blick und lächelte.

»Nicht weiter sensationell. Nur ein bißchen Gestrampel, als man mich festnahm. Du siehst schlimmer aus.«

»Ich werde mich auch viel schlimmer fühlen, wenn ich nicht bald ein schmerzstillendes Mittel bekomme. Führe mich zu deinem Medkasten!«

»Ich hab' was hier. Mama hat mir den Plan geschildert!« Ich konnte sein Gesicht nicht sehen, als er mir das Mittel spritzte. »Ich weiß das wirklich zu schätzen, Paps – ich weiß ehrlich nicht, wie ich das sagen soll ...«

»Dann laß es! Du würdest für mich dasselbe tun. Jetzt führ mich zu einem weichen Stuhl und einem kräftigen Drink, und dann erzähle ich euch von meinem Besuch in der Höhle des Löwen. Nicht anfassen!« brüllte ich, als Angelina herbeilief, um mich in die Arme zu schließen. »Wir wollen einfach still dasitzen, bis der Arzt mich verbindet. Die Rippen haben so lange gehalten. Wißt ihr, es war wirklich ein schwieriger Tag.«

Der Marquez mußte ebenfalls von meiner Ankunft erfahren haben, denn er war der nächste, der mit ausgebreiteten Armen auf mich zustürmte. James verhinderte, daß er meinen Lungenflügel mit einem gebrochenen Knochen perforierte.

»Verlegen wir die Party ins Haus«, schlug ich vor.

»Champagner!« befahl de Torres. Wenn es so weiterging, konnten seine Vorräte nicht mehr lange reichen. »Vom Allerbesten! Die entscheidenden Stunden dieses Tages werden noch in einem Jahrhundert jahrelang Gesprächsstoff liefern!« Was sich grammatikalisch ziemlich verwirrend anhörte, emotional aber verständlich war.

Wir saßen in tiefen Sesseln und hoben die Gläser. Es war wirklich der beste Champagner aus dem Keller, und schnell breiteten sich Zufriedenheit und Wärme durch meinen Körper aus. Ich trank noch einmal und ließ mir das Glas nachfüllen, ehe ich die Geschichte meines Besuches im Presidio zum Besten gab. Wobei ich die blutigen Details ausließ und alles viel aufregender darstellte, als es wirklich gewesen war – denn so muß man eine Geschichte vortragen.

»... und nach dem Telefongespräch marschierte ich hinaus, stieg in den Wagen, fuhr los, und die restlichen Ereignisse kennt ihr. Nun sind wir hier.«

»Unglaublich!« japste de Torres. »Welch unvorstellbarer Mut, sich in diese Mördergrube zu wagen!«

»Für Ihren Sohn würden Sie sicher dasselbe tun«, bemerkte ich.

Er nickte. »Selbstverständlich. Aber ich hab's nicht getan, Sie haben es getan. Und was für ein Mut, den Tod an der Fingerspitze mit sich herumzutragen! Ist es denn nicht gefährlich, zu den Planeten zu reisen und diesen tödlichen Virus bei sich zu haben ...«

Er hielt inne und blickte sich um, als hätten wir alle den Verstand verloren, denn meine Familie war in schallendes Gelächter ausgebrochen. Angelina beugte sich vor und tätschelte ihm beruhigend die Hand.

»Nicht über Sie lachen wir, Marquez, sondern über Zapilote. Das schönste Detail des Plans ist doch, daß Jim niemanden umbringen kann. Er würde einem solchen Plan niemals nähertreten, wenn auch nur die geringste Chance bestünde, daß dabei jemand versehentlich ums Leben käme – und sei es ein Tier wie Zapilote.«

Der Graf blinzelte uns verwirrt an. »Das verstehe ich nicht!«

»Es gibt keinen tödlichen Virus. Der Fingernagel war mit einem Pyretogen und einem Nerven-Anästhetikum präpariert. Das eine Mittel verschaffte Zapilote ein bißchen Temperatur, das andere lähmte seine Arme und Beine. Die Wirkung beider Mittel läßt etwa vier Stunden später von selbst nach. Deshalb hatten wir uns auf diese Zeit festgelegt.«

»Aber der Arzt – die Injektion ...«

»Steriles Wasser, weiter nichts. Begreifen Sie jetzt, wie großartig das alles ist? Es war nur ein Bluff! Mein Mann ist nicht nur der größte Held des Planeten, er ist auch der raffinierteste Betrüger und Schauspieler in der ganzen Galaxis!«

In falscher Bescheidenheit senkte ich den Kopf. Aber was sie gesagt hatte, stimmte, und es fiel mir nicht allzu schwer, es zu akzeptieren. Es war ein langer, anstrengender Tag gewesen, und so fand ich ein wenig Bauchpinselei durchaus angebracht.

FÜNFUNDZWANZIG

Widerstrebend verbrachte ich einen ziemlich schmerzhaften Abend, da die Nachwirkungen des Neokains nachlassen mußten, ehe der Arzt meine Prellungen und Quetschungen behandeln konnte. Und die gebrochenen Rippen. Der Colonel hatte mir drei davon gebrochen, und ich saß da und fluchte und widmete ihm rachsüchtige Gedanken, während der Mediziner Verjüngungssubstanz in mein Knochenmark spritzte und mich schließlich verband. Als er endlich fertig war, schickten mich eine kleine Ladung Neokain und ein großer *ron* ins verdiente Land der Träume.

Am nächsten Morgen ließ mich Angelina bis in den Tag hinein schlafen und schaute erst bei mir vorbei, als ich dem Bettautomaten schon die zweite Tasse Kaffee abzapfte.

»Und wie fühlen wir uns heute?« fragte sie munter.

»Ich weiß nicht, wie wir uns fühlen, *mir* aber ist zumute, als wäre ich durch ein Schlüsselloch gezogen worden.«

»Armer Schatz«, sagte sie, fuhr durch mein wirres Haar und küßte mich leicht auf die Stirn. »Die Jungs haben eine Überraschung vorbereitet, die dich von deinen Sorgen ablenken müßte.«

Noch während sie diese Worte aussprach, ging die Tür auf, und James erschien mit einem Projektionsfernseher. Bolivar folgte ihm auf dem Fuße mit dem Schirm. Ich runzelte sofort mißtrauisch die Stirn.

»Ich hasse diesen Kasten!« sagte ich abwehrend. »Besonders das morgendliche Idiotenfutter!« Angelina tätschelte mir beruhigend den Kopf.

»Na, na, nun reg dich nicht auf! Wir schauen uns kein Vormittagsfernsehen an, weil wir gar nicht mehr Vormittag haben, sondern frühen Nachmittag. Die traditionelle Zeit auf diesem Planeten für die umfangreiche Mittagsmahlzeit.

Der ebenso traditionell die erste große Nachrichtensendung folgt, die beinahe von allen gesehen wird, da die meisten vollgefressen die Hände über dem dicken Bauch gefaltet haben.«

»Meine Hände sind über einem hungrigen Magen verkrampft! Außerdem hasse ich Nachrichtensendungen.«

»Hier ist das Zimmermädchen mit deinem Frühstück – neun Gänge!« sagte Bolivar und trat zur Seite, um das volle Tablett durchzulassen. »Und es handelt sich auch nicht um eine normale Sendung. Nachdem wir vor der Sendezentrale in die Falle gelaufen sind, können wir davon ausgehen, daß man unserem Tun nachgespürt hat. Und das heißt, daß die falschen Unterbrecher garantiert gefunden wurden. James aber hat gestern abend eine Stromkreisprüfung vorgenommen: die echten Unterbrecher sind noch an Ort und Stelle. Wir haben fast die ganze Nacht geschuftet, um das Band vorzubereiten – aber wir glauben durchaus, daß dir die Nachrichten heute Spaß machen werden.«

»O ja, o ja«, begeisterte ich mich mit vollem Mund. »Und ich nehme alle früher geäußerten Unterstellungen zurück. Ich hätte es besser wissen müssen. Angelina, Liebste, setz dich neben mich, nimm dir ein Lammkotelett, dann können wir die Schau zusammen genießen!«

Als ich meine Mahlzeit beendete, ging auch gerade die Sendung zu Ende, die vor den Nachrichten angesetzt war. Es war eine romantische Oper von der Sorte, die stets bei allen geistigen Plattwürmern der Galaxis Gefallen findet, mit allen möglichen dicken Leuten, die einander ihren Mundgeruch ins Gesicht singen, und ungeschickten Schwertkämpfen, bei denen mit versenkbaren Klingen Fettwänste durchbohrt werden, die anschließend noch stundenlang auf dem Totenbett mit herzhaftem Gesang ihr Schicksal beklagen. Zum Glück war damit Schluß, als ich mir gerade ein Wurfgeschoß für den Fernseher suchte. Eine Folge abscheulicher Werbesendungen folgte, von denen nur die *ron*-Werbung erträglich blieb, wurden dabei doch jede Menge schimmernder Gläser mit klirrenden Eisstücken gezeigt. Aber selbst die scheußlichste Reklame nimmt einmal ein mieses Ende. Eine mißgestimmte Fanfare kündigte die Nachrichten an, und ein flott gekleidetes Mädchen gewann Konturen.

»Guten Tag, meine Damen und Herren. Hier sind die Nachmittagsnachrichten, wie jeden Tag um diese Zeit. Aus der Hauptstadt liegen Berichte vor, nach denen sich General-Präsident Zapilote nach der gestern erlittenen leichten Nahrungsmittelvergiftung schon viel besser fühlt. Lieber General-Präsident, wir alle hier – und ganz bestimmt auch Sie alle an den Bildschirmen – wünschen Ihnen rasche Genesung ...«

In diesem Moment drückte James auf einen Knopf am Funkkontrollkasten, den er bei sich trug. Das Bild verschwamm eine Sekunde lang, dann erschien anstelle des Mädchens eine Photographie von mir, mit Bart, wie ich begeistert winkte und strahlend weiße Zähne zur Schau stellte. Der Marquez stand neben mir. Eine Frauenstimme setzte den Vortrag fort – aber nicht den der anderen Sprecherin. Ich erkannte sofort Angelinas Stimme und drückte ihr die Hand.

»Aber verweilen wir nicht bei den psychosomatischen Krankheiten des miesen kleinen Diktators. Lernen wir statt dessen jenen Edelmann kennen, der unser nächster Präsident sein wird. Ich meine niemand anders als Sir Hektor Harapo, hier zu sehen mit dem Vizepräsidenten-in-spe, dem Marquez de la Rosa. Diese gutaussehenden, vornehmen Herren haben soeben ihre erste Wahlkampfkundgebung in Puerto Azul abgehalten. Sie war ein enormer Erfolg, obwohl Zapilotes korrupte Polizei sie mit allen Mitteln zu verhindern suchte. Der erste Versuch fand statt ...«

Es war eine flotte Präsentation, und ich genoß jede Sekunde. Die Filme waren so geschnitten worden, daß unsere Gegner im denkbar schlechtesten Licht dastanden, während unser Team nichts falschmachen konnte. Als es vorbei war, klatschte ich begeistert.

»Gut gemacht! Meine Glückwünsche Ihnen allen. Und ich würde tausend Kredits zahlen, um den Gesichtsausdruck zu sehen, den der miese Diktator jetzt zur Schau trägt! Aber genug. Nachdem wir den ersten Teil des Wahlkampfes hinter uns haben, müssen wir uns auf den Endspurt vorbereiten. Wir haben noch drei Monate bis zum Wahltag, und jeder Moment muß dazu genutzt werden, dem Volk unser Anliegen nahezubringen.«

»Ohne daß wir dabei erschossen oder in die Luft gesprengt werden«, fügte Angelina hinzu.

»Ich könnte dir nicht nachdrücklicher zustimmen. Aber unsere Botschaft muß von den Nachrichtenmedien verbreitet werden, und ich erbitte Vorschläge, wie das zu bewerkstelligen ist. Wir können davon ausgehen, daß unsere kleine Fernsehweiche bald aufgespürt und vernichtet wird. Sobald die Gegenseite weiß, was wir getan haben, dürften unsere Chancen, weitere Unterbrecher in die Schaltkreise einzubauen, mehr als gering stehen. Aber wir benötigen Zugang zu den Medien, sonst haben wir die Wahl schon jetzt verloren. Irgendwelche Vorschläge?«

»Die Antwort scheint mir auf der Hand zu liegen«, meinte Angelina. »Du mußt die Sendeleitung an der empfindlichsten Stelle unterbrechen, die zugleich die unzugänglichste ist. Wenn du verstehst, was ich meine.«

»Ich verstehe nichts«, räumte ich bedrückt ein. »Ich scheine gestern einen Klaps zuviel auf den Kopf bekommen zu haben.«

»Mama hat recht!« rief James; er hatte überhaupt nichts auf den Kopf abbekommen und war daher mir und Bolivar voraus, der wie ich verwirrt blinzelte. »Wir bauen die Unterbrecher direkt in die Satelliten ein!«

Ja, die Antwort lag wirklich schrecklich offen zutage: ich hätte selbst darauf kommen müssen. Unbemerkt schmollte ich im Winkel, während James begeistert weitersprach.

»Als nächstes müssen wir einen Großversuch unternehmen, mehr über die Satelliten herauszufinden ...«

»Längst geschehen«, meldete Angelina munter. »Es gibt da eine Firma namens Radiofundir SA, die bei Puerto Azul am Raumflughafen residiert. Diese Firma wartet für die Regierung alle Kommunikations- und Wettersatelliten. Eine kleine Firma, so klein, daß sie die Arbeit mit einem einzigen uralten Shuttle verrichtet, der für die Satellitenreparatur umgebaut wurde.«

Diese Information wurde in der Runde freundlich aufgenommen, und so lächelten wir uns begeistert an. Die gleichen Gedanken denkend, die gleiche Idee ausbrütend. Ich sprach aus, was uns auf der Zunge lag.

»Es könnte nicht zufällig das einzige Schiff auf dem Planeten sein, das für solche Arbeiten geeignet ist?«

»Könnte nicht nur sein – ist es auch! Wenn dieses Shuttle, die *Populacho*, aus dem Verkehr gezogen würde, vergingen bestimmt einige Monate, bis ein Ersatzschiff gefunden, umgebaut und hierhergebracht wird.«

Begeistert rieb ich mir die Hände. »Dann ist der nächste Schritt unheimlich klar. Wir müssen Relais-Geräte konstruieren und auf die Installation in den Satelliten einrichten. Sie müssen energieunabhängig sein und den Betrieb aufnehmen, sobald sie unsere Kodesignal empfangen. Auf diese Weise können wir allen Zuhörern und Zuschauern täglich eine unvoreingenommene Darstellung der Lage in den Nachrichten geben. Das Schiff, die *Populacho*, muß in unseren Dienst gepreßt werden, damit wir die Geräte anbringen können. Anschließend muß es ... sagen wir ... ah ... eine Weile ›defekt‹ gemacht werden. Bis die Wahl vorüber ist. Sieht jemand Probleme bei diesem Plan?«

»Nein«, erwiderte Angelina. »Ich hätte nur noch einen weiteren Vorschlag. Wir stehen unseren Wahlkampf im Namen der Demokratie durch – sollten also allmählich auch selbst nach demokratischen Spielregeln handeln, an die wir angeblich glauben. So darf sich nicht wiederholen, was wir heute gemacht haben – die gegnerische Sendung löschen und durch unsere eigene ersetzen. Wir müssen die andere Sendung zulassen und ihr unsere Darstellung anfügen. Dem Wähler muß die Wahl bleiben. Die Leute müssen es endlich lernen, sich selbst zu entscheiden.«

»Ist das klug?« fragte ich. »Kann man dem vertrauen?«

»Ja, es *ist* klug, mein liebster Mann, obwohl du vielleicht nicht dieser Ansicht bist. Deine persönlichen Überzeugungen liegen wohl irgendwo zwischen Faschismus und Anarchie. Von den beiden ist mir die Anarchie lieber. Aber im größeren Zusammenhang würde ich die Demokratie vorziehen. Alle einverstanden?«

Die Jungs hoben die Hände, und ich runzelte die Stirn.

»Die Mehrheit stimmt mit ›Ja‹. Wir werden nun zum Wohl der Demokratie ein Verbrechen planen.«

»Wer ist denn jetzt der Faschist-Anarchist?« knurrte ich.

»Wir doch nicht.« Angelina lächelte liebevoll. »Wir sind nur Pragmatiker. Unsere Herzen sind rein, unsere Motive die allerbesten. Und die Ergebnisse unseres Handelns werden allen zum Vorteil gereichen.«

»Erzähl das mal den Eigentümern der *Populacho*«, schnaubte ich. »Wenn die ihr Raumschiff in einem qualmenden Krater wiederfinden.«

Aber Angelina ließ sich nicht beirren. »Die bekommen die Versicherung ausbezahlt und kaufen sich ein neues und besseres Schiff. Damit argumentierst du doch oft genug selbst!«

Darauf gab es natürlich keine andere Antwort, als heftig in einen Toast zu beißen. Doch noch während ich darauf herumkaute, lächelte ich. »Ihr seid eine tolle Mannschaft, und ich kann nicht mit euch streiten. Nun wollen wir, die wir äußerst ehrliche demokratische Republikaner und unerschütterliche Kämpfer für Recht und Ordnung sind, unseren Raumschiffraub in allen Einzelheiten festlegen.«

SECHSUNDZWANZIG

»Wie sieht es aus?« Ich hatte mich aus dem Fenster gebeugt und rief zu Bolivar empor, der auf dem Dach über mir saß und ein starkes Fernglas an die Augen drückte.

»Sie schließen gerade die Ladeluke und müßten bald startbereit sein. Warte ... ja ... ein Besatzungsmitglied ist eben herausgekommen und hat die Energiezuleitungen gelöst – das Schiff hat also auf Selbstversorgung umgestellt. Die Bodenmannschaft entfernt sich.«

»Ausgezeichnet. Komm in den Wagen, dann legen wir los!«

Er sprang zu Boden und flegelte sich hinter das Steuer. Kaum war die Tür geschlossen, setzte er den Wagen in Bewegung. Ich saß hinten und bewunderte Angelina neben mir, die deutlich sichtbar wurde, sobald wir aus der Dunkelheit des Hangars in den Schein der Startplatzlichter hinausgefahren waren.

»Du siehst prächtig aus! Ich liebe deine flotte weiße Schwesternuniform. Wenn du nur auch eine weiße Peitsche mitgebracht hättest!«

»Gefällt sie dir wirklich?« fragte sie und ignorierte die dumme Flagellantenbemerkung. »Der Rock ist nicht zu kurz?«

»Sehr kurz – und sehr hübsch«, sagte ich und tätschelte das entzückende Stück weißen Oberschenkel zwischen Rock und Knie. »Es geht darum, die Leute abzulenken, während wir sie bearbeiten. Und als Ablenkung bist du auf diesem Planeten wirklich einsame Spitze!«

»Du siehst selbst nicht unflott aus mit deiner Uniform und dem Kräuselbart.«

Ich drehte die Enden des sandfarbenen Schnauzers und ließ die Ordenreihe an meiner Brust klimpern. »Jedermann respektiert Autorität. Alte Geschichte. Je autoritärer man aussieht, desto mehr wird man respektiert. Na schön, Leute, wir sind zur Stelle. Ab geht's mit Unternehmen Medico!«

Wir stiegen am Fuße der Gangway aus dem Wagen, und ich eilte als erster die Rampe hinauf zum Eingang, und meine hohe Mütze und flotte Uniform leuchteten. Schwester Angelina folgte mir, und die Jungs bildeten die Nachhut; sie waren weißgekleidet und mühten sich mit einem großen weißen Kasten. Das Besatzungsmitglied, das an der Luftschleuse des Schiffes Wache stand, riß anerkennend Mund und Augen auf, ehe er sich zusammennahm und uns den Weg verstellte.

»Sie können hier nicht rein. Start ist in wenigen Minuten.«

Ich musterte ihn gemessen von oben bis unten und stellte einen Gesichtsausdruck zur Schau, wie ich ihn auch gehabt hätte, wenn er sich soeben unter einem flachen Stein hervorgewunden hätte. Ein besorgter Ausdruck huschte über sein Gesicht, und ich hob die Hand und ließ ein Schriftstück vor ihm aufrollen. Das Papier war bedeckt mit schönen schwarz und rot gedruckten Buchstaben und endete mit einem großen goldenen Siegel. Meine Stimme kündete von äußerster Strenge.

»Sehen Sie dies? Es handelt sich um ein Quarantänedokument, ausgestellt von der Gesundheitsbehörde. Es liegt ein ärztlicher Notfall vor, und Sie bringen mich augenblicklich zu Ihrem Kapitän. Gehen Sie voraus!«

Er ging. Es war wirklich sehr einfach gewesen. Sobald er um eine Ecke war und Bolivar und James nicht mehr sehen konnte, verschlossen sie hinter uns die Luftschleuse. Entsetzt hob der Kapitän den Kopf, als die Gruppe den Kontrollraum betrat.

»Was geht hier vor? Verschwinden Sie sofort von ...«

»Sie sind Kapitän Ciego de Avila. Ich habe hier eine Quarantäneverfügung von der Gesundheitsbehörde. Ehe Ihr Schiff starten kann, müssen Ihre Männer untersucht werden.«

»Was haben diese Idioten aus Primoroso gegen mich?« protestierte er. »Glauben Sie nicht, daß ich nach einem Zeitplan arbeite? In knapp dreißig Minuten habe ich ein Startfenster.«

»Sie werden rechtzeitig starten, das garantiere ich Ihnen. Auch in unserem Interesse.« Wie wahr! »Wir versuchen den Ausbruch einer seltenen Krankheit einzugrenzen, die von einem anderen Planeten ins Land geschleppt wurde. Perrotonitis …«

»Nie gehört.«

»Das beweist ja, wie selten sie ist. Die ersten Symptome bestehen in Fieber, Sabberei und ungezügeltem Geknurr, als sei der Kranke ein Hund. Wir haben Grund zu der Annahme, daß sich ein Angehöriger Ihrer Besatzung angesteckt hat.«

»Wer denn?«

»Der da«, sagte ich und deutete auf den Mann, der uns hereingeführt hatte. Er begann sofort zu wimmern und wich vor mir zurück. »Schwester, schauen Sie ihm mal in den Hals!«

Widerstrebend öffnete er den Mund, und Angelina drückte die Zunge mit einem Holzspatel nieder.

»*Aaahh.*«

»Rachenraum sehr gerötet«, meldete sie.

»Ich bin nicht krank!« jammerte der Mann, und beim Sprechen bildeten sich Speicheltropfen an seinen Mundwinkeln. Er wischte sie mit der heißen Haut seiner Hand fort. »Nicht krank …«, knurrte er und bellte zweimal.

»Er hat die Krankheit!« rief ich. »Gleich wackelt er auch noch mit dem Hinterteil! Packt ihn, Männer, ich werde ihm gleich die Injektion geben!«

Bellend und um sich schnappend – Bolivar an einem Arm hängend, James am anderen – wurde der Mann behandelt. Die Spritze zog ihn nicht nur aus dem Verkehr, sondern neutralisierte zugleich die Reaktionsmittel, die er durch die Schleimhäute des Mundes aufgenommen hatte – wohin sie ihm mit dem Spatel praktiziert worden waren.

»Das haben wir ja noch rechtzeitig abgefangen«, sagte ich und betrachtete den Bewußtlosen, während ich die Injektionsspritze ins Etui zurücklegte. »Wenn er wieder zu sich kommt, wird er sich erholen. Und jetzt, Kapitän, weisen Sie bitte Ihre übrige Besatzung an, sich zur Untersuchung hier einzufinden. Wenn wir das schnell hinter uns bringen, schaffen Sie Ihren Start noch wie vorgesehen.«

Und wir brachten es schnell hinter uns. Innerhalb von fünf Minuten hatte der größte Teil der Besatzung entsprechende Symptome gezeigt und lag bewußtlos auf dem Deck. Es war kein Zufall, daß nur eine Rumpfbesatzung für Maschinen- und Kontrollraum verschont blieb. Ich nickte anerkennend, zog eine große Pistole und richtete sie auf den Kapitän.

»Und jetzt übernehme ich das Schiff. Lang lebe die Revolution!«

»Das können Sie doch nicht tun – Sie sind verrückt!«

»Nein, wir sind nicht verrückt, nur unglaublich bösartig. Wir sind Vertreter der Schwarzen Freitagnachmittag-Revolutionspartei und würden Sie glatt töten, um Sie zu befreien. Wir fürchten nichts. Sie werden dieses Schiff ganz normal handhaben, sonst ermorden wir Ihre Besatzung einen nach dem anderen, bis Sie endlich doch mitmachen.«

»Ihr seid ja alle reif fürs Irrenhaus! Ich rufe die Polizei an ...«

Er griff nach dem Funkgerät, doch ich war schneller. Packte ihn am Arm und zog ihn herum.

»Töte den ersten!« rief ich.

»Freiheit und Einigkeit!« brüllte Bolivar und zog ein breites Schlachtermesser unter der Jacke hervor. Er stürzte sich auf die bewußtlose Gestalt am hinteren Ende der Reihe und kniete sich dem Mann auf die Brust.

Dann beugte er sich vor und schnitt dem Mann mit einer kräftigen Bewegung des scharfen Messers die Kehle durch. Ein gurgelnder Aufschrei war zu hören, und aus der scheußlichen Wunde spritzte Blut. Es war sehr realistisch.

»Schafft den Toten fort!« rief ich und wandte mich wieder

dem Kapitän zu. Er zeigte sich beeindruckt – obwohl ich wußte, daß dem Mann vorn am Hals ein fleischfarbenes Gebilde mit Blut angebracht worden war und der gurgelnde Schrei von einem Apparat im Messer ausging. Nun ja, Sie können sich die Wirkung auf den Kapitän vorstellen. Er geriet ins Torkeln, und das Blut wich ihm aus dem raumgebräunten Gesicht. Ich hatte mich durchgesetzt.

Danach gab es keine Probleme mehr. Kapitän und Besatzung machten mit, so gut sie konnten. Wir ließen uns von der Flugleitung den Start freigeben und donnerten in die Kreisbahn empor. Während wir neben dem ersten Satelliten in Position gingen, öffneten meine Söhne die Kiste und nahmen einen der energieunabhängigen Unterbrecher heraus. Ich hatte unterdessen die Schaltpläne des Satelliten studiert und die Stelle bestimmt, an dem das Ding angebracht werden mußte. Die Drahtanschlüsse waren nach Farben gekennzeichnet; Schwierigkeiten konnte es nicht geben.

»Ich gehe jetzt in den Anzug«, verkündete ich.

»Laß doch einen der Jungen gehen«, meinte Angelina. »Deine Rippen sind noch nicht verheilt.«

»Für diese Aktion reicht es noch. Wir alle werden genug zu tun haben, diese Dinger in allen Satelliten anzubringen. Ich möchte nur den ersten Einbau selbst vornehmen, für den Fall, daß es Probleme gibt.«

»Du bist doch nur auf den Ruhm aus – und den Spaß am freien Fall!«

»Da kann ich dir nur zustimmen. Ohne ein bißchen Aufregung wäre das Leben gar zu langweilig.«

Und Spaß machte es mir. Die blaue Kugel Paraiso-Aquis schwebte feierlich über/unter/neben mir, klar und deutlich zu sehen. Ich bewunderte kurz den Ausblick, düste zum Kommunikationssatelliten hinüber, duckte mich unter den ausgestreckten Armen der Solarzellen hindurch und näherte mich der zerbeult aussehenden Zentraleinheit. Es dauerte nicht lange, die richtige Stelle zu finden und in der dicken Isolierhülle das passende Luk zu öffnen. Der umsichtig konstruierte Kanister glitt in die Öffnung, während einige wenige Berührungen mit dem Plasmaeisen die Drähte an Ort und Stelle brachten.

»Fertig zum Testen!« sagte ich ins Funkgerät.

»Verstanden. Test läuft!« Zu sehen war nichts, da die gesamte Anlage aus Festkörperbauteilen zusammengefügt war und man die durch die Schaltungen huschenden Elektronen nicht so ohne weiteres aufspüren kann. *»Funktioniert bestens. Schaltet sich ein und aus wie vorgesehen.«*

Und so ging es weiter. Der Einbau der Unterbrechergeräte war nicht schwierig oder langwierig – als um so problematischer aber erwies sich das Anpassen an die Umlaufbahnen. Der Schiffscomputer ließ seine kleinen Ziffern aufblitzen, die in Kreisbahnpositionen umgerechnet wurden, dann in Schubdaten für die Steuerdüsen. Für die ganze Aktion brauchten wir beinahe vier Tage, und wir alle hatten schließlich die Nase voll.

»Du hast kleine dunkle Säcke unter den Augen«, sagte Angelina und schob mir die Flasche *ron* zu. »Was auf eine Weise einen Ausgleich bildet für die doch sehr blutunterlaufenen Augen darüber.«

»Nun ja, wir sind ja auch bald fertig. Und können uns danach ausruhen.« Da wir gerade gegessen hatten, konnte mir ein einzelner kleiner *ron* nicht schaden. Vielleicht half er mir sogar. Es war eine anstrengende Aktion gewesen, da wir nicht nur die eigentliche Arbeit hatten, sondern ständig auch die Besatzung überwachen mußten. Meine Söhne waren erschöpft wie ich. Nur Angelina, die auch nicht weniger geschuftet hatte als wir, zeigte keine Spur von Streß. Ewige Jugend! Der *ron* schmeckte köstlich.

»Ich wüßte nur zu gern, wie der Wahlkampf läuft«, bemerkte sie.

»Sicher geht es nur langsam voran. Aber der Marquez hält die Stellung und gibt jeden Tag eine Pressenotiz heraus – auch wenn niemand davon erfährt. Das wird sich aber ändern sobald wir zurück sind und dieses System in Betrieb nehmen!«

»Trotzdem beunruhigt es mich, so lange ohne Kontakt zu

sein.« Sie schenkte sich ebenfalls einen winzigen *ron* ein und trank einen Schluck.

»Es ging nicht anders. Wenn die Kräfte des Bösen wüßten, was wir hier oben tun, würden sie das Schiff aus dem Orbit pusten. Solange wir uns auf Routine-Funksprüche beschränken und das Funkgerät ansonsten ruhen lassen, kommen sie nicht darauf, daß hier etwas nicht stimmen könnte. Warum sich überhaupt Sorgen machen? Bis zur Wahl ist es noch ein Monat. Am Wahltag werden wir neunundneunzig Prozent aller Wähler hinter uns haben – es wird eine klare Sache!«

»Natürlich hast du recht. Sicher liegt es an der Erschöpfung, daß mir alle möglichen Befürchtungen durch den Kopf gehen. Sobald wir uns ausgeruht haben, komme ich schon wieder klar.« Sie musterte mich stirnrunzelnd. »Nun lach nicht, Jim diGriz, sonst breche ich dir beide Arme. Aber ich habe so das Gefühl, als liefe etwas nicht so, wie wir es uns vorgestellt hatten.«

Sie musterte mich mit scharfem Blick, und ich verkniff mir den Impuls zu lachen, zu kichern oder sie sonstwie zu kritisieren. Genau genommen blieb dieser Impuls völlig aus. Ich schüttelte den Kopf und suchte auf dem Boden meines *ron*-Glases nach der Antwort.

»Nun lach du aber auch nicht«, erwiderte ich. »Mir liegt nämlich auch etwas auf der Seele. Vermutlich der Mangel an Kontakt. Obwohl ich mir ehrlich nicht vorstellen kann, was in dieser Phase noch schiefgehen soll.«

»In wenigen Stunden werden wir es wissen«, erwiderte sie, die ewig Praktische. »Jetzt geh runter ins Beiboot und schick James zum Essen herauf!« Im gleichen Augenblick dröhnte Bolivar herein. Er trug noch seinen Raumanzug und hielt den Helm in der Hand.

»Fertig!« verkündete er. »Der letzte Unterbrecher ist an Ort und Stelle. Jetzt braucht nur noch Harapo zu sprechen, und die ganze Welt wird ihm zuhören. Hol deinen alten Mottenbart wieder raus, Paps, denn du kommst vor die Kameras!«

»Die beste Nachricht, die ich je bekommen habe. Wir kehren nach Hause zurück!«

Der Kapitän, der uns wie zu Anfang für eine Horde Killer hielt, war ungemein erleichtert, als wir ihn baten, eine Rückkehrbahn zu berechnen. Allerdings schien er zu glauben, sein Ende sei gekommen, als ich eine Gaskapsel unter seiner Nase platzen ließ. Aber das war es nicht. Ein Schlafgas, das die Besatzung stillhalten sollte, während wir das Schiff landeten. Das kodierte Signal war abgestrahlt worden, und jetzt lag es an mir, das Schiff während eines Manövers zu steuern, das sich als schwierig erweisen mochte. »Schwierige Landungen sind doch ein Klacks«, brummte ich, während ich dem Computer die neuen Koordinaten eingab.

Unsere Eintauchbahn trug uns aus der Nacht in eine goldene Morgendämmerung und durch eine dünne Wolkenschicht der Planetenoberfläche entgegen. Wo kein Raumflughafen sichtbar war.

»Ich hoffe, man hat deine Anweisungen wegen des Lochs befolgt«, sagte Angelina und blickte stirnrunzelnd auf den Bildschirm.

»Es wird da sein. Auf de Torres können wir uns verlassen.«

Ich behielt recht. Die dunkle Öffnung gähnte nicht weit vom Schloß in einem Feld. Ein Funkleitstrahl brachte uns auf den richtigen Kurs, doch ich schaltete auf Handsteuerung, als wir noch zweihundert Meter hoch waren, und erledigte den schwierigen Teil der Landung allein. Mit brausenden Düsen, die Augen auf Radar- und Heckschirme gerichtet, versenkte ich das Schiff in dem gewaltigen Bodenloch. Wir setzten mit kaum spürbarem Ruck auf, und ich schaltete sämtliche Energiequellen ab.

»Erledigt«, verkündete ich. »Sobald die falsche Scheune über dem Loch steht, wird dieses Raumschiff verschwunden sein, wie vom Boden verschluckt. Bis nach der Wahl. Die Besatzung kann sich zwar nicht frei bewegen, aber ich nehme an, daß ihr unsere Gastfreundschaft gefallen wird.«

Während ich diese Worte äußerte, stiegen wir zum Ausgang an Backbord empor. Das Luk öffnete sich auf Knopfdruck, und Sonnenlicht flutete herein. Ein Baukran schwenkte soeben eine Gangway in Position, so daß wir aussteigen konnten, wie es sich gehörte. Wir schlenderten hinüber, um den Marquez zu begrüßen, der am anderen Ende wartete. Aber sein Gesicht war nicht freudig verklärt, sondern zeigte schwärzeste Depression.

»Es ist schrecklich«, sagte er mit Grabesstimme. »Eine Tragödie. Das Schicksal hat uns ereilt.«

Angelina und ich wechselten einen kurzen Blick. Sollten sich unsere schlimmen Vorahnungen doch bewahrheiten?«

»Was stimmt denn nicht?« fragte ich.

»Sie wissen es natürlich nicht, Sie hatten ja keinen Kontakt. All die viele Arbeit umsonst, zunichte gemacht!«

»Sie wollen mir nicht sagen, worum es sich handelt?« fragte ich und knirschte mit den Zähnen.

»Die Wahl. Zapilote hat den Notstand ausgerufen und das Datum vorgezogen. Die Wahl findet bereits morgen früh statt. In der kurzen Zeit, die uns noch bleibt, können wir nichts mehr unternehmen. Er wird garantiert wiedergewählt.«

SIEBENUNDZWANZIG

Wenn man den Atem anhält, ist ein Tag eine lange Zeit. Geht es aber darum, eine Wahl hinzutricksen, ist ein Tag so gut wie gar nichts. Und genau einen Tag hatten wir noch.

Es fällt schwer, eine Niederlage einzugestehen, besonders einem Mann wie mir, der – Sie verzeihen den Hinweis – nie zuvor besiegt wurde. Und das sollte auch diesmal nicht geschehen!

»Das klappt nie und nimmer!« verkündete ich laut. »Dieser pestilenziöse Politikerverschnitt kommt damit nicht durch!«

Ehrfürchtig lauschten die anderen meinen nachdrücklich geäußerten Worten. Und es dauerte ein Weilchen, bis Bolivar sein Zögern überwand, um die einzig wichtige Frage zu stellen: »Wie willst du ihn aufhalten?«

Ja, wie? Ich hatte keinen blassen Schimmer.

»Das wird morgen offenbar werden. Da muß schon ein besserer Mann als Zapilote kommen, um den aalglatten Jim diGriz abschmieren zu lassen!«

Ich machte kehrt und marschierte entschlossen fort, ehe weitere unangenehme Fragen gestellt werden konnten. Ja, was sollte ich tun? Diese entscheidende Frage zuckte zwischen meinen vorderen Gehirnlappen hin und her und geriet einmal sogar ins Großhirn – doch eine Antwort kam nicht. Ich kehrte in unsere Gemächer zurück, wo ich in parfümiertem Wasser badete und mich abschrubbte, bis jede Pore schimmerte. Dann rasierte ich mich, putzte mir die Zähne, nahm ein Aufputschmittel – und gleich darauf einen Dämpfer, um mich wieder von der Decke herabzuholen: aber noch immer präsentierte sich keine Lösung. In meiner Not widmete ich mich einem umfänglichen Frühstück, das ich mit zahllosen Tassen schwarzen Kaffees hinunterspülte.

Anschließend noch mehr Kaffee, versetzt mit altem *ron*. Das Ergebnis blieb dasselbe. Es klingelte nicht.

»Finde dich damit ab, Jim!« sagte ich; ich saß gerade auf dem Balkon und starrte über die Landschaft. »Du hast die Wahl verloren.«

Es war beinahe eine Erleichterung, diese Schlußfolgerung laut auszusprechen. Sie reinigte die Atmosphäre. Wer kämpfen kann und die Umsicht behält, überlebt und kann der nächsten Auseinandersetzung entgegenblicken. Schreib deine Verluste ab und mach Schluß! Leck deine Wunden – und kehre zurück! Denn es gab einfach keine Möglichkeit, das planetenweite Wahlsystem an einem einzigen Tag hinzubiegen. Wie die Dinge im Moment standen, war es im Grunde gleichgültig, wie viele Leute für Harapo stimmten. Ihre Stimmen verschwanden am einen Ende der getürkten Wahlmaschine und kamen als Stimmen für Zapilote auf der anderen Seite wieder heraus.

Kaum sah ich dieser feststehenden Tatsache ins Auge, meldete sich in einem Winkel meines Gehirns schüchtern die Vorahnung einer Idee. Aber warum? Was war an dieser schlimmen Tatsache so bedeutsam? Ich wanderte auf und ab, rauchte einen Stumpen, kratzte mir den Kopf, schenkte *ron* nach, bearbeitete mein Kinn mit den Fingern und tat all die anderen Dinge, die angeblich das Gehirn anregen. Eines dieser Mittel schien funktioniert zu haben, denn ich zuckte plötzlich wie unter einem elektrischen Schlag zusammen, sprang in die Luft und schlug die Hacken zusammen. Was ein ziemlich dumpfes Geräusch ergab, da ich gerade barfuß war. Ich schnappte mir das Telefon und tippte de Torres' Privatnummer. Es dauerte einen Moment, bis der Anruf durchgestellt war, und als sein Gesicht auf dem Bildschirm erschien, hüpfte es irritierenderweise vor blauem Himmel auf und nieder.

»Was ist?« fragte er. Neben seinen Worten war ein regelmäßiges Dröhnen zu hören. Dann ging mir auf, daß er wohl mit dem Pferd unterwegs war und das Visiphon sich an seinem Sattelknopf befand.

»Ich hätte nur eine kurze Frage. Dieser Planet ist doch theoretisch eine etablierte Demokratie, nicht wahr?«

Er hüpfte auf und nieder und nickte. *»Theoretisch – das ist das richtige Wort. Wir haben eine Verfassung, die alles mögliche verspricht, wovon wir natürlich nichts bekommen. Unser Motto wäre am besten so zu beschreiben: Es gibt keine festen Regeln. Jeder ist bestechlich, jeder ist korrupt. Auf dem Papier sind wir eine Demokratie, gewiß ...«*

»Nun ja, für dieses Papier interessiere ich mich. Wo kann ich ein Exemplar dieser Verfassung einsehen?«

»In meiner Bibliothek. Sie befindet sich in den elektronischen Speichern, aber im Regal zwischen den Fenstern steht auch ein gebundenes Exemplar. Warum fragen Sie?«

»Das wird bald verkündet werden. Vielen Dank.«

Ich zog mir etwas an und eilte in die Bibliothek hinab. Dabei schlich ich auf Zehenspitzen an den großen Fenstern vorbei, die zum Balkon hinausführten, denn ich konnte dort Angelina und die Jungen Kaffee trinken sehen. Noch war ich nicht soweit, Erklärungen abzugeben.

Ich fand die Verfassung am angegebenen Ort. Ich öffnete den Band und stöhnte sofort auf. Es waren über dreitausend engbedruckte Seiten. Da hatte ich mir ja etwas Hübsches aufgehalst.

Aber es war sinnlos, den kompakten Band Seite für Seite durchzusehen und mir Notizen von Hand zu machen. Wozu selbst bellen, wenn man einen Hund hat – das ist eine meiner Lebensregeln. So schaltete ich den Bibliothekscomputer ein, holte die Verfassung aus den Speichern und gab sie in den Arbeitsspeicher ein. Dann schrieb ich ein einfaches Suchprogramm und ging mir einen Drink holen, während die Maschine den umfänglichen Text nach Goldnuggets abzusuchen begann.

Einfach war es nicht. Die Verfassung war nicht gerade aus einem Guß. Sie offenbarte ein halbes Dutzend Stilarten, ausnahmslos verwirrend, und enthielt jede Menge Wiederholungen und überflüssige Anmerkungen. Nach einer Weile erkannte ich auch den Grund. Offenkundig hatte Zapilote den Text nicht verfassen lassen, sondern ihn aus einer Anzahl anderer Dokumente zusammengestellt. Das war einerseits gut, andererseits schlecht. Schlecht insoweit, als ich mir beinahe jede Seite selbst anschauen mußte, gut, weil es eine Vielzahl von Material gab. Bei all diesem hochgestochenen juristischen Gewäsch mußte doch *etwas* sein, das ich gebrauchen konnte.

Die Schatten dehnten sich schon auf den Boden, als ich endlich etwas entdeckte. Ein versteckter Hinweis auf eine Unterklausel in einem Anhang, der sich auf weitere Zusätze bezog. Ich las den Text einmal schnell durch und hatte dabei das Gefühl, von einer warmen Woge umspült zu werden. Sofort studierte ich die Vorschrift ein zweitesmal, diesmal langsamer, und begann einen kleinen Tanz aufzuführen, während die schimmernden Buchstaben über den Bildschirm wanderten.

»*Eureka!*« rief ich und vermochte mich nicht mehr zu beherrschen. Und noch einmal *Eureka!*, während ich den Stimmensimulator des Computers aktivierte und ebenfalls dazu brachte, *Eureka* zu verkünden. Und das Wort in verschiedenen Stimmlagen und Stimmelodien zu wiederholen. Innerhalb von Sekunden füllte ein lauter *Eureka!*-Chor die Luft. Angelina erschien an der Tür und hob fragend eine Augenbraue.

»Dachte ich mir's doch, daß du hinter diesem infernalischen Chor steckst. Darf ich raten? Hat dieser Ausbruch mit unserem kleinen Problem zu tun?«

»Mit unserem großen Problem, Liebste!« rief ich, ergriff sie an den Händen und wirbelte sie durch den Raum. »Ein großes Problem, das mir bis zu diesem Augenblick unlösbar erschien, obwohl ich dich bitten muß, vorerst niemandem davon zu erzählen. Ich möchte doch meinen Ruf der Unfehlbarkeit nicht aufs Spiel setzen. Ich bin auf eine Lösung gestoßen, die so einfach ist, daß ich sie nicht laut äußern möchte – außer vor deinen entzückenden Ohren –, aus Angst, das Gerücht könnte sich zu den Kräften des Bösen verbreiten, die uns bekämpfen. Die könnten die Katastrophe mühelos aufhalten, wüßten sie, was ich im Schilde führe. Aber sie werden es nicht erfahren – und die Nachrichtensendung des heutigen Abends wird so gestaltet sein, Zapilote dermaßen in Wut zu versetzen, daß er sein böses Treiben auf die Spitze treibt. Komm mit – ins Aufnahmestudio!«

Ich bin im Grunde meines Herzens kein Sadist und war daher nicht gerade begeistert, mit unserer Sendung vielen Fernsehzuschauern den Abend zu verderben. Aber ich brauchte für meine Ankündigung eine Spitzenzeit. Die Sendung, die ich zu unterbrechen gedachte, ließ sich mühelos wiederholen – wenn ich mir auch einen Grund dafür nicht vorstellen konnte. Es war eine widerliche Serie über eine Familie pervertierter Sadisten, die ein Tierheim und ein Irrenhaus leitete, in dem Leute während des Urlaubs ihre verrückten Verwandten unterbringen konnten. *Ist Liebe nicht toll?* hieß der Titel. Angeblich sahen hundertundacht Prozent aller Fernsehzuschauer die Serie. Offenbar schauten einige zweimal hin.

Wir stellten unsere Aufzeichnung eben noch rechtzeitig fertig. Die Jungs hatten die Satellitenunterbrecher aktiviert und getestet, und es war alles in Ordnung. Unser Signal würde von der Parabolantenne auf dem Dach ausgehen, zuerst den stationären Satelliten über uns erreichen. Daraufhin wurden alle normalen Sendungen gestört, während unser Produkt von einem Satelliten zum nächsten weitergestrahlt wurde, um schließlich der erwartungsvollen Öffentlichkeit auf dem ganzen Planeten zuzugehen. Der stand heute abend eine ganz neue Erfahrung bevor.

»Noch drei Minuten«, sagte James und schob die große Bandkassette in den Recorder. »Hast du keine Angst, deine Zuhörer und Zuschauer zu verlieren, Paps? Werden sie nicht die Apparate abstellen, wenn sie sehen, daß eine politische Sendung kommt?«

»So wie wir das Ding aufgezogen haben, nicht. Sie werden an ihren Sitzen kleben. Paß nur auf!«

Unsere gemütliche kleine Familienszene fand bestimmt

überall auf dem Planeten ihre Entsprechung: der Vater, der den Apparat einschaltete und sich dann mit gefülltem Glas oder dampfender Tasse in den bequemsten Sessel setzte. Die Mutter neben ihm, mit häuslicher Tätigkeit beschäftigt wie Babystrümpfe stricken oder Steuerformulare fälschen. Die Kinder zu ihren Füßen, die Dienstboten in ihren Behausungen, um die uralten Apparate geschart. Atemlos erwartete die ganze Welt ihre Lieblingssendung. Sie begann …

… und wurde brutal unterbrochen, als es gerade richtig sadistisch wurde. Das Bild flackerte und sprühte und zeigte plötzlich Angelina, die ein Mikrofon hielt. Sie trug dieselbe Uniform wie die richtigen Ansagerinnen, und der Hintergrund war ein genauer Nachbau des Studios, in dem die planetenweiten Nachrichten verlesen wurden.

»Ich muß Ihnen eine schlimme Mitteilung machen«, sagte sie mit entsetzter Stimme. »Es hat einen Mord gegeben. Nein, nicht an dem abscheulichen Zapilote, das wär' zu schön, um wahr zu sein, Präsidentschaftskandidat Sir Hektor Harapo wird Ihnen jetzt die Ereignisse schildern. Nach seiner kurzen Rede wird das Programm wie vorgesehen weitergehen. Sir Harapo!« Mein bärtiges Bild erschien, mit erhobener Faust, die ich sofort auf den Tisch vor mir knallen ließ.

»Mord!« donnerte ich. »Wissen Sie, wer gemordet worden ist? – Ich sag's Ihnen. Ihre freie Entscheidung, die nach unserer heiligen Verfassung garantiert ist, die freie Entscheidung, den Präsidentschaftskandidaten zu wählen, den Sie für den besten halten! Diese Entscheidung ist hingemordet worden! Von wem, fragen Sie? – Von dem kleinen Schleimer Zapilote, diesem widerlichen Wurm, der den Kern unserer edlen Republik weggefressen hat. Er ist der Täter! Ich habe in diesem Wahlkampf stets nur Gutes über meinen Gegner gesagt. Aber damit ist jetzt Schluß! Ich werde ihn als die graupelzige, schnurrbärtige, stinkende Ratte hinstellen, die er in Wahrheit ist. Ein Nager, der die Fundamente unserer heroischen Republik unterminiert. Er setzt sich über unsere Gesetze hinweg! Er versuchte zu verhindern, daß ich mich zur Wahl stellte, indem er insgeheim die Kandidatennominierung abschloß. – Aber ich dachte schneller als er – was kein Problem ist bei einem Geschöpf mit dem Intelligenzquotienten einer debilen Küchenschabe. Aber er hat es nicht bei einem Versuch bewenden lassen, mich aus dem Rennen zu werfen, o nein! Er verlegte den Wahltag vor, um zu verhindern, daß ich mich den Wählern dort draußen präsentiere, daß ich Ihnen seine Sünden und meine Fähigkeiten darstelle. Aber so geht das nicht, meine Freunde!«

Ich holte tief Atem, und lautes Jubelgeschrei tönte vom Band. Es verstummte, als ich die Hand hob.

»Ihr anständigen Wähler habt morgen eure große Chance. Geht hin und wählt! Wählt Harapo und de Torres, denn jede Stimme für uns ist eine Stimme für die Freiheit und wird den Diktator Zapilote schäumen lassen vor Wut und ihn dem Ende seiner Herrschaft einen Schritt näherbringen. Er kann nicht siegen! Es muß ein überwältigender Sieg für Harapo werden! Reißen wir die Initiative an uns, damit wir die widerliche Ratte auf den Kehrichthaufen der Geschichte fegen können, wo sie hingehört! – Vielen Dank.«

Marschmusik beendete die Einschaltung, dazu wurden wehende Flaggen gezeigt.

»Ich habe irgendwie das Gefühl, du magst den Kerl nicht, Paps«, stellte Bolivar fest.

»Das wird ihn so in Wut versetzen, daß er sich naß macht. Wenn es nach ihm geht, bekommst du nicht eine Stimme«, fügte James hinzu.

Ich stand auf, ging zu meinem Doktorkostüm, löste den schönsten Orden von der Jacke und heftete ihn James an die breite Brust. Alle jubelten.

»Das ist der Lohn für deinen klaren Durchblick, mein Sohn. Wie es so schön heißt, hast du den Nagel genau auf den Kopf getroffen.«

»Vielen Dank. Ich werde das Ding von nun an immer tragen. Auch unter der Dusche. Aber könntest du mir mal ein bißchen erklären, wie du zu siegen gedenkst, indem du entscheidend geschlagen wirst?«

»Ich fürchte, das muß ein Geheimnis bleiben zwischen mir und eurer Mutter – habt noch ein kleines Weilchen Geduld. Über meinen Plan darf nicht das geringste bekannt werden, auch nicht innerhalb dieser Schloßmauern. Ihr werdet es sofort erfahren, sobald morgen die Abstimmungsergebnisse durchgekommen sind. Wenn du bis dahin weißt, was ich im Schilde führe, James – also, dann kriegst du einen zweiten Orden.«

ACHTUNDZWANZIG

Der Wahltag begann mit einem großen Knall.

Die Explosion zerstörte im Schloß mehrere Fenster und riß mich aus tiefem Schlaf. Auf den Zehenspitzen stand ich neben dem Bett, die Hände in meiner besten Karate-Stellung ausgestreckt.

»Wird dir nicht kalt, da so herumzustehen?« fragte Angelina unter der warmen Decke.

»Wenn man's genau nimmt, ja.« Ich erschauderte und verschwand wieder im Bett. Als ich die Arme nach ihr ausstreckte, klingelte das Telefon, und ich schnappte mir statt ihrer den Hörer.

»Muß eine große Ladung gewesen sein«, meldete Bolivar, »denn der Abwehrschirm ist so eingestellt, daß er jeden Angriff auf fünf Kilometer Entfernung zum Scheitern bringt. Eine Abwurfbombe. Groß wie ein Haus. Der Computer hat die Sturzbahn berechnet und ein Geschoß auf den unbekannten Abwerfer losgelassen. Die zweite Explosion war zu weit entfernt, um gehört zu werden.«

»Danke für die Information«, antwortete ich und hatte plötzlich einen schlechten Geschmack im Mund. Ich stand auf und zog bedrückt meinen Morgenmantel an.

»Du hast doch nicht damit gerechnet, daß er dir Blumen schickt – wo du ihn gestern im Fernsehen so wüst beschimpft hast!« sagte Angelina.

»Nein – aber ich wollte keine weiteren Toten.« Ich blickte in die graue Morgendämmerung hinaus und kam mir selbst ziemlich grau vor.

»Der neue Präsident wird mit dem Töten ein für allemal Schluß machen – so mußt du das sehen. Jetzt bestell etwas zu essen! Es wird ein anstrengender Tag.«

Und damit behielt sie recht. Nach einem angenehmen,

wenn auch kurzen Frühstück, gefolgt von einer schnellen Kontrolle, ob der Bart noch festsaß, begab ich mich auf die weite Wiese hinter dem Schloß. Die Kühe waren von dort vertrieben worden, um Zelten Platz zu machen. Der Marquez überwachte persönlich das Entladen.

»Guten Morgen, Hektor – wie von Ihnen angeordnet, sind die Zelte zur Stelle und werden errichtet. Die Arbeiter – und auch ich – fragen sich allerdings, wozu wir um diese Zeit einen Jahrmarkt brauchen. Soll die Wahl gefeiert werden? Glauben Sie, daß wir siegen werden?«

»In wenigen Stunden wird alles seine Erklärung finden, mein lieber Marquez. Im Augenblick wage ich nichts verlauten zu lassen. Sie können Ihren Männern allerdings sagen, sie könnten sich die Sache erleichtern, indem Sie die Tribünen nicht aufbauen.«

»Nur die leeren Zelte?«

»Genau.«

Er blickte mir verwundert nach. Diesem Gesichtsausdruck sollte ich im Laufe des Tages noch öfter begegnen. Obwohl sie alle viel zu höflich waren, es auszusprechen, hatte ich doch nach einigen Stunden den Eindruck, daß die meisten Angehörigen des Schloßpersonals mich für verrückt hielten. Verrückt wie eine Ratte, genau! Ich unterdrückte ein Kichern und setzte die Vorbereitungen für den Tag fort.

Die erste amtliche Tat war natürlich die eigene Stimmabgabe. Das Wahllokal für den Bezirk lag in der kleinen Stadt Tortosa, einige Kilometer außerhalb des de-Torres-Besitzes gelegen. Wir begaben uns in einem Konvoi funkelnder Wagen dorthin, umringt von bunten Fähnchen. Unsere Ankunft war auf neun Uhr früh festgesetzt; das war die Zeit, zu der die Wahlkabinen öffnen sollten. Wir fuhren auf den Marktplatz, als die Uhr des Rathauses die Stunde schlug. Schon stand eine lange Schlange von Wählern auf dem Platz.

»Wird eine hohe Wahlbeteiligung«, stellte de Torres fest.

»Mit einer hohen Quote an Wahlhelfern«, sagte ich und deutete zum Eingang hinüber.

Vor dem Rathauseingang stand eine Horde Zapilote-Anhänger. Sie schwenkten unattraktive Banner mit den offiziellen kränklich-grünen und schlammbraunen Farben von Zapilotes Bussard-Partei. Sie waren bereits an der Wählerschlange entlanggegangen und hatten jedem eine Bussard-Plakette angesteckt.

»Bühne frei für uns!« sagte ich, als meine Gefolgsleute sich hinter mir aufstellten. Mein getreuer Aufpasser Rodriquez hielt sich ganz in der Nähe, ebenso Bolivar und James. Alle drei waren unbewaffnet – aber trotzdem höchst gefährlich. Ich nickte Angelina zu, die Kamera und Aufzeichnungsgerät bei sich hatte. »Los geht's! Kamera ab! Action!«

Schweren Schrittes marschierten wir über den Platz und konfrontierten den Bürgermeister des Ortes, natürlich eine Kreatur Zapilotes, und den dazugehörigen Polizeichef. Die beiden wirkten nervös und fummelten nach ihren Handfeuerwaffen.

»Hier wird das Gesetz gebrochen!« sagte ich streng und hob einen anklagenden Finger, wobei ich der Kamera meine Schokoladenseite zuwandte. »Gemäß der Verfassung ist es verboten, im Umkreis von zweihundert Metern vom Wahllokal Wahlwerbung zu betreiben. Verjagen Sie sofort diese Männer!«

»Ich bin hier der Bürgermeister«, rief der Mann mit schriller Stimme, »und ich lasse mir von niemandem Befehle geben. Polizeichef, lassen Sie diese Leute von hier verschwinden!«

Der Polizeichef war so unklug, nach seiner Waffe zu greifen. Rodriquez machte einen Schritt auf ihn zu, die Luft pfiff, durch die seine Hand fuhr. Der Mann war plötzlich bewußtlos und lag am Boden. Die Bussarde drängten sich furchtsam zusammen und blökten einander an. Ich ging auf sie zu, begleitet von Rodriquez und den Zwillingen, und die Gruppe löste sich auf und ergriff die Flucht.

»Entfernt diese widerlichen Plaketten!« befahl ich. »Sie,

Bürgermeister, eröffnen jetzt die Wahl, denn ich werde die erste Stimme für mich selbst abgeben.«

Als er im Rathaus verschwand, begannen die wartenden Wähler zu jubeln und rissen sich die Zapilote-Plaketten herunter. Es gab ein Geräusch wie von einem Platzregen, als die Plättchen auf das Pflaster fielen. Meine Wahlhelfer, die sorgfältig darauf achteten, gut zweihundert Meter vor der Tür mit ihrer Tätigkeit zu beginnen, fingen nun an, unsere Anstecker zu verteilen, das stolze Symbol unserer Partei, des Rächenden Terriers. Die Plakette zeigte einen kleinen weiß-braun gesprenkelten Hund, der mit langen Zähnen eine tote Ratte hielt. Und besagte Ratte hatte eine mehr als zufällige Ähnlichkeit mit Zapilote. Jeder wollte eine Plakette, und Wähler, die schon in der Nähe des Eingangs standen, eilten über die Wahlkampfgrenze zurück, um sich eine zu holen.

»Und jetzt«, wandte ich mich an die wartenden Wähler – und die Kamera, »soll die Wahl beginnen!«

Es wurde gejubelt. Rufe wie: »Harapo ist unser Mann!« und »Der Rächende Terrier wird sich durchbeißen!« und dergleichen erklangen, als ich und de Torres, gefolgt von unseren wachsamen Leibwächtern, ins Rathaus marschierten.

Mein Name fand sich im Wählerverzeichnis. Ich unterzeichnete schwungvoll an der angegebenen Stelle und betrat die Wahlkabine. Alle Blicke folgten mir. Ich zog den Griff, der den kleinen Vorhang schloß und die Maschine in Gang setzte. Da es sich um eine Präsidentschaftswahl handelte, zeigte das Kontrollbrett nur zwei Hebel. Einen für jede Partei. Ich hob den Arm und zog den Harapo-Hebel. Der Apparat sirrte, ein Schildchen flammte auf: STIMMABGABE REGISTRIERT, gleichzeitig öffnete sich hinter mir der Vorhang. Ich trat hinaus und machte dem Marquez Platz.

»Und wie funktioniert diese Maschine?« fragte ich den zuständigen Wahlbeamten, der das Wahlregister führte. Er blickte sich um, denn er wollte nicht im Gespräch mit mir gesehen werden. Aber er kam um eine Antwort nicht herum.

»Es läuft alles elektronisch«, verkündete er schließlich. »Ihre Stimme ist im Speicher der Maschine festgehalten. Wenn die Wahl heute abend abgeschlossen ist, schaltet der Zentralcomputer automatisch zu dieser Maschine durch und nacheinander auch zu allen anderen Maschinen, liest den Speicher ab und überträgt das Ergebnis in einen Zentralspeicher. Wenn auf diese Weise alle Wahlkabinen eingespeist sind, wird das Gesamtwahlergebnis ermittelt und übertragen.«

»Woher wissen wir, daß der Zentralcomputer uns nicht betrügt? Daß er nicht darauf programmiert ist, eine bestimmte Partei siegen zu lassen?«

»Unmöglich!« erwiderte er und schien es ehrlich zu meinen. »Das wäre ja illegal! Der Mann mit den meisten Stimmen siegt.«

»Na, den haben Sie hier vor sich!« Ich griff zu und schüttelte seine widerstrebende Hand. »Heute ist der Tag, da der übelriechende Pfuhl der Diktatur, der seine schleimige Hand um den Blutstrom des Landes gekrampft hat, eisern ausgekehrt werden wird. Auf den Sieg!«

Beflügelt durch dieses Meisterwerk verquerer Metaphern machte ich mit de Torres meinen Abgang und wurde draußen von fröhlichem Geschrei der Stimmberechtigten begrüßt. Wir stiegen in unsere Wagen und rasten zum Schloß zurück.

»Das wär's«, sagte ich. »Nun gibt's nichts mehr zu tun, bis um sechs die Wahlkabinen schließen. Ich hoffe, Ihr Koch hat ein gutes Essen vorbereitet.«

»Keine Wahlbetätigung mehr?« fragte Bolivar.

»Keine Anstrengung mehr, an den loyalen Wähler zu appellieren?« fügte James hinzu. »Denn wenn nicht etwas passiert, wird Zapilote mit überwältigender Mehrheit siegen.«

»Wie interessant«, sagte ich gedehnt, und ein rätselhaftes Lächeln spielte um meine Lippen. »Ich hoffe, daß auch ein

Fischgang dabei ist. Fisch paßt immer gut zum Weißwein.«

Es war tatsächlich ein prächtiges Mittagsmahl, und ich muß zugeben, daß ich nach dem Likör ein bißchen ins Dösen kam. Politik kann ja auch wirklich anstrengend sein. Die Sonne stand schon dicht über dem Horizont, als ich die Augen wieder aufschlug – und Angelina als höchst attraktive Silhouette vor dem Abendrot erblickte.

»Du bist eine Vision!« rief ich. »Wie spät ist es?«

»Spät genug zum Aufwachen. Ich habe den Jungen alles erzählt. Sie waren begeistert von dem Plan und sind zur vorgesehenen Zeit mit dem Konvoi abgefahren. Die Wahlkabinen schließen eben.«

»Großartig!« sagte ich, stand auf und reckte mich. »Hören wir uns die Ergebnisse an!«

Die Kräfte der Finsternis verschwendeten keine Zeit. Als wir uns neben dem Marquez niederließen, kamen bereits die ersten vorläufigen Ergebnisse durch. Er wanderte auf und ab und schüttelte aufgebracht die Faust in Richtung Fernsehapparat.

»Es wird eine überwältigende Mehrheit vorausgesagt. Dieser Verbrecher hat die Wähler terrorisiert. Sie haben Angst, gegen ihn zu stimmen.«

»Ich glaube, die Lösung ist ein wenig einfacher. Sein ganzer Wahlkampf war nur Schein. Wer den Computer lenkt, kann das Endergebnis der Wahl nach Belieben festsetzen. Deshalb wäre es auch Zeitverschwendung gewesen, den Wahlkampf noch fortzusetzen.«

»Dann haben wir verloren.«

»Ich meine, daß wir vielleicht noch gewinnen können. Hängt alles davon ab, wie zornig Zapilote ist. Schauen Sie – das ist vielleicht die Ansage, auf die wir gewartet haben!«

Der Ansager, ein schmieriger Typ mit Zuhälterbärtchen, schwenkte eine Handvoll Computerausdrucke vor der Kamera, während er gleichzeitig falsche Begeisterung verbreitete.

»Wunderbar, absolut wunderbar! Eine überwältigende

Entscheidung für unseren lieben General-Präsidenten. Ein spontaner Ausbruch der Loyalität bei dem Volk, das er so sehr liebt. Eine Bestätigung Ihres Vertrauens in ihn, trotz der Versuche von zerstörerischen Elementen und anderem Ungeziefer, die dankbare Zuneigung zu unterminieren, die im Laufe der Jahre gewachsen ist. Warten Sie – einen Moment – ja, man hat mir hier die Endergebnisse gegeben, die Zahlen, auf die wir alle gewartet haben.«

»Das kann man wohl sagen«, bemerkte ich. Der Ansager lächelte einschmeichelnd, hob ein Blatt Papier, legte es vor sich auf den Tisch und las vor.

»Soeben treffen die Ergebnisse aus der Stadt Tortosa in der Zentralregion ein. Diese Stadt liegt in der Nähe des Besitzers eines Individuums namens de Torres, des sogenannten Marquez de Torres. Gegen diesen boshaften Mann wird gerade ein Ermittlungsverfahren wegen Beleidigung und Verrat eingeleitet. Dennoch ist sein Name als Kandidat auf den Posten des Vizepräsidenten in den Wahlkabinen verblieben, neben dem eines verkommenen Abartigen, eines gewissen Hektor Harapo, der dem Irrglauben anhängt, er habe eine Chance, Präsident zu werden. Wir aber leben in einer lebendigen Demokratie, meine Damen und Herren, in der selbst der Niedrigste die höchste Position begehren kann. Und diese beiden gehören zu den niedrigsten Kreaturen im Lande, das kann ich Ihnen versichern. Aber ich kann es Ihnen auch beweisen. Zahlen lügen nicht!«

Wieder schwenkte er den Zettel, und ich knurrte: »Nun mach schon, du Idiot!« Er schien mich gehört zu haben.

»Aber machen wir weiter, die Spannung ist beinahe unerträglich. In der Stadt Tortosa, wo diese Gauner ihre Stimme abgaben und die glücklichen Bewohner mit Drohungen dahin zu bringen versuchten, für sie zu stimmen, in dem Bezirk, den sie für ihren eigenen, für ihre Hochburg hielten – ist das Ergebnis höchst erstaunlich ausgefallen. Es lautet … – für General-Präsident Zapilote wurden fünftausenddreihundertundzwölf Stimmen abgegeben. Für die Verräter Harapo und de Torres dagegen nur …«

Er ließ das Schweigen viele Sekunden anhalten, dann brüllte er die Zahl ins Mikrofon:

»*Zwei!* Die beiden haben für sich selbst gestimmt – und niemand sonst, keine einzige Person gab ihre Stimme für sie ab. Dies ist wahre Loyalität. Dieser Erdrutsch an Zuspruch setzt sich überall fort, und es kann kein Zweifel bestehen, daß unser geliebter Präsident mit gewaltigem Vorsprung wiedergewählt wird ...«

»Dieses Schwein!« brüllte de Torres und zerschmetterte wutschäumend mit einem Fußtritt den Fernsehapparat. »Wir haben sie doch wählen sehen, wir wissen, wie sie gewählt haben! Lügen, alles Lügen!«

»Selbstverständlich«, sagte ich. »Anders möchte ich es auch nicht haben.« Ich drückte auf den Funkknopf an meiner Seite, und Bolivars Stimme meldete sich.

»*Hier ist alles bereit.*«

»Dann fahr ab! Die Ergebnisse waren sogar noch besser als erwartet.«

Der Marquez, der noch auf einigen kleineren Stücken des Fernsehers herumtrampelte, musterte mich, als hätte ich den Verstand verloren.

»Wir werden in Kürze auf dem ganzen Planeten eine Sendung abstrahlen. Sobald der Konvoi wieder hier ist ...«

»Konvoi?«

»Ich will es Ihnen erklären. Sie haben verdient, vor allen anderen davon zu erfahren. Wir haben Zapilote nun genau dort, wo wir ihn haben wollten. In seiner Rachegier hat er uns einen unschlagbaren Trumpf in die Hand gegeben!«

NEUNUNDZWANZIG

Es war ein Gebot der Fairneß, den Marquez ins Bild zu setzen, ehe es die ganze Welt erfuhr. Er trampelte noch immer zornig auf den Resten des armen Fernsehapparats herum, als ich ihm den Computerausdruck überreichte.

»Die Lösung für all unsere Probleme findet sich hier in der Verfassung«, erklärte ich. »Lesen Sie!«

Er nahm sich zusammen und las den Text Wort für Wort. Und je weiter er kam, desto mehr schwand sein Stirnrunzeln, desto breiter wurde das Grinsen, das auf seinem Gesicht erschien, bis er schließlich brüllend auflachte, das Papier zur Seite schleuderte und mich in die Arme nahm.

»Sie sind ein Genie, ein Genie, sage ich!« Ich hütete mich, etwas dagegen einzuwenden, wenn ich mich auch in seinen Armen wand und endlich dem energischen Griff entrann, doch erst nachdem er mich begeistert sabbernd auf beide Wangen geküßt hatte. Es gibt Sitten, die ich nie begreifen werde. Ich war noch so in unserem kleinen Drama gefangen, daß Angelinas Stimme im Funkgerät eine willkommene Unterbrechung darstellte.

»Der Konvoi ist jetzt auf dem Gelände und befindet sich innerhalb des Abwehrschirms«, sagte sie. *»Die Bänder werden in wenigen Minuten hier sein.«*

»Wunderbar! Der Marquez und ich werden unsere besten Uniformen anziehen, um dann den letzten Schuß abzugeben, nachdem die Aufzeichnungen gesendet worden sind.«

Wir versammelten uns in der Bibliothek vor dem großen Projektionsfernseher. Die Unterbrecherschaltung in den Satelliten wurde angesprochen und war auf Knopfdruck bereit – und ich hielt diesen Knopf in der Hand. Die Kamera wies auf mich, wie ich da neben der gebundenen Ausgabe der

Planetenverfassung stand, die Fingerspitzen ehrfürchtig auf die offene Seite gelegt. Der Fernsehschirm war angefüllt mit widerlichen Begeisterungsorgien, die von Zapilotes Anhängern veranstaltet wurden. Der Ton war leise gestellt, da der optische Eindruck dieses Unsinns vollauf genügte.

»Du kannst das jederzeit abwürgen«, sagte Angelina.

»Kann ich und werde ich auch, weil ich damit auch nicht viel im Sinn habe. Aber garantiert wird der Bussard selbst eine Rede halten – und die zu unterbrechen wäre mir ein besonderer Genuß. Moment – das könnte es sein! Würde mal bitte jemand den Ton lauter stellen!«

Der Ansager wand sich in einem Orgasmus des Vergnügens und deutete schimmernd-schwitzend aus dem Bild: »... ja, ich glaube, es wird Wirklichkeit! Ein gewaltiges Wogen geht durch den Saal beim Erscheinen dieses göttlichen Wesens, das sich in der Vergangenheit so für uns aufgeopfert hat und uns erneut die Ehre gibt, sich zur Wahl des Staatsoberhaupts zu stellen. Er tritt vor, die Menge dreht durch, Frauen fallen in Ohnmacht, Männer haben Tränen in den Augen. Er hebt stilleheischend die Hand, und sofort tritt Ruhe ein, und das einzige Geräusch ist das erwartungsvolle Atmen seiner Anhänger und der dumpfe Fall einiger Frauen, die noch im letzten Moment das Bewußtsein verlieren. Meine Damen und Herren, Bürger von Paraiso'Aqui, es ist mir ein unsagliches Vergnügen, Ihnen General-Präsident Julio Zapilote zu präsentieren!«

Der Schirm füllte sich mit den widerlichen Zügen des großen Bussards; die Größe des Schirms machte ihn noch abscheulicher anzuschauen. Der verkniffene Mund kaute einen Moment, ehe die schleimigen Silben über die Lippen glitten.

»Ich habe nichts anderes von Ihnen erwartet, getreue Wähler. Die Wahl ist vorbei, und Sie haben ihre Pflicht getan und richtig gewählt. Von diesem Verbrecher Hektor Harapo werden wir nichts mehr hören ...«

Ich drückte auf den Knopf, und augenblicklich wurde sein Bild durch das meine ersetzt.

»Nichts mehr? Sie verräterische Filzlaus, der Kampf fängt gerade erst an! Glauben Sie, Sie können die Wähler dieser schönen Welt um ihr heiliges Recht betrügen, indem Sie ihre ehrlichen Stimmen in Ihren gezinkten Wahlmaschinen unterdrücken und durch Ihre eigenen willkürlichen Ergebnisse ersetzen? Das wird nicht geschehen! Ihre eigenen Worte verdammen Sie! Gerechtigkeit wird geübt werden! In Ihrer Gier haben Sie ein abgrundtiefes Verbrechen begangen, das Sie zu Fall bringen wird! Die Welt wird nun zuschauen, wie wir Sie in die kleine Stadt Tortosa führen. Wie Sie auf der Uhr am Rathaus sehen können, sind seit dem Schließen des Wahllokals erst wenige Minuten vergangen ...«

Mein Gesicht löste sich langsam auf und wurde durch ein Bild des Rathausplatzes ersetzt. Off-Kamera meldete sich James Stimme.

»Die Wahlkabine ist geschlossen, und die Bürger Tortosas versammeln sich, um das Ergebnis zu erfahren. Aus irgendeinem Grund, vielleicht weil sie Anhänger Zapilotes sind, versuchten vor wenigen Minuten der Bürgermeister und der Polizeichef die Stadt heimlich zu verlassen. Der Polizeichef ist noch bewußtlos, aber der Bürgermeister steht zu einer Aussage bereit.«

Der Bürgermeister machte vor der Kamera einen ausgesprochen unglücklichen Eindruck, doch Rodriquez' grimmige Gestalt neben ihm garantierte seine Mitarbeit.

»Bitte sagen Sie uns, Herr Bürgermeister, ist die Stimmabgabe einwandfrei erfolgt, und wurden alle Stimmen in der Wahlmaschine sorgfältig registriert?«

»Ja, selbstverständlich, es war alles in Ordnung.« Besorgt blickte er auf, als der Platz hinter ihm sich mit Menschen zu füllen begann.

»Sie sind Bürgermeister von Tortosa und können uns sicher sagen, ob die Menschen, die sich hier versammeln, Bürger Ihrer schönen Stadt sind ...«

»Ja, die meisten sicher. Genau weiß ich das natürlich nicht ...«

»Genau wissen Sie das nicht? Und Sie sind Bürgermeister – wie lange schon?«

»Seit zweiundzwanzig Jahren.«

»Dann sollten Sie diese Leute von Ansehen kennen.«

»Bei allen kann ich das nicht wissen.«

»Ach nein? Würden Sie mir dann bitte Fremde zeigen?«

»Ich sehe niemanden, bei dem ich mir sicher bin, soweit ich sehen kann.«

»Also, wir müssen aber Gewißheit haben. Ah, da ist ja der Polizeichef. Ich bin sicher, er kann uns helfen. Chef, erzählen Sie doch mal unseren Zuschauern, wie lange Sie schon in Tortosa leben.«

»Nun ja ... – schon immer.« Sehr widerstrebend.

»Gut. Also, sehen Sie irgendwelche Fremden hier?«

Er schaute sich um und bestätigte noch widerstrebender, daß er keine Fremden entdecken könne.

»Sehr *gut*«, erwiderte James. »Da kommen wir ja gerade zurecht – die Wahlergebnisse kommen durch. Zur Unterrichtung der Öffentlichkeit sind die Lautsprecher angestellt, damit jeder die Zahlen hören kann.«

Der Bürgermeister und der Polizeichef schienen in ihrer Kleidung zu schrumpfen. Als die Stimmenzählung für Tortosa verkündet wurde, hätten sie am liebsten die Flucht ergriffen, aber Rodriquez trat vor, und sie erstarrten wieder. Hinter ihnen brachen die braven Wähler von Tortosa in Protestgeschrei aus.

»Haben Sie das gehört?« fragte James' Stimme. »Ist es möglich, daß da etwas nicht stimmt? Nur zwei Stimmen für Sir Hektor Harapo und alle anderen Stimmen für Zapilote? Stellen wir die Wahrheit fest!« Ein Schalter wurde betätigt, und seine Stimme dröhnte aus allen Lautsprechern. »Ihr guten Leute von Tortosa. Hier spricht ein Vertreter Sir Hektor Harapos. Er ist der Ansicht, daß der widerliche General-Präsident Ihre Stimmen umgedreht hat, daß die Wahlmaschinen gezinkt sind, daß Zapilote Sie um Ihre Stimme an dieser Wahl betrügt. Wir wollen die Wahrheit feststellen.

Jeder Anwesende, der für Sir Hektor Harapo gestimmt hat, möge bitte die Hand heben. Vielen Dank.«

Schweigen füllte den Platz, als die Hände hochkamen. Langsam, entschlossen, stolz. Ein Meer von Händen. Eine beflügelnde Demonstration für die Wahrheit.

»Sehr gut. Vielen Dank. Würden Sie bitte die Hände wieder herunternehmen? Darf ich jetzt um ein Handzeichen derjenigen bitten, die für Zapilote gestimmt haben?«

Alle Hände senkten sich. Nicht eine Hand kam hoch. Doch, eine, zwei Hände, denn der Bürgermeister und der Polizeichef gaben sich endlich zögernd zu erkennen. James schlug einen Ton der Begeisterung an.

»Da haben Sie es, Bürger von Paraiso-Aqui! Der klare Beweis für das Verbrechen des Betruges. Alle Bewohner dieser Stadt, mit zwei unschönen Ausnahmen, sind um ihr Stimmrecht betrogen worden. Wir haben damit den konkreten Beweis, daß die Wahl in Tortosa beeinflußt wurde. Der falsche Mann hat gesiegt!«

Ich gab ein Zeichen, und die Kamera richtete sich wieder auf mich. Ernsten Gesichts deutete ich auf den dicken Band neben mir.

»Ein Verbrechen ist begangen worden. Ein Verbrechen gegen ein Gesetz, das auf Seite 9003 der heiligen Verfassung dieses Planeten niedergelegt ist. Der Text von Abschnitt 79 ist klar, überaus klar. Ich werde ihn vorlesen.« Ich hob eine Kopie der Klausel und intonierte mit feierlicher Stimme:

»Infolge der Beschaffenheit der elektronischen Stimmabgabe und infolge der Notwendigkeit der Sicherstellung, daß die Stimmabgabe stets mit größter Genauigkeit festgehalten wird, und infolge der Unsichtbarkeit der Stimmen, sobald sie in der Wahlmaschine registriert sind, wird hiermit festgelegt, daß die strengsten Kontrollen und Vorschriften gemäß § 19, Abs. 40 des Wahlgesetzes zu beachten sind. Mit dem Ziel der weiteren Absicherung der Stimmabgabe sei hiermit ferner zur Durchführung verfügt, daß die ganze Wahl, sollte während einer Präsidentschaftswahl ohne jeden Zweifel bewiesen werden, daß die Stimmregistration auch nur einer einzigen Wahlmaschine wesentlich verfälscht wurde, für null und nichtig zu erklären sei. Es wird weiterhin bestimmt, daß zwei Wochen nach dieser Nichtigkeitserklärung eine neue Wahl stattfindet, eine Wahl nach dem alten System der Stimmzettelabgabe in einer Wahlurne, und daß der Sieger dieser Wahl zum Präsidenten ausgerufen wird und eine Untersuchung der Wahlmaschinen anordnen muß, ehe sie überhaupt wieder zur Verwendung kommen.«

Ehrfürchtig legte ich das Blatt Papier wieder auf die Verfassung und wandte mich langsam der Kamera zu. Mit ernster, unheildrohender Stimme fuhr ich fort: »Ich erkläre die heutige Wahl hiermit für null und nichtig. In zwei Wochen wird eine neue Wahl stattfinden. Möge dann der beste Mann gewinnen!«

DREISSIG

»Schnitt!« sagte Angelina, und die Umstehenden brachen in Freudenrufe aus.

»Du hast es geschafft«, sagte sie und küßte mich oberhalb der Bartgrenze auf die Wange. »Und du hast auch für die Sicherheit der Wähler von Tortosa gesorgt.«

»In der Tat. Nicht nur in ihrem, sondern auch in unserem Interesse richten sie sich jetzt in den Zelten draußen häuslich ein. Vor Vergeltungsmaßnahmen Zapilotes geschützt. Sie werden die beiden Wochen bis zur nächsten Wahl hierbleiben und ihren kleinen Urlaub gut bezahlt bekommen. Der Vorschlag schien allen ausgesprochen gut zu gefallen.«

»Er wird uns ignorieren«, sagte de Torres finster. »Er wird unser Neuwahlverlangen nicht beachten. Er hat die Macht dazu.«

»Das wagt er nicht«, gab ich zurück. »Es würde die Wirtschaft des Planeten ruinieren. Ohne den Import von Außenweltwährungen würde seine korrupte und unfähige Verwaltung innerhalb einer Woche zusammenbrechen. Ich habe jedem Planeten, von dem Touristen auf diese Welt kommen, Einzelheiten über die Wahlereignisse gemeldet. Man wird dort die weiteren Ereignisse aufmerksam verfolgen.«

»Dann haben wir gewonnen!« sagte de Torres und nahm eine Siegerpose ein.

»Noch nicht«, gab ich zurück. »Noch müssen wir den Kampf an den Wahlurnen ausstehen. Diesmal aber werden wir gewappnet sein. Gegen jeden schmutzigen Trick, den er parat hält, kann ich drei andere setzen. Es wird einen Konflikt bis aufs Messer geben, doch wenigstens haben wir jetzt eine Chance.«

Es waren anstrengende zwei Wochen. Die amtlichen Wahlurnen wurden hergestellt und unter strengster Aufsicht versiegelt. Es machte uns aber keine Mühe, aus dem Lagerhaus der Regierung ein Muster zu beschaffen und selbst ins Wahlurnen-Herstellungsgeschäft einzusteigen. Dasselbe machten wir mit den Stimmzetteln und hatten bald so viele hergestellt wie die Regierungsdruckereien. Ich wußte nicht, was für schmutzige Tricks man gegen uns ins Feld führen wollte, und mußte daher auf alles gefaßt sein.

Auch in Fragen der Organisation schliefen wir nicht. Jorge, einst Reiseführer und jetzt Leiter unserer Anwerbestelle, schickte Einsatzgruppen in jeden Wahlbezirk. Freiwillige am Ort wurden zu geheimen Komitees eingeschworen und erhielten Funkgeräte mit Zerhacker-Einrichtung, über die wir ständig mit allen Außenstellen in Verbindung bleiben konnten, ohne abgehört zu werden. Überall auf dem Planeten flatterten Wahlbroschüren aus den Druckpressen, und wir sorgten dafür, daß es jeden Abend im Radio und Fernsehen zwei Nachrichtensendungen gab. Zuerst kam die verlogene Regierungsdarstellung, unmittelbar gefolgt von unserer Sendung. Wir blieben sachlich und genau und machten keine politische Aussage. Das genügte vollauf – es war ein frischer Luftzug nach dem Unrat, der vorher über den Sender gegangen war. Wir wußten, daß die gegnerischen Techniker sich fieberhaft bemühten, unsere Signale zu blokkieren oder zu stören. Aber ohne Erfolg. Die Freiheit der Information hatte auf dem Planeten Einzug gehalten. Wenn die Wahl relativ ehrlich abgewickelt werden konnte, war Zapilotes Regime mit ziemlicher Sicherheit zum Untergang verurteilt.

Den konkreten Beweis hierfür erhielt ich, als sich am elften Tag, knappe drei Tage vor der Wahl, ein Wagen der Regierung unserer Außenabwehr näherte. Er wurde von Wächtern angehalten, die sich mit mir verbinden ließen.

»Entschuldigen Sie, Sir Hektor, aber die Insassen wollen nur mit Ihnen sprechen.«

»Was hat die Sicherheitsüberprüfung ergeben?«

»Die Orter zeigen nur Handfeuerwaffen. Keine Bomben, keine Strahlungsgeräte. Ein Passagier im Fond, vorn Fahrer und Wächter.«

»Klingt ganz gut soweit. Wer ist der Passagier?«

»Können wir nicht erkennen. Das Glas ist undurchsichtig.«

»Lassen Sie den Wagen durch! Ich glaube nicht, daß wir Mühe haben werden, unsere Gäste in Schach zu halten.«

Und das war zutreffend. Der Wagen hielt ein gutes Stück vor dem Schloß zwischen Bäumen. Rodriquez und Bolivar hatten eine ganze Abteilung Soldaten mitgenommen. Sie ließen die beiden Männer von den Vordersitzen des Wagens in Sekundenschnelle entwaffnen und fortbringen. Ich schlenderte herbei und blickte auf die dunklen Fenster. Ich war ziemlich gelassen, vordergründig wegen meiner hervorragenden Kampfausbildung, in Wahrheit aber wegen des persönlichen Abwehrfeldes, das mich schützte.

»Sie können jetzt herauskommen«, sagte ich.

Langsam öffnete sich die Tür, Zapilote steckte den Kopf ins Freie und stieg aus.

»Was für ein unerwartetes Vergnügen«, sagte ich.

»Lassen Sie den Unsinn, Harapo! Ich bin gekommen, um geschäftlich mit Ihnen zu reden.«

Er langte hinter sich in den Wagen und holte einen Metallkasten heraus. Als er sich damit wieder umdrehte, war meine Pistole zwischen seine kleinen Knopfaugen gerichtet.

»Tun Sie das weg, Sie Idiot!« fauchte er. »Ich bin nicht gekommen, um Sie umzubringen.« Er legte an dem Kasten einen Schalter um, und das Gebilde begann laut zu summen. »Dies ist ein Lautgenerator. Der stört jede Art von Aufzeichnungsgerät und versetzt die Luft in Schwingungen, die Photographieren und Lippenlesen unmöglich machen. Ich möchte, daß es von diesem Gespräch keine Aufzeichnungen gibt.«

»Ist mir recht.« Ich steckte die Waffe fort. »Was wollen Sie?«

»Eine Abmachung schließen. Sie sind seit hundertundsiebzig Jahren der einzige, der gegen mich gekämpft hat. Ich erkenne das an. Es wurde auch ein bißchen langweilig.«

»Nicht für die Leute, die Sie zu Tode prügeln ließen.«

»Sparen Sie sich den liberalen Scheiß, der doch nur für die Massen ist! Wir sind hier unter uns. Ihnen liegt der geistig minderbemittelte Mob auch nicht mehr am Herzen als mir ...«

»Wie kommen Sie denn darauf?« Das Gespräch begann interessant zu werden.

»Weil Sie Politiker sind. Das einzige, wofür sich Plitiker interessieren, ist es, die Wahl zu gewinnen, und dann wiedergewählt zu werden. Sie haben sich gegen mich gewehrt und Ihre Argumente vorgetragen. Okay. Jetzt ist es an der Zeit, sich zusammenzusetzen und eine Abmachung zu treffen. Wissen Sie, ich lebe nicht ewig ...«

»Das ist die beste Nachricht, die ich bisher gehört habe!«

Er ignorierte die Zwischenbemerkung und redete weiter.

»Meine geriatrischen Spritzen wirken nicht mehr so gut wie früher. Es mag der Tag kommen, da ich mich zur Ruhe setzen muß. Da spiele ich natürlich mit dem Gedanken, jemanden mitzuziehen, der meinen Platz einnehmen kann. Und diese Person werden Sie sein. Was halten Sie von dem Angebot?«

Er begann zu husten und mußte in der Tasche nach einer Tablette suchen. Es war ein großartiges Angebot. Aus seiner Sicht ein geradezu unglaubliches Angebot. Er hatte eine politische Maschine erschaffen und den Planeten total übernommen. Und er bot mir einen Anteil daran – und eine Zukunft in der Herrschaft darüber. Es war eine prächtige Offerte. »Und was muß ich tun, um diesen Job zu bekommen?«

»Seien Sie kein Dummkopf! Sie verlieren die Wahl. Sie tauchen unter. Und später bleiben Sie in Opposition zu mir. Jeder glaubt, Sie wären das Allergrößte seit der Erfindung des Sex, und alle Liberalen werden sich um Sie scharen. Sie organisieren sie und sorgen dafür, daß sie keinen Schaden anrichten. Natürlich lassen Sie uns wissen, wer die wahren

Revolutionäre sind, damit wir sie stillschweigend beseitigen können. Dieses System wird sich tausend Jahre halten. Abgemacht, ja?«

»Nein. Und ich weiß, daß es mir sehr schwer fallen wird, Ihnen die Gründe zu erklären. Wissen Sie, ich glaube nun mal an das System, in dem ein Bürger eine Stimme hat ...«

»Ha, ha!«

»Vor dessen Gesetz alle gleich sind ...«

»Ach, reden Sie doch keinen Blödsinn!«

»Ich glaube an die freie Rede, an Habeas Corpus, an eine gerechte Volksvertretung, die allein über die Besteuerung bestimmt ...«

»Haben Sie Fieber, Harapo? Was reden Sie da eigentlich für einen Quatsch?«

»Ich habe ja gleich gesagt, daß Sie mich nicht verstehen würden. Dann will ich es in Ihren Worten ausdrücken. Ich will die gesamte Beute, und zwar sofort. Ich will alles Geld haben, alle Macht, alle Frauen. Ich gedenke jeden umzulegen, der sich mir in den Weg stellt. Kapiert?«

Zapilote seufzte, nickte und trat von einem Fuß auf den anderen. »Ich bin ein alter Mann und werde ganz gefühlsselig, wenn ich solche Worte höre. So war ich in Ihrem Alter auch. Ich brauche Sie in meinem Team, Harapo. Erklären Sie sich einverstanden!«

»Eher bringe ich Sie um!«

»Wirklich großartig! Genauso hätte ich reagiert.« Er machte kehrt und stieg langsam wieder in den Wagen. Ehe er die Tür schloß, blickte er mich noch einmal so an, seufzte, Tränen der Rührung in den Augen, und schüttelte den Kopf. »Ich kann Ihnen nicht Glück wünschen. Aber ich kann sagen, daß die Begegnung mit Ihnen für mich ein aufwühlendes Erlebnis war. Ich weiß, wenn ich mal nicht mehr bin, wird meine Arbeit von jemandem fortgesetzt werden, der mich versteht, der wie ich denkt.«

Die Tür knallte zu, und ich gab Zeichen, daß die anderen beiden Männer zurückkommen sollten. Ich sah zu, wie sie einstiegen und abfuhren.

»Was sollte denn das alles?« fragte Bolivar.

»Er hat mir die ganze Welt angeboten. Heute als Partner, später, nach seinem Tod, als absoluter Herrscher.«

»Du hast ja gesagt?«

»Mein lieber Sohn! Ich mag zwar ein Gauner sein, aber ich bin kein Verbrecher. Nein, es sind die Zapilotes dieser Galaxis, die beseitigt werden müssen. Die kleinen Männer, die für die Menschheit nur Verachtung empfinden. Bei mir kann es vorkommen, daß ich einem Mann seinen Reichtum nehme, niemals aber sein Leben oder seine Freiheit. Genau genommen nehme ich keinem einzelnen Individuum etwas. Ich beraube vielmehr Firmen, Gesellschaften, jene aufgedunsenen, gefühllosen Wesenheiten, die unseren Reichtum in sich binden ...«

»Paps – ich kenne diese Platte.«

»Na schön. Dann wollen wir ins Schloß zurückfahren. Ich muß mir mal dringend die Hände waschen und brauche einen Drink. Die Gesellschaft, in der ich die letzten Minuten verbringen mußte, gefällt mir ganz und gar nicht.«

EINUNDDREISSIG

Am Wahltag war ich sehr früh auf den Beinen und atmete bereits tief die Morgenluft, als die Sonne über dem Horizont erschien.

»Was sind wir doch energiegeladen am frühen Morgen!« bemerkte Angelina, öffnete ein Auge, um auf die Uhr zu blicken, und fand keinen Gefallen an dem, was sie da sah.

»Heute ist nicht der Tag für Langschläfer. Heute wird Geschichte gemacht – und ich mache sie!«

»Soviel Ego ertrage ich vor dem Aufstehen nicht.« Sie zog sich die Decke über den Kopf. »Verschwinde!« sagte sie gedämpft.

Ich summte frohgemut vor mich hin, als ich die Treppe hinabtrottete. Der Marquez frühstückte schon auf der Terrasse, und ich gesellte mich zu ihm.

»Heute wird Geschichte gemacht«, bemerkte er.

»Ich sagte eben dasselbe.« Wir hoben die Kaffeetassen und prosteten uns auf den Sieg zu. Nach kurzer Zeit erschienen auch Bolivar und James, und als um neun Uhr die Wahllokale geöffnet wurden, waren wir mit unseren Teams vor Ort längst in Kontakt.

Innerhalb von drei Minuten erreichte uns ein Dutzend Hilferufe. Unsere Wahllokal-Beobachter wurden zusammengeschlagen, auf zwei wurde geschossen, und vier falsche Wählerverzeichnisse waren entdeckt worden. Genau das hatte ich erwartet. Wir taten, was wir konnten, doch unsere Streitkräfte waren schwach und mußten einen großen Bereich abdecken. Ohnehin war bereits die Entscheidung gefallen, die Kräfte auf die großen Städte zu konzentrieren. Unsere wichtigste Waffe waren die Journalisten von anderen Welten. Kaum hatte sich die Nachricht von der gefälschten und ungültigen Wahl auf den Planeten verbreitet, entstand großes Interesse an der Nachwahl. Einige der galaktischen Fernsehfirmen hatten ihre Reporter geschickt; für die meisten aber war die Zeit zu kurz gewesen. Die Journalisten waren daher vorwiegend Unabhängige, insgesamt dreiundvierzig.

»Es klappt«, meldete Bolivar, der gerade einen Funkspruch empfangen hatte. »Das war der zehnte Bezirk in Primoroso. Wir haben unsere Freunde dabei erwischt, wie sie die Wahlurne spickten. Einer der Journalisten hat alles auf Band, und es wird neu gezählt. Wir haben wirklich Glück, daß so viele Reporter gekommen sind.«

»Glück, mein Sohn, ist niemals eine Sache des Zufalls.« Bescheiden wandte ich den Blick ab. »Es gibt hier dreiundvierzig unabhängige Journalisten, weil ich in so kurzer Zeit nicht mehr anheuern konnte. Das Reisegeld wurde ihnen bezahlt, sie genießen ihren Urlaub – und was sie durch den Verkauf ihres Materials zusätzlich verdienen, ist geschenktes Geld!«

»Ich hätte es wissen müssen«, sagte er. »Wenn es irgendwo eine krumme Masche gibt, wird mein Vater sie nicht übersehen!«

Ich schlug ihm auf die Schulter und wandte mich ab, von Gefühlen überwältigt. Solche Lobesworte sind kostbarer als die schönsten Perlen.

Im Laufe des Nachmittags wurde die Lage aber immer brenzliger. Wir kämpfen an allen Fronten mit dem Rücken zur Wand und konnten uns kaum noch halten. In einigen kleineren Städten hatten wir garantiert verloren, weil Zapilote-Anhänger die Wahllokale mit Waffengewalt geschlossen und die Wahlurne durch eigene gespickte Urnen ersetzt hatten. Wir mußten das durchgehen lassen. Entscheidend waren die großen Ballungszentren, und dort vermochten wir uns über Wasser zu halten. Mit ein bißchen Glück konnte sich noch eine einigermaßen faire Wahl ergeben, mit einem Endergebnis, das tatsächlich den Willen des Volkes widerspiegelte.

Immer mehr Berichte trafen ein, und der Marquez zeigte

sich zunehmend deprimiert. Nachdenklich ließ er seine Finger knacken und schüttelte ärgerlich den Kopf.

»So geht das nicht! Wir unternehmen ja gar nichts! Unsere Leute sitzen nur da und starren die Wände an, bis es zu spät ist. Erst wenn die ungesetzlichen Taten stattgefunden haben, treten sie in Aktion. Wir können niemals gewinnen, wenn wir nicht zuerst zuschlagen und hart treffen! Warum erschießen wir nicht einfach alle Zapilote-Anhänger?«

»Mein lieber Marquez, wir *müssen* auf dem eingeschlagenen Weg gewinnen. Sonst wäre es keine demokratische Wahl!«

»Allmählich mißfällt mir Ihre Demokratie doch sehr. Sie macht zuviel unnötige Arbeit. Da ist es viel einfacher, den Bauern zu befehlen, was sie tun sollen. So mögen es die Leute. Wir wissen, daß Sie einen besseren Präsidenten abgeben als dieser Mistkerl Zapilote. Also ernennen wir Sie doch einfach zum Präsidenten und lassen es darauf beruhen!«

Ich seufzte innerlich. Gonzales de Torres, der Marquez de la Rosa, ging mit einer Weltanschauung durchs Leben, die von seinem Namen geprägt war. Die Realitäten der Demokratie würde er nie begreifen. Wenn ich mich seiner weiteren Mithilfe versichern wollte, würde ich mich auf seine Freundlichkeit und seinen persönlichen Ehrenkodex verlassen müssen.

»Ich erkläre es Ihnen ein andermal. Unterdessen müssen wir die automatischen Wahlurnenspicker etablieren.«

»Die *was*?«

»Na, die Maschinen, die in ausgewählten Bezirken für die gewünschten Abstimmungsergebnisse sorgen.«

»Dazu sind Sie in der Lage? Und wenn Sie dazu in der Lage sind – warum tun Sie es dann nicht in allen Bezirken und ersparen uns damit viel Zeit und Mühe?«

»Weil im Endergebnis eine zumindest ehrlich *erscheinende* Wahl herauskommen muß. Wenn unsere neue Welt korrupt beginnt, wird sie auch so bleiben. Doch wenn wir ihr zum Start mit korrupten Tricks nur ein wenig unter die Arme greifen müssen, so soll das den Wählern verborgen bleiben. Sie sollen annehmen, die Demokratie funktioniert – und sie *wird* funktionieren: nach der Wahl. Wir behalten also jede Wahlurne im Auge, die verändert, gespickt oder sonstwie verfälscht worden ist. Und wir machen uns dann nicht an den eigentlichen Urnen zu schaffen.«

»Dann werden wir verlieren.«

»Nein, wir werden gewinnen. Das ist in jedem dieser Bezirke garantiert. Weil wir uns nicht an den Urnen zu schaffen machen, sondern an den Informationen über diese Urnen.«

»Nun kapiere ich gar nichts mehr«, gestand er und schenkte sich einen *ron* ein. »Das Zeug soll angeblich das Denken anregen.«

»Na, denn regen Sie das meine bitte gleich mit an! Vielen Dank. Es ist doch alles sehr einfach. In jedem der betroffenen Bezirke schalten wir in die Telefonleitung der Wahlstimmenzähler einen solchen Apparat.«

Ich hielt einen kompakten Metallkasten hoch, aus dem einige Drähte heraushingen. Der Marquez betrachtete das Gebilde zweifelnd. »Ein Wunder an Mikroschaltungen und angewandter Chip-Technologie. Hiermit überwachen wir alle Anrufe bei einer ausgewählten Nummer. Irgendwann werden die Stimmen gezählt sein, und ein Telefonanruf findet statt. Der zuständige Wahlleiter wird die Ergebnisse vorlesen. Während er dies tut, wird sein Anruf abgefangen und auf einer anderen Leitung Ihrem großen Computer zugeführt. Der Computer übernimmt Bild und Stimme des Sprechenden, zerlegt sie in kleine Elemente und baut sie wieder auf, in der Form, daß der Sprecher sodann das von uns gewünschte Ergebnis durchgibt – und schickt dieses berichtigte Bild in der ursprünglichen Leitung weiter. Dieser Vorgang wird nur kurze Zeit in Anspruch nehmen ...«

»Wie kurz? Man wird die Täuschung spüren ...«

»Nicht in vier Millisekunden, vier Tausendstel einer Sekunde, länger dauert es nicht. Sie haben einen guten Computer.«

»So sollten wir bei allen Wahllokalen handeln!«

»Nein, das wäre unmoralisch. Was wir tun, ist moralisch, aber illegal. Und auf diesen feinen Unterschied gründet sich meine ganze Existenz – ich erkläre Ihnen das gern ein andermal, wenn wir mehr Zeit haben. Noch einen Tropfen *ron*, bitte – vielen Dank. Dann zurück an die Arbeit!«

Die Wahlergebnisse sollten im Opernhaus von Primoroso verkündet werden, einem Riesensaal, der für Anlässe dieser Art vorgesehen war. Alle vier Jahre war das Haus voll mit Zapilote-Anhängern, die nichts anderes zu tun hatten, als die getürkten Ergebnisse mit frenetischem Applaus zu begrüßen und dann ein weiteres Mal den Sieg zu feiern. Diesmal gab es auf der Pattform zwei Kandidaten, und das Ergebnis würde hoffentlich anders aussehen. Wir schufteten und verschoben den Abflug so lange es irgend ging, bis Angelina und die Marqueza uns schließlich gewaltsam zum wartenden Hubschrauber schleppten.

»Ist das nicht ein bißchen satt?« fragte Angelina und deutete auf die Goldlitze und die klimpernden Ordensreihen an meiner Uniform.

»Nicht im geringsten. Das Volk liebt eine gute Show. Und sein Präsident muß wie ein Präsident aussehen! Start!«

Wir flogen als bewaffnete Gruppe zur Hauptstadt und wurden am Raumflughafen von gleichermaßen bewaffneten Wagen erwartet. Zapilote war zuzutrauen, einen Anschlag auf uns verüben zu lassen, deshalb sahen wir uns vor. Sobald wir im Opernhaus waren, konnte nicht mehr viel passieren, da hier auf gegenseitige Vereinbarung Waffen verboten waren. Zapilote liebte seine Haut eben so sehr wie ich die meine.

Er saß schon auf der Plattform und fauchte und tobte, als ich ihm zur Begrüßung fröhlich zuwinkte.

»Sehr gutgelaunt scheint er aber nicht zu sein. Ich hoffe, er hat dafür einen guten Grund.«

Es war ein großer gesellschaftlicher Anlaß, und die Menge summte aufgeregt. Champagner wurde in großen Mengen getrunken, obwohl zwischen den Schlucken die Blicke sich immer wieder auf den großen Bildschirm über unseren Köpfen richteten, auf dem die Ergebnisse erscheinen würden. Noch stand dort 0:0 – wie vor dem Anpfiff eines großen Fußballspiels.

Stille senkte sich herab, als eine Glocke ertönte und sich der Vorsitzende des Wahlkomitees hinter das Mikrofon setzte.

»Die Wahllokale sind geschlossen, die Auszählung hat begonnen«, sagte er, und alle jubelten. »Hier ist das erste Ergebnis, soeben aus Cucaracha City eingetroffen. Sind Sie da, Cucaracha City?«

Der Schirm unter der Ergebnistafel blitzte auf, und ein riesiges Gesicht erschien.

»Hier ist das Ergebnis von Cucaracha City«, sagte der Mann und senkte den Blick auf das Papier, das er in der Hand hielt. »Für Präsident Zapilote 16 Stimmen. Für Sir Harapo … neunhundertundfünfundachtzig. Lang lebe Harapo!« Doch kaum waren die Worte über seine Lippen, blickte er sich besorgt um und verschwand vom Schirm. Der Marquez beugte sich vor und sagte hinter vorgehaltener Hand: »Sehr gut. Man merkt wirklich nicht, daß da ein Computer geredet hat.«

»Noch besser – es war der echte Wahlleiter. Eine ehrliche Abstimmung. Hoffen wir, daß alle Wahlbezirke so laufen.«

Aber natürlich war das nicht der Fall. Zapilotes Helfershelfer hatten gute Arbeit geleistet, so daß etliche Stimmabgaben ebenso eindeutig ausfielen wie die erste – nur in entgegengesetzter Richtung. Zahl um Zahl vergrößerte sich das Gesamtwahlergebnis – und die Spannung stieg. Denn wir lagen Kopf an Kopf. Wo immer ein einwandfreies Ergebnis durchgegeben wurde, schlugen die Rächenden Terrier die Bussarde haushoch. Leider wurde zu oft das Gegenteil angesagt. Zuweilen führten wir um eine Hundeschnauze, dann wieder hatten die anderen den Schnabel vorn. Es war eine knappe Sache.

»Sehr aufregend«, stellte de Torres fest. »Die Demokratie

hat doch was für sich. Diese Wählerei ist faszinierender als ein Stierkampf. Aber man bekommt Durst dabei. Ich habe zufällig neunzig Jahre alten *ron* in einer Taschenflasche bei mir. Wären Sie bereit, mir ein Urteil über die Qualität zu geben?«

Er brauchte mich nicht groß zu drängen. Ich gab mein Urteil ab, und er überprüfte es. Es waren nur noch vier Wahlbezirke anzugeben.

»Gehört einer davon uns?« flüsterte de Torres.

»Keine Ahnung!« ächzte ich. »Ich hab' den Anschluß verloren!«

Zuerst führte Zapilote, dann fielen Stimmen an mich, und nach der vorletzten Meldung lag er um fünfundsiebzig Stimmen vorn.

»Du hättest dir mit der Frisierung der Zahlen mehr Mühe geben müssen«, meinte Angelina. »Oder den alten Bussard einfach umlegen.«

»Demokratie, mein Kleines! Eine Person, eine Stimme – du kennst die Theorie. Und das Ergebnis steht erst fest, wenn die letzte Stimme gezählt ist.«

»Hier kommt's, meine Damen und Herren, die Meldung trifft soeben ein, die allerletzte Meldung!«

Ein Gesicht füllte den Schirm über unseren Köpfen, und wir verdrehten uns den Hals, um es anzuschauen. Ein Mann mit dickem Schnurrbart und düsterer Miene.

»Es ist mir ein Vergnügen, die letzte Stimmzählung aus dem Ferienort Solysombra durchzugeben, des Gartenparadieses an der Südküste ...« Das Publikum stöhnte, und ich knirschte mit den Zähnen. »Die endgültige Auszählung hat ergeben ... Moment, ich habe hier den Zettel.«

»Der Mann ist sofort zu erschießen!« rief Zapilote, und der Marquez war zum ersten- und einzigenmal in seinem Leben mit dem Diktator einer Meinung.

»Ja, hier ist es. Freudvoll gebe ich durch, daß das schöne Solysombra unserem geliebten General-Präsidenten Zapilote achthundertundneunzehn Stimmen zugedacht hat ...«

»Damit liegen wir achthundertvierundneunzig Stimmen

zurück«, stellte Angelina fest. »Noch ist es nicht zu spät, ihn zu vergiften.«

»... und was den anderen Kandidaten betrifft – wie heißt er doch gleich – ... ah ja, Harapo, muß ich leider melden, daß es ihm gelungen ist ... meine Güte!« Dem Mann traten die Augen aus dem Kopf, er sah sich um und begann zu schwitzen. »Muß ich melden, daß er ... achthundertsechsundneunzig Stimmen bekommen hat.«

Die Zuschauer drehten durch, als die Zahlen auf der Anzeigetafel erschienen. Zapilote schüttelte die Faust in meine Richtung, und Angelina brüllte mir ins Ohr.

»Du hast mit zwei Stimmen Vorsprung gewonnen! Mit deiner und der von de Torres'!«

»Die Wahrheit kommt stets ans Tageslicht!«

Ich stand auf und winkte der Menge zu. Ich ballte die Fäuste über dem Kopf, neigte mich zu Angelina und küßte sie, gab dem Marquez die Hand, machte Zapilote eine lange Nase, der vor Wut schäumte, und trat schließlich ans Mikrofon. Ich mußte dort eine Minute lang mit erhobenen Händen verweilen, ehe das Toben sich legte. Die Kameras waren auf mich gerichtet, die Ohren der Galaxis warteten auf meine Worte. Endlich konnte ich sprechen.

»Vielen Dank, meine Freunde, ich danke euch. Ich bin ein bescheidener Mensch ...« Angelina begann laut zu klatschen, was die Menge wieder in Fahrt brachte. Ich nickte und lächelte und wartete geduldig, bis der Applaus sich legte.

»Wie ich eben sagte, bin ich ein bescheidener Mensch und spiele mich nicht in den Vordergrund. Der Wille des Volkes aber hat gesprochen, und ich werde mich ihm beugen. So verspreche ich Ihnen ...«

Ich weiß nicht, ob ich den Schuß hörte, die Wucht des Geschosses aber ließ mich rückwärts taumeln. Das Kinn fiel mir mit einem Ruck auf die Brust, und ich sah, wie rotes Blut hervorsprudelte.

Ich stürzte. Stürzte ins Nichts ...

NACHWORT

In den entlegeneren Teilen dieses Planeten gibt es vielleicht noch den einen oder anderen, der mich nicht kennt. Ich bin Ricardo Gonzales de Torres y Alvarez, Marquez de la Rosa. Die amtlichen Geschichtsschreiber Paraiso-Aquis haben mich gebeten, die Ereignisse jenes schwarzen Tages niederzulegen. Obwohl ich von Beruf kein Schriftsteller bin – ich finde, das Schreiben ist eine widerliche, degenerierte Beschäftigung für Erwachsene –, erklärte ich mich einverstanden. Denn ich bin die Person, die für diese Aufgabe offenkundig am besten geeignet ist. Die Männer der de-Torres-Familie sind einer Pflicht niemals ausgewichen, so unangenehm sie auch sein mag. So beginne ich denn am Anfang, wie es bei allen Geschichten geboten erscheint.

Ich saß neben jenem wundervollen Mann, dem Sinnbild aller Tugenden, dem edlen Sir Hektor Harapo, dem Ritter der Beeday, Gentleman-Wissenschaftler und liebevollem Vater. Es gibt kein Lob, das ihm gerecht würde. Aber schon schweife ich ab. Ich saß neben ihm, als er zum Publikum sprach, zur Welt, zur gesamten Galaxis – im Augenblick unserer größten Freude. Die widerliche Made Zapilote war in einer ehrlichen, demokratischen Wahl besiegt worden. Hektor war Präsident und ich Vizepräsident-in-spe. Die Welt würde sich bessern.

Dann fiel ein Schuß. Er kam von irgendwo hoch oben im Gebäude, aus einem der kleinen Fenster im hinteren Teil, die von Technikern oder dergleichen benutzt werden. Ich sah den Körper des geliebten Mannes unter dem Aufprall erbeben. Und stürzen. Ich war augenblicklich an seiner Seite, und das Licht des Lebens stand noch in seinen Augen. Aber es wurde bereits schwächer. Ich beugte mich über ihn, ergriff seine Hand und vermochte kaum den schwachen Griff zu spüren, mit dem er die Geste zurückgab.

»Mein Freund ...«, sagte er und hustete, und seine Lippen wurden rot von Blut. »Mein lieber Freund ... ich scheide nun dahin. Es liegt an Ihnen ... unsere Arbeit ... fortzusetzen. Seien Sie stark. Versprechen Sir mir ... daß Sie die Welt erbauen werden, die wir beide uns gewünscht haben ...«

»Ich verspreche es, ich verspreche es«, sagte ich, und meine Stimme war heiser vor Rührung. Seine stets gerechten Augen waren geschlossen, doch er mußte mich gehört haben, denn seine sterbende Hand übermittelte mir ein letztes Erbeben, indem sie sich um die meine krampfte. Gleich darauf erschlaffte sie.

Ich nächsten Moment schob seine getreue Frau mich zur Seite, zerrte ihn mit einer Kraft hoch, die ich ihr nie zugetraut hätte, und schon kamen ihr andere zu Hilfe.

»Das kann doch nicht sein!« schrie sie, und mir wurde das Herz schwer in diesem Augenblick des Schmerzes. »Das kann nicht sein ... er kann nicht tot sein ... Ärzte ... Krankenwagen! Er muß gerettet werden!«

Man schleppte ihn fort, und ich hielt sie nicht auf. Sie würde es früh genug erfahren. Ich ließ mich in meinen Stuhl sinken und blickte verzweifelt von der Plattform, dann aber bemerkte ich zum erstenmal sein edles Blut an meiner Hand. Ehrfürchtig nahm ich das Taschentuch aus der Brusttasche und drückte es auf die roten Tropfen, sie aufsaugend, dann faltete ich den Leinenstoff sorgfältig wieder zusammen, um sie für ewig zu bewahren.

Und das habe ich getan. Das Taschentuch liegt in diesem Augenblick vor mir, unter einer Glasglocke, gefüllt mit einem neutralen Gas, welches das Gewebe bis in alle Ewigkeit erhalten wird. Das Gebilde steht neben dem Kasten mit den Kronjuwelen, die in Zapilotes Privatgemächern entdeckt wurden. Offenbar hatte diese Kreatur seine perversen Gründe, das Geschmeide von Zeit zu Zeit zu liebkosen.

Den Rest kennen Sie. Tausende von Ihnen nahmen an

seiner Beerdigung teil. Und niemand hat ihn vergessen. Sein schlichtes Grab wird noch heute von Unzähligen besucht.

Sie kennen natürlich auch das Schicksal seiner Feinde, denn diese Geschichte ist schon oft niedergeschrieben worden. Wie die Menschenmenge aufsprang und dem Despoten den Tod androhte und sich auf das Ungeheuer Zapilote stürzen wollte, um ihm das Fleisch von den Knochen zu reißen. Wie er vor ihrem Zorn erbebte und im Angesicht des Todes von Angst überwältigt wurde.

Und in diesem Augenblick geschah es, daß Harapos mutige Frau zurückkehrte, sich vor das jammernde Geschöpf stellte, die Hand hob und die Menge zum Schweigen brachte.

»Hört mich an, Ihr Leute von Paraiso-Aqui, hört mich an!« rief sie. »Mein geliebter Mann ist tot. Es ist vorbei. Aber verzichtet nicht leichtfertig auf die Welt, die euch zu schenken er sein Leben gab. Richtet euch nach dem Wort des Gesetzes, selbst wenn es dabei um Abschaum geht wie Zapilote. Verurteilt ihn wegen seiner Verbrechen, aber tötet ihn nicht. Mein Mann war gegen Mord – also dürft ihr in seinem Namen nicht so handeln. Ich danke euch!«

Ich bin nicht so stolz abzustreiten, daß ich in diesem Moment Tränen weinte. Es gab kein trockenes Auge im riesigen Saal. Denn selbst Zapilote weinte vor Erleichterung.

Seine Witwe verließ Paraiso-Aqui schon am nächsten Tag, denn hier wäre sie überall an ihn erinnert worden. Ich sah sie zum Raumschiff schreiten, an der Schleuse kehrtmachen und einmal winken, ehe sie im Inneren verschwand. Ihr folgten Bolivar und James, ihre beiden mutigen jungen Söhne. Ihre Besitztümer ließ sie zurück. Hinter ihr wurden lediglich einige Koffer ins Schiff getragen. Die Schleuse ging zu, und ich habe sie seither nicht wiedergesehen.

Der Rest ist Geschichte. Zwar hatte ich nicht den Wunsch gehabt, das hohe Amt des Präsidenten zu bekleiden, doch konnte ich den letzten Wunsch meines sterbenden Freundes nicht ignorieren. So habe ich mich denn nach besten

Kräften für Sie alle eingesetzt, und die Mehrheit hat erklärt, daß ich Ihnen gut gedient habe. Ich bin zufrieden. Die Schurken, die diese Welt in Angst und Schrecken versetzten, sind nicht mehr unter uns. Ihnen wurde in einem öffentlichen Verfahren der Prozeß gemacht. Man befand sie für schuldig. Unserem Antrag bei der Interstellaren Gerichtsliga wurde stattgegeben, und sie alle erinnern sich bestimmt, daß die Verbrecher auf den Gefängnisplaneten Calabozo gebracht wurden. Jeder einzelne korrupte Richter und Polizist. Jeder einzelne der Ultimados, die diesen Planeten zwei Jahrhunderte lang terrorisiert hatten. Alle sind sie fort. Wir sind gesäubert. Und niemand ist hingerichtet worden; mag sein, daß es den Verbrechern nicht besonders gut geht, aber zumindest überlebten sie. Denn es ist bekannt, daß es auf Calabozo keine Wächter gibt, sondern nur ein paar Roboter. Der Planet ist unwirtlich und hat ein lebensfeindliches Klima. Und die Gefangenen müssen ihre eigene Nahrung anbauen und für den Rest ihres natürlichen Lebens sehen, wie sie durchkommen. Sie bestimmen ihr eigenes Geschick. Sie können nicht fliehen. Ein wohlverdientes Schicksal für die gemeine Bande.

An dieser Stelle muß mein Bericht enden. Als Ihr Präsident zu dienen, war das Beste, was ich in meinem Leben getan habe: wir leben heute in einer besseren Welt als jemals zuvor. Dafür haben wir Ihm zu danken. Er wird in unserer Erinnerung ewig weiterleben. Vielen Dank, guter Freund, leb wohl!

NOCH EIN NACHWORT

Wie es so schön heißt, ist es wirklich schwer, eine Edelstahlratte kaputtzukriegen. Leichter fällt es da schon, so ein Exemplar müde zu machen. Ich weiß nicht, was für Souvenirs Angelina in die Koffer gepackt hatte, vielleicht Goldbarren – jedenfalls wurden mir allmählich die Arme aus den Schultergelenken gezerrt. Ich torkelte hinter ihr und den Jungs die Rampe hinauf und in den Schutz des Raumschiffes. Erst als die Schleuse hinter uns zuging, wagte ich die Koffer fallen zu lassen und mich aufzurichten.

»James«, stöhnte ich, »oder Bolivar, hätte einer von euch die Güte, eurem alt werdenden Vater mit diesen schweren Brocken zu helfen?«

Ich preßte mir die Faust ins schmerzende Kreuz, und mein Rückgrat gab ein liebliches Knacken von sich. Was für eine Wohltat! Dann sah ich, wie sich zwei Passagiere umdrehten, und schnappte mir wieder die Koffer, als Bolivar eben zugreifen wollte.

»Nein, nein, junger Herr, ist nicht Ihre Aufgabe, Koffer zu tragen, nicht in diesem Schiff. Der alte Jim wird das übernehmen. Hier entlang, Madam, die jungen Herren, ich zeige Ihnen Ihre Kabinensuite!« Ich taumelte weiter, und meine Familie folgte dichtauf. Erst als die Kabinentür hinter mir zugefallen war, ließ ich die schrecklichen Koffer fallen und ächzte erleichtert.

»Du armer Schatz!« sagte Angelina, tätschelte mir die Hand und führte mich zu einem Stuhl. »Setz dich doch! Will mal sehen, ob ich nicht etwas finde, das dich ein bißchen aufmuntert.«

Ich zog mir den grauen Schnurrbart samt den dazu passenden Augenbrauen vom Gesicht und warf die graue Perücke in eine Ecke. Angelina öffnete unterdessen einen der

Koffer. Der Deckel ging auf und offenbarte endlose Reihen dunkler Flaschen, die in weiche Vertiefungen eingelassen waren. Angelina nahm eine heraus und hielt das angestaubte Gefäß ins Licht.

»Hundertjähriger *ron*. Jede Menge. Eine kleine Erinnerung an Paraiso-Aqui. Ich dachte, daß du daran vielleicht Freude hättest. Ich gieße dir mal einen Tropfen ein. Wir müssen doch sehen, ob das Zeug beim Transport gelitten hat.«

»Du Licht meines Lebens!« entfuhr es mir in ehrlicher Bewunderung. »Du bist zu nett zu mir!« Es war das reine Paradies, als mir der Stoff in den Hals tröpfelte. Angelina lächelte und nickte anerkennend.

»Das ist wirklich das mindeste, was ich nach deiner Ermordung für dich tun konnte.«

»Hat gut geklappt, wie? Ein guter Schuß, James. Genau in die Mitte des Blutbeutels! Das Zeug hat hübsch gespritzt. Mir wäre allerdings lieber gewesen, du hättest eine nicht so große Ladung genommen. Der Aufprall auf die Panzerplatte war so stark, daß es mich glatt von den Füßen gerissen hat.«

»Tut mir leid. Aber ich hatte die Entfernung abgemessen, und es waren genau zweihundertundneun Meter. Ich brauchte eine flache Schußbahn, um auf diese Distanz noch genau zu treffen. Deine Orden ergaben ein hübsches Ziel.«

»Es ist gut ausgegangen, das ist ja das einzig Wichtige.« Ich trank und schmatzte mit den Lippen. »Die Flucht war kein Problem?« Seitdem ich ermordet worden war, hatten wir uns noch nicht sprechen können.

»Es ging alles glatt. Bolivar hastete die Treppe herauf, kaum daß der Schuß gefallen war. Ich ließ die Waffe liegen und schloß mich ihm an. Dann führten wir die Horde bei einer lebhaften Verfolgung des Killers an. Kein Problem. Und noch besser: dein Freund Colonel Oliveira schloß sich der Jagd an. Es gelang uns, ihn in ein einsames Gäßchen abzudrängen.«

»Der liebe Colonel!« rief ich. »Ihr habt ihm nette Grüße von mir übermittelt?«

»In der Tat. Die Roboter des Gefängnisplaneten sind darauf programmiert, ihm in etwa einem Monat den Gips abzunehmen.«

»Das wird ja immer besser! In dem Hotel, wo ich als Tourist untergekommen war, hab' ich die Nachrichten gesehen. Es schien ja alles bestens abzulaufen. Sogar die Beerdigung. Sehr realistisch. Man könnte meinen, in meinem Grab läge eine echte Leiche.«

»Tut sie auch«, entgegnete Angelina, die plötzlich sehr ernst geworden war. »Wir haben gute, aber auch schlechte Nachrichten für dich. Die schlechte: einer unserer Parteimitarbeiter kam ums Leben. Er hieß Adolfo. Er war in Primoroso unser bester Mann, ein Kartenhai, der uns beim Spicken etlicher Wahlurnen half. Die Ultimados haben ihn erschossen. Er wurde ins Krankenhaus gebracht, während du noch dort warst. Er starb wenige Minuten später. Da man seine Freunde nicht aufspüren konnte, nutzten wir die Gelegenheit.«

»Armer Adolfo. Ein besonders guter Kartenspieler war er aber nicht. Möge er Frieden finden.« Ich seufzte und trank in stillem Gedenken einen Schluck. »Und die gute Neuigkeit?«

Während sie es mir sagte, bewölkten sich die Gesichter meiner Zwillinge. »Jorge und Flavia haben geheiratet. Sie waren seit Jahren verlobt, hatten sich aber geschworen, erst zu heiraten, wenn die Heimat frei war.«

»Wie romantisch. Tut mir leid, Jungs. Aber es gibt noch weitere Mädchen in der Galaxis. Und jetzt noch eins. Was ist mit dem echten Sir Hektor?«

»Wir befolgten deine Anweisungen«, gab Bolivar zurück. »Wir pumpten ihn voll mit Zapilotes teuren geriatrischen Mitteln, rasierten ihm den Bart ab und ließen sein Gesicht liften. Nun sieht er dreißig Jahre jünger aus und kann ohne weiteres als sein eigener Sohn auftreten. Er forscht bereits wieder – setzt die Arbeit seines ›Vaters‹ fort, wo dieser aufgehört hatte. Er weiß noch immer nicht so recht, was ihm da eigentlich widerfahren ist, aber die getreuen Diener der Familie werden sich seiner annehmen.«

»Also, wenn ich das mal selbst so sagen darf: es war ein sauberer Einsatz. Alle unklaren Fragen sind bereinigt, die Bösen vertrieben, der gute Marquez lenkt den Laden, und Frieden und Wohlstand werden in Paraiso-Aqui die Oberhand gewinnen. Eine weitere kleine Episode im Kampf gegen Ungerechtigkeit und Langeweile: wir alle können stolz darauf sein!«

»Prost!« sagte Angelina und ließ einen Korken knallen. »Ein letztes Glas Champagner, ehe wir auf die Reise gehen.«

»Damit läßt sich der *ron* gut unten halten«, bemerkte ich.

Wir hoben unsere Gläser in die Höhe und leerten sie. Es war eine Freude, in diesem schönen Universum zu leben, besonders mit einer Familie wie der meinen. Dann stieß der Champagner auf den *ron,* und ich spürte ein leichtes Grollen in der Mitte, dem sofort ein kurzer Stoß gastrischen Feuers folgte. Angelina hatte recht, es war Zeit, auf die Reise zu gehen.

Aber natürlich mußte erst das Fläschchen geleert werden.

ANMERKUNG DES AUTORS

LA INTELIGENTA PERSONOS LERNAS ESPERANTO TRE RAPIDE. ESTAS LA MONDLINGUO. LERNU ĜIN!

Verschiedene Leser haben bei mir wegen der Esperantosprache angefragt, die Jim DiGriz fließend beherrscht. Ja, Esperanto gibt es schon heute in weiter Verbreitung. Millionen Menschen sprechen es und haben Spaß daran. Es ist eine einfache Zweitsprache, leicht zu lernen und gut einzusetzen. Wenn Sie mehr darüber erfahren wollen, schreiben Sie an: British Esperanto Society, 140 Holland Park Ave, London W11 4UF.

Auch in Deutschland gibt es eine Reihe Esperanto-Klubs. Auskunft erteilt u. a. der

Esperanto-Klub München e.V.,
Postfach 200803,
D-8000 München 2.

Harry Harrison